HET GERUCHT

Lesley Kara

# Het gerucht

Vertaald uit het Engels door Els van Son

the house of books

Oorspronkelijke titel: *The Rumour*
Oorspronkelijk uitgegeven door: Bantam Press, een imprint van Transworld Publishers, Groot-Brittannië, 2018

Omslagontwerp: bij Barbara, Amsterdam
Omslagbeelden: © Ute Klaphake/Trevillion Images en Shutterstock
Foto auteur: © Christian Davies
Typografie: Crius Group, Hulshout

ISBN 978 90 443 5739 4
ISBN 978 90 443 5740 0 (E-BOOK)
NUR 332

www.thehouseofbooks.com
www.overamstel.com

OVERAMSTEL
*uitgevers*

The House of Books is een imprint van Overamstel uitgevers bv

Voor mijn ouders, Harry en Doreen, met liefs

'Wie met monsters vecht, moet oppassen niet zelf in een monster te veranderen en als je lang in een afgrond kijkt, opent de afgrond zich ook in jou.'

Friedrich Nietzsche

*Het gebeurt opnieuw. Vraag me niet hoe ik dat weet. Ik weet het gewoon. Ik zie het in het rollen van de golven, de manier waarop ze breken. Snel. Onverbiddelijk. Ik voel het in de lucht, ruik het in de geur van rottende bladeren en natte aarde. Ik hoor het in de stilte van de starende kraaien. Je jaagt weer op me en er is niets wat ik kan doen om je te stoppen.*

*Het gaat als volgt: op een avond ga ik naar bed en is alles oké, is alles onder controle. Het verhaal is geen verhaal meer. Het is echt. Werkelijkheid. Stevig. Onverwoestbaar. Dan word ik wakker en is het veranderd. Die nacht zijn er barsten in gekomen. En dan besef ik dat ik mezelf al die tijd iets heb wijsgemaakt. Dat het slechts een verhaal was, fragiel en kwetsbaar.*

*Ik ben de prooi. Ik zal altijd de prooi zijn.*

# 1

Het begint met een gerucht. Fluisteringen op het schoolplein.

Eerst luister ik niet echt. Ik heb Dave beloofd de sleutels voor het huis op Maple Drive op te halen en het aan een cliënt te laten zien. Ik heb geen tijd om bij dit clubje roddelende moeders te blijven rondhangen.

Maar dan zie ik het gezicht van Debbie Barton – hoe haar mond openvalt – en krijgt mijn nieuwsgierigheid de overhand.

'Wat zei je?' vraagt ze. 'Dat kan niet waar zijn!'

Ik doe een stap naar hen toe, net zoals Fatima, de moeder van Ketifa.

Jakes moeder – heet ze Cathy? – kijkt van links naar rechts voordat ze begint te praten, ze rekt haar moment in de schijnwerpers zo lang mogelijk.

'Ze zeggen dat er hier in Flinstead een beruchte kindermoordenaar woont.' Ze laat een dramatische stilte vallen. 'Met een nieuwe identiteit, natuurlijk. Ze heeft op haar tiende een jongetje vermoord, in de jaren zestig was het. Neergestoken met een keukenmes, recht door zijn hart.'

Iedereen ademt verschrikt in. Fatima's hand vliegt naar haar keel.

'Sally McGowan,' zegt Cathy. 'Google haar straks thuis maar.'

Sally McGowan. De naam doet een belletje rinkelen. Waarschijnlijk van een of andere documentaire op Channel Five waar ik soms naar kijk als ik niets beters te doen heb. *Kinderen die kinderen vermoorden* of iets dergelijks.

'Van wie heb je dat?' vraag ik.

Cathy ademt diep in. 'Laten we het erop houden dat ik het van iemand heb die iemand kent met een ex bij de politie. Een van zijn collega's heeft de getuigenbescherming geregeld. Misschien is het niet waar, maar ze zeggen niet voor niks: waar rook is, is vuur. Toch? En mijn man zei ook dat ze dat soort mensen altijd plaatsen in dorpen als Flinstead.'

Debbie ademt geërgerd in. 'Ik vind het walgelijk hoe dat soort monsters in de watten worden gelegd. Ik bedoel, het is allemaal van óns belastinggeld...'

'Heb je dan liever dat ze worden gelyncht door een woedende menigte?'

Ze staren me alle drie aan. Ik had mijn mond moeten houden, maar soms kan ik het niet laten. Ik weet eigenlijk niet eens waarom ik sta te luisteren naar dit soort gelul. Ik zou toch verstandiger moeten zijn.

Cathy snuift. 'Ja, Joanna, dat heb ik liever. Het is belachelijk dat zo'n monster een speciale behandeling krijgt. Hoe zit het met de ouders van dat knulletje dat ze heeft vermoord? Hebben zíj de luxe dat ze een nieuw leven krijgen aangeboden? Nou?'

'Och, het is waarschijnlijk toch niet waar,' zegt Fatima. 'En als het wel zo is, dan kunnen we er niks aan veranderen. Bovendien: het is al zo lang geleden. Ik betwijfel of ze nog gevaarlijk is.'

Fatima. Zachtaardige, verstandige Fatima. Ik moet haar binnenkort eens op de koffie vragen. Elkaar wat beter leren kennen. Maar niet vandaag. Ik kom te laat als ik nu niet ga.

'Bedankt, Jo. Echt fijn dat je dit wil doen op je vrije dag.'

Dave geeft me de sleutels en de net-uitgeprinte specificaties van het huis op Maple Drive 24, het nieuwe logo van Pegton schittert bovenaan de pagina.

'Geen probleem,' zeg ik. En dat is het ook niet. Er zijn maar weinig werkgevers die zo flexibel zijn als Dave Pegton. Het is een godsgeschenk dat ik een baan heb die om Alfies schooltijden heen te plooien valt en nog vlak bij huis ook.

Mijn huis. Daar mag ik Dave ook voor bedanken. Een klein tweekamerappartement in een rijtjeshuis dat hij ruimhartig beschreef als 'heeft wat TLC nodig'. *Tender Loving Care*, liefdevolle verzorging. Een understatement natuurlijk. Het had geen TLC, maar regelrechte IC nodig – intensive care! Maar goed, het was het enige wat ik me kon veroorloven, dus deed ik een bod. Nieuw huis. Nieuwe baan. En dat allemaal omdat ik op het juiste moment bij de juiste makelaar binnenliep. Serendipiteit noemen ze dat geloof ik – een gelukkig toeval...

Dave loopt terug naar zijn bureau. 'Veel succes met mevrouw Marchant, trouwens,' zegt hij over zijn schouder.

'Hoezo? Wat is er met haar?'

Dave grijnst. 'Daar kom je zo wel achter,' en voordat ik er meer over kan vragen, gaat de telefoon en heeft hij een cliënt aan de lijn.

Maple Drive is een mix van jarentwintig- en jarendertighuizen. Sommige vrijstaand, maar de meeste twee-onder-een-kap. Het is niet de allerduurste straat in Flinstead – de echt rijken wonen in een wijk die Groves heet – maar het is een populaire straat, vooral het einde ervan, bij de zee. Dave heeft het huis in de folder beschreven als 'met zeezicht' en waarschijnlijk heb je dat ook als je uit een van de slaapkamerramen gaat hangen, je hals zo ver mogelijk uitstrekt en naar links kijkt. 'Zee*glimp*' was accurater geweest, maar het huis ziet er leuk uit. Goed onderhouden. Voortuin. En zelfs een *glimp* van de zee voegt iets toe en verhoogt de waarde.

Susan Marchant opent de voordeur al voordat ik heb aangebeld. Op mijn opgewekte 'goedemorgen', krijg ik alleen een kort knikje als reactie. Ik verwacht dat ze een stap opzij zal doen om me binnen te laten, maar ze blijft staan alsof ik een ongewenste bezoeker ben die afgeschrikt moet worden door het bordje AAN DE DEUR WORDT NIET VERKOCHT dat boven de bel hangt.

'Ik hoopte nog even snel rond te kunnen kijken voor ze komen,' zeg ik. 'Zodat ik weet waar alles is.'

Ik weet dat het goed is om van tevoren even een ronde door het huis te maken als je het moet laten zien. Niet iedereen ruimt op voor een bezichtiging. Ik heb al heel wat onsmakelijke dingen aangetroffen in de loop van de tijd. Vuile onderbroeken op de vloer, een enorme bruine drol in de wc-pot, opgerold als een slapende slang. Hoewel ik vermoed dat ik hier, van wat ik kan zien over Susan Marchants schouder, zoiets niet zal aantreffen. Het is schoon, bijna klinisch – alsof alles is ontsmet – en de kamers zijn halfleeg. Het ziet eruit alsof ze het grootste deel van haar meubels al ergens heeft opgeslagen.

'Hoezo?' vraagt ze met een frons. 'Er staat toch een plattegrond in de folder?'

Ze klinkt zo koud en kijkt me zo kil aan dat ik even van mijn stuk ben.

'Eh, ja, maar...'

'Het is trouwens toch al te laat,' zegt ze met een blik naar de straat. 'Daar heb je Anne Wilson, lijkt me.'

Ik draai me om en zie een blauwe Renault Clio stoppen. Aan de passagierskant stapt een vrouw uit. Ze draagt een lichtgroene regenjas en heeft haar haar in twee tinten laten verven – donkerblond met koperkleurige plukjes. Ze steekt haar hand glimlachend naar me op. Ik ben zo blij met mensen die glimlachen. Nu stapt híj ook uit. Hij is lang en ziet er gedistingeerd uit. Zilvergrijs haar. Ik heb het gevoel dat hij, als ze hem de kans had gegeven, het liefst galant het portier voor haar had opengehouden. Ze komen hand in hand de oprit op, dus ze zijn een van die zeldzame koppels die na jaren nog verliefd op elkaar zijn of dit is een nieuwe relatie. Ik gok op het laatste.

Dat is een van de dingen die ik zo heerlijk vind aan mijn werk – bij al die nieuwe mensen die je ontmoet uit de snippers informatie die ze prijsgeven, proberen te bedenken hoe ze zijn. En de huizen van andere mensen zien, is natuurlijk absoluut het leukste wat er is.

Tash, een van mijn beste vriendinnen, die ik al heel lang ken, zegt dat dat komt omdat ik een nieuwsgierig wijf ben. Maar dat maakt niet uit, want zij is precies hetzelfde.

Ze heeft ooit eens met haar vriend gedaan alsof ze interesse hadden in een vreselijk duur penthouseappartement in Brighton, waar ze een weekendje waren. Gewoon uit pure nieuwsgierigheid. Ik onderdruk een glimlachje. Ze hadden hun oude krakkemikkige Volvo een paar straten verderop geparkeerd, zodat de makelaar hen niet zou zien uitstappen. Daar moet ik vaak aan denken als ik cliënten een huis laat zien. Je weet nooit zeker of ze echt interesse hebben.

'Hallo, ik ben Joanna Critchley van Pegton Makelaars. Aangenaam u te ontmoeten.' We schudden handen. Anne Wilson is een aantrekkelijke vrouw, maar ik weet zeker dat ze iets aan haar gezicht heeft laten doen. Haar huid heeft die kenmerkende glimmende strakheid en haar lippen en wangen zijn opgevuld. Ik kijk snel weg voor het geval ze denkt dat ik staar. 'En dit is Susan Marchant, de eigenaar.'

Susan Marchant heeft zich al omgedraaid. Ze loopt de gang in, haar hoge hakken tikken op het parket. Jezus, wat onbeschoft! Geen wonder dat Dave zo graag wilde dat ik deze bezichtiging van hem overnam. En trouwens, wie draagt er nou hoge hakken als ze thuis is?

Ik adem diep in. 'Zullen we beginnen in de woonkamer?'

Dit is geen geweldige start. Een huis kopen is al stressvol genoeg en een ijzige eigenaar kan voldoende zijn om een potentiële koper af te schrikken. Het kan natuurlijk dat dat precies Susan Marchants bedoeling is. Misschien is ze gedwongen haar huis te verkopen door een hebberige ex-man die niet kan wachten tot hij zijn deel in handen heeft en vastbesloten zo veel mogelijk potentiële kopers te ontmoedigen. Ik durf niet te zweren dat ik dat zelf nooit zou doen.

Als ik later die ochtend thuiskom, kan ik het niet laten mijn eigen benauwde tweekamerappartementje met zijn ouderwetse behang te vergelijken met het heerlijke, ruime huis dat ik net heb laten zien en voor ik het weet zit ik achter de computer naar verfcombinaties te kijken. Ik had mezelf voorgenomen dat ik, zodra Alfie goed en wel op school zat, zou beginnen met opknappen. Maar het is al oktober en ik heb nog niks gedaan.

Dan schiet me te binnen wat Cathy zei over Sally McGowan. Het is waarschijnlijk gewoon kletspraat, iets wat ze heeft verzonnen om interessant te lijken of iets dergelijks, maar ik kijk toch even – dan hoef ik niet na te denken over al het opknapwerk dat ik hier nog voor de boeg heb.

Ik typ de naam in en krijg een miljoen zoekresultaten, plus een korrelige zwart-witfoto van het gezicht van een kind. Het kind lacht niet, maar kijkt uitdagend de camera in en is een plaatje om te zien. Ik heb die foto eerder gezien, herinner ik me nu. De iconische politiefoto.

Volgens Wikipedia is Sally McGowan geboren in Broughton, Salford. In 1969, op haar tiende, stak ze de vijf jaar oude Robbie Harris dood. Het was een sensationele zaak die het land verdeelde. Was ze een koelbloedige psychopaat of het slachtoffer van ouders die haar verwaarloosden en lichamelijk geweld gebruikten? Sally verklaarde zelf dat ze het per ongeluk had gedaan, dat het een spelletje was dat fout was gelopen, maar niemand geloofde haar. Of het volk geloofde haar in ieder geval niet. Veel mensen waren woedend toen ze niet veroordeeld werd voor 'moord', maar voor 'dood door schuld'.

Ik bekijk meer websites. In 1981 kwam ze vrij en kreeg ze een nieuwe identiteit. Zes jaar later werd ze opgespoord door journalisten. Op dat moment werkte ze als naaister in Coventry en had ze een kind. Ik scrol door andere foto's. Een zeventienjarige Sally die aan het biljarten is in een jeugdinrichting. De manier waarop ze zich over de tafel drapeert heeft iets uitdagends, of misschien ligt het gewoon aan de hoek van de camera, de compositie van het beeld. De volgende foto is van een jonge, elegante vrouw van ergens in de twintig die haar gezicht afschermt voor de camera. Ik kijk een paar andere sites vluchtig door. Nog een naamsverandering. Nog een verhuizing. Behalve af en toe een stukje in de roddelbladen over iemand die haar dacht te hebben herkend of het oneindige verdriet van de familie van Robbie Harris, is er nooit meer iets over haar bekend geworden.

Ik neem een slok koffie. Stel dat ze echt in Flinstead woont? Ze moet érgens wonen tenslotte, dus waarom niet hier? Plotseling zie ik dat verschrikkelijke mens weer voor me. Die Susan Marchant. Dat ze dezelfde initialen heeft is natuurlijk toeval, maar toch, als ik Sally McGowans tien jaar oude gezicht in gedachten over dat van Susan Marchant leg, vloeien ze moeiteloos in elkaar over.

Ik gooi mijn iPad naar de andere hoek van de bank. Dit is belachelijk! Luisteren naar stom geklets op het schoolplein en mijn fantasie op hol laten slaan. Als Susan Marchant Sally McGowan was, zou ze geen huis te verkopen hebben. Dan woonde ze ergens onder overheidsbescherming.

Een vervelende kille trut zijn, maakt iemand nog geen moordenaar…

# 2

**'IK HERINNER ME AL HET BLOED NOG GOED,' ZEGT MARGARET COLE, BUURMEISJE EN VRIENDINNETJE VAN KINDERMOORDENAAR SALLY MCGOWAN.**

Door Geoff Binns
Dinsdag 3 augustus 1999
*Daily Mail*

Dertig jaar geleden werd Sally McGowan berucht omdat ze de vijf jaar oude Robbie Harris doodstak in een vervallen huis in Broughton, Salford. Ze was tien jaar oud.

Gisteren heeft Margaret Cole, haar vroegere schoolvriendinnetje en buurmeisje, haar herinneringen aan die tijd met ons gedeeld.

'Het was zo'n andere tijd,' zegt Margaret. 'Een heel andere wereld. Alle kinderen speelden buiten. De helft van de tijd wisten onze moeders niet eens waar we uithingen. Om ons heen werden hele huizenblokken gesloopt, wat een hel moet zijn geweest voor onze ouders, maar voor ons was het heerlijk. Het was één grote spannende speeltuin.'

In de jaren zestig zijn veel rijtjeshuizen uit de victoriaanse periode afgebroken om plaats te maken voor betonnen flatgebouwen. Armoede, tekorten en werkeloosheid – dat was de wereld waarin Sally McGowan opgroeide.

'Maar zo wás het gewoon,' zegt Margaret. 'We wisten niet beter. We wisten niet dat we tekortkwamen. We waren kinderen die buiten speelden. Toen veranderde op een dag opeens alles. Ik herinner me het bloed nog goed. Hoe het uit hem gutste en hoe zijn T-shirt helemaal rood werd. Hoe het borrelde rondom het mes. En zijn ogen. Kleine blauwe oogjes. Ik wist dat hij dood was toen ik die zag.'

Gevraagd naar haar reactie op de levenslange anonimiteit die Sally McGowan recentelijk toegekend heeft gekregen, zegt Margaret: 'Dat is niet goed, toch, na wat ze heeft gedaan? Ik bedoel, ik weet dat ze het thuis zwaar had, maar er zijn zat kinderen die het net zo slecht hadden en die hebben niet gedaan wat zíj deed. Mijn hart gaat uit naar de familie van Robbie. Het moet alles weer oprakelen voor hen.'

Ik werp een blik op de klok. Shit! Het is al bijna kwart over drie. Tijd om Alfie op te halen.

Ik pak mijn tas, prop mijn voeten in mijn sneakers zonder de veters los te maken en doe de voordeur open. Ik kan niet geloven dat ik zoveel tijd heb verspild op internet en nu heb ik ook geen aantekeningen gemaakt voor de leesclub van vanavond.

Alfie komt als eerste het klaslokaal uit, zijn kroeshaar is vochtig van het zweet.

'Waarom heb je het zo warm?'

'Gym,' zegt hij. 'Ik ben helemaal tot boven in het klimrek geklommen!'

Ik weet niet goed wat ik daarvan moet vinden. Toen ik klein was, werd ik op de basisschool door de een of andere overijverige leraar aangemoedigd om hoger te klimmen dan ik eigenlijk durfde en donderde uiteindelijk naar beneden. Ik viel plat op mijn rug op de mat en kon geen adem meer halen. Ik dacht dat ik doodging. Maar ik wil Alfie natuurlijk niet ontmoedigen. Hij is duidelijk niet zo houterig als ik was – als ik bén. Alfie vindt gym zelfs leuk!

'Wauw!' zeg ik. 'Dat is dapper!'

'Liam en Jake zeiden dat ik een uitslover ben en Jake heeft tegen juf Williams gezegd dat ik hem had geduwd, maar dat heb ik helemaal niet gedaan.'

O nee. Dit moet een frisse start zijn. Nieuwe school. Nieuwe vriendjes. Ik kan het niet verdragen als hij wéér wordt gepest. Dat is een van de redenen dat ik hier terug ben. Dat, en het feit dat ik me schuldig voelde over mijn lange werkdagen en dat ik hem bij een oppas moest achterlaten.

Alfie schopt een steentje weg. 'Jake zegt altijd gemene dingen.'

Jake Hunter, Cathy's zoon. Geen verrassing, dus. Ik geef een kneepje in Alfies warme handje. 'Hij zal wel jaloers zijn dat jij beter kunt klimmen dan hij.'

Alfie trekt aan mijn arm. 'Komt oma nog vanavond?'

'Tuurlijk. En ze neemt cakejes mee.'

Hij grijnst en stompt blij in de lucht. Ik voel mijn schouders ontspannen. Dat ruzietje met Jake kan niet heel erg zijn geweest, hij is het nu al vergeten. Het helpt natuurlijk dat ma om de hoek woont. En het strand niet te vergeten, dat is ook een voordeel van hier. Het was duidelijk een goede beslissing om weg te gaan uit Londen en hierheen te verhuizen, ook al moest ik afscheid nemen van mijn prachtige appartement, mijn goedbetaalde baan en mijn vrienden en vriendinnen (gelukkig is er Facebook) en... nou, mijn hele leven eigenlijk.

Een kind verandert alles. En als je kind zich ongelukkig voelt, heb je er alles voor over om hem weer vrolijk te zien.

Voor de komst van Alfie had ik al jaren geen relatie meer gehad en totaal geen last van nestdrang. Ik had me opgewerkt tot afdelingsmanager bij een groot makelaarsbedrijf in Zuid-Londen en was verantwoordelijk voor de totale verhuurportefeuille. Ik reed in een zilveren Audi A3, woonde in een klein maar prachtig appartement – minimalistisch en clean – op eenhoog en mijn kookkunsten kwamen niet veel verder dan het opwarmen van een luxe kant-en-klaarmaaltijd in de magnetron.

Toen kreeg ik iets met Michael Lewis, een oude vriend van de universiteit. Het was de bedoeling dat het niet serieus zou worden. Michael is onderzoeksjournalist, niet bepaald werk dat eenvoudig te combineren valt met een stabiel gezinsleven en, om eerlijk te zijn, genoot ík ook van mijn onafhankelijkheid. We werden – hoe zeggen ze dat? – *friends with benefits.* Wat we niet voorzagen was dat Alfie een van die 'benefits' zou worden.

Ik zal ma's gezicht nooit vergeten toen ik het haar vertelde. Ik weet niet wat een grotere schok voor haar was: dat ik zwanger was of dat Michael zwart is.

Michael was fantastisch. Dat is-ie nog steeds. Hij flipte niet en bood ook niet meteen aan om te betalen voor een abortus. Hij wilde met me om de tafel gaan zitten en zei dat hij me, wat ik ook besliste, altijd zou steunen. Hij zei dat hij, als ik het kindje liet komen, zo'n grote of kleine rol zou spelen als ík wilde.

Hij bood zelfs aan met me te trouwen. Ik kan niet zeggen dat ik niet in de verleiding kwam, maar ik wist dat hij dat alleen maar aanbood vanwege Alfie. En bovendien, als we waren getrouwd en het niet goed was gegaan, wat – wees eerlijk – in de meeste relaties zo is, waren we elkaar misschien, net zoals mijn ouders, grondig gaan haten. En dat zou natuurlijk helemaal niet goed zijn voor Alfie.

Op deze manier zijn we nog steeds elkaars beste vrienden en krijgt Alfie de kans om een goede relatie met zijn vader op te bouwen, wat méér is dan ik ooit heb gehad.

Alfie zwaait naar iemand aan de overkant van de straat. Het is de vrouw die in de bungalow tegenover de school woont. Ze is bezig met de rozen en gaat, met de snoeischaar in haar hand, rechtop staan om terug te zwaaien. Een paar weken geleden, toen Alfie net was begonnen op deze school, was hij gevallen en had hij zijn knie geschaafd. Zij was zo lief om met een pleister naar buiten te komen en maakte er een hele drukte van voor hem.

Er flitst een onwelkome gedachte door mijn hoofd. Stel dat zíj Sally McGowan is? Ze heeft vrij uitzicht op het speelplein van de school… Ik doe belachelijk, ik weet het. Er is geen enkele reden om te denken dat zij het is, net zo min om dat te denken van de vrouw die nu met een boodschappenkar op ons afloopt.

De gemiddelde leeftijd in Flinstead is hoger dan in de meeste gemeenten. Mensen komen hier na hun pensioen, meestal uit Londen, aangetrokken door de zee en het rustigere leven. Behalve het strand en één winkelstraatje, is er niets. Als je meer opwinding wilt, moet je een halfuur rijden of de bus nemen – als je het niet erg vindt om eeuwig te moeten wachten. Dat was waarom ik, zodra ik achttien werd, zo snel mogelijk weg wilde om in Londen te gaan wonen. Maar nu is het anders. Nu heb ik Alfie.

Thuis, in mijn kleine kombuiskeukentje, dat er volkomen anders zal uitzien als ik eindelijk de keukenkastjes verf, maak ik een boterham klaar voor Alfie terwijl de bekende melodie van *Star Wars* uit de woonkamer blèrt.

Ik kan me geen leven meer voorstellen zonder hem. Ik had geen idee hoe heerlijk het zou zijn om een kind te hebben. En hoe beangstigend. Ik neem zijn boterham mee naar de woonkamer en probeer niet stil te staan bij de nachtmerrie die die arme moeder van Robbie Harris al die jaren geleden heeft moeten meemaken. Maar hoewel ik echt mijn best doe, kan ik de beelden die in mijn hoofd opkomen van een slap bebloed jongetje, Alfie, niet stoppen.

Dat doe ik nou altijd. Het ergste wat hem kan overkomen bedenken… Misschien doen alle ouders dat. Misschien zijn dat soort morbide fantasieën nodig om onze kinderen te beschermen, zodat we alert zijn op hun veiligheid.

Ik ga dicht naast hem op de bank zitten en geef een zoen op de bovenkant van zijn hoofd.

Wat voor kind steekt er nou een mes in het hart van een jongetje van vijf?

# 3

'Ik ben tegen tienen terug,' zeg ik tegen ma. 'En hij mag geen cakejes meer!'

Ma maakt Alfies gewassen haren in de war en lacht. 'Het is maar goed dat je altijd aan het hollen bent, jongeman, anders was je nu zo dik als een sumoworstelaar.'

Alfie gooit zijn hoofd naar achteren en lacht overdreven hard.

Buiten trek ik mijn jas aan en ga met gebogen hoofd tegen de wind die is opgestoken op weg naar het huis van Liz Blackthorne voor de leesclub. De avonden worden kouder en donkerder. De geur van natte aarde en gevallen bladeren hangt in de lucht. Ik duw mijn handen in mijn zakken en loop haastig verder.

Liz woont pal aan zee. Hoe dichter ik bij haar huis kom, hoe sterker de wind; rechtstreeks afkomstig van de Noordzee. Zoals gewoonlijk taxeer ik elk huis waar ik langs loop. Michael grapt vaak dat makelaars, net zoals journalisten, nooit 'vrij' zijn. Terwijl hij altijd alert is op nieuwswaardige verhalen, ben ik altijd bezig met huizen – ik beoordeel ze, schrijf verkoopfolders in mijn hoofd en taxeer de marktwaarde.

Als ik langs het leegstaande huis met de dichtgetimmerde ramen en de overwoekerde tuin loop, vraag ik me voor de zoveelste keer af van wie het is en waarom het zo verwaarloosd is. Het zou prachtig zijn als het werd gerenoveerd. Misschien is de eigenaar gestorven zonder testament of had hij geen erfgenamen. Of misschien *willen* ze het gewoon niet meer. Stel je voor! Stel je voor dat je zo'n investering gewoon laat wegrotten. Hoewel je wel een zak geld mee moet brengen om het weer helemaal perfect te maken. Veel oude huizen in dit dorp zien er aan de buitenkant chic uit, maar vallen vanbinnen uit elkaar van ellende.

Liz' huis is gebouwd in Hollandse stijl en heeft een gambreldak. Het doet me denken aan een gezicht, twee scherp aflopende schuine kanten als lang, steil haar en twee halvemaanvormige raampjes bovenin, als halfopen ogen die naar de zee staren. Ik vind het prachtig.

'Kom erin,' zegt Liz als ze opendoet en we geven elkaar, zoals gewoonlijk, een zoen op elke wang.

Met haar kleurige driekwartsjasje en haar lange, witte haar, vanavond in een dikke vlecht in een wrong in haar nek, ziet ze er nog stijlvoller uit dan gewoonlijk. Als ik er op haar leeftijd nog maar half zo goed uitzie als zij, ben ik een gelukkig mens.

Ik loop achter haar aan naar de eetkamer, waar de andere vier al met een glas wijn om de geboende mahoniehouten tafel zitten en zich tegoed doen aan olijven en chips. Dit is precies het soort kamer dat ik zou willen. Boekenkasten van vloer tot plafond in de nissen naast de schoorsteenmantel, kunst aan de muur – grotendeels geschilderd door Liz zelf – en onder het raam een Turkse bank, bekleed met een mooie vintagestof en beladen met kussens. Liz weet hoe ze een kamer moet inrichten, het heeft iets bohemiens: een schijnbaar willekeurige mix van kleuren en patronen die elkaar op wonderlijke wijze aanvullen. Het moet de kunstenaar in haar zijn. Als ik zoiets zou proberen, zou het een zootje worden. Misschien moet ik haar advies vragen over wat ik met míjn huis aan moet.

'Je hebt net een heel interessant gesprek gemist over potloodventers,' zegt Liz.

Ze kijkt me veelbetekenend aan en ik glimlach. Ik voel echt een band met haar. Ik ben altijd meer naar vriendschappen met oudere vrouwen toegetrokken. Vrouwen die goed in hun vel zitten. Vrouwen die niet bang zijn om zichzelf te zijn en zich daar niet voor verontschuldigen.

Het is in ieder geval duidelijk dat ma gelijk had toen ze voorstelde dat ik me bij een leesclubje aansloot. Het is precies wat ik nodig heb. De meeste van mijn vroegere schoolvriendinnen zijn vertrokken en hoewel ik af en toe een bekend gezicht tegenkom, hebben we elkaar nu weinig te vertellen. Ik zie Tash natuurlijk nog steeds en een paar andere vriendinnen uit Londen, maar niet zo vaak als ik zou willen. Het is pas vier maanden sinds ik weer in 'Pleasantville' woon – zoals Tash het soms nogal minachtend noemt –, maar het voelt veel langer.

Iedereen lacht en de glazen worden bijgeschonken. Liz schuift een glas naar me toe en knikt naar de flessen op de buffetkast.

'Ik begon erover, vrees ik,' zegt Barbara. Ze heeft een diepe, harde stem en praat een beetje bekakt. Nog een paar glazen wijn en ze vervalt in haar Brummie-accent; ze is opgegroeid in Birmingham.

Barbara is een lid van de gemeenteraad. Een grote vrouw met een nog grotere persoonlijkheid. Haar garderobe lijkt louter uit chique zwarte broeken en keurige blouses te bestaan. Ze doet me denken aan een van mijn vroegere collega's: erg aanwezig, heeft overal een mening over, maar is ook humoristisch.

'Goh, waarom verbaast me dat niet?' zeg ik. Gelach alom. Ik heb duidelijk iets in te halen wat betreft de wijn. Zelfs Maddie, die het meestal bij thee houdt, zit aan de wijn.

'Goed,' zegt Liz, slechts een fractie luider dan de rest, maar met iets in haar toon dat onze aandacht opeist. 'Ik denk dat we beter kunnen beginnen.'

Het boek van deze maand – *De troost van de filosofie* van Alain de Botton – is Liz' keuze en een uitzondering op ons normale menu van hedendaagse literatuur met af en toe een klassieker tussendoor. Voor volgende maand is het Barbara's beurt en aan het boek te zien dat ik net half uit haar tas zag steken wordt dat *Frankenstein* van Mary Shelley. Ik hoopte op iets minder zwaars, om eerlijk te zijn. Een feelgoodboek voor de verandering.

Zoals gewoonlijk aarzelt Barbara niet om haar mening te geven. Dit is mijn vierde bijeenkomst en ik geloof niet dat ze ooit een boek goed heeft gevonden. Dit soort populairwetenschappelijk gelul interesseert haar niet, zegt ze, en, als iemand die de hoop op een geschikte partner vrijwel heeft opgegeven, vindt ze geen troost in Schopenhauers gedachte dat liefde slechts een vehikel is om genen te verspreiden.

'Ik bedoel, wat zegt dat over mij? Dat mijn genen het niet waard zijn om doorgegeven te worden? Niet dat ik dat nu nog zou kunnen,' mompelt ze in haar wijnglas, 'zonder een goddelijke interventie.'

We grinniken allemaal.

'Nou, als je dan geen troost vindt in Schopenhauer, wat vind je dan van Nietzsche?' vraagt Liz, terwijl ze Barbara aankijkt met haar grote, ernstige ogen. 'Ik vind zijn idee dat we worden gevoed door alle shitdingen die ons gebeuren in het leven en daardoor betere mensen worden, een hoopvolle gedachte.'

Barbara gnuift. 'Ik heb zoveel shit over me heen gekregen de laatste jaren dat het me een raadsel is waarom ik nog steeds geen toonbeeld van deugdzaamheid ben.'

Ik vertel hun hoe ik ervan geniet om De Bottons 'School of Life'-posts te volgen op Twitter en Facebook.

Barbara trekt een gezicht. 'Godzijdank ben ik nooit begonnen aan dat sociale media-gedoe,' zegt ze alsof ik een beschamende zonde heb bekend.

Zoals altijd gaat het gesprek naarmate de avond vordert steeds minder over Socrates en Seneca en steeds meer over onszelf en onze nieuwtjes. Vanavond is de schijnwerper op Jenny gericht, de jongste in het gezelschap. Jenny is slank, verlegen en intelligent, heeft donkerblond haar dat ze in een paardenstaartje draagt, een voorkeur voor korte jurkjes met dikke zwarte panty's eronder en ze heeft kortgeleden de opleiding tot verpleegkundige afgerond. Karen is bezig haar uit te horen over haar liefdesleven en Jenny voelt zich er duidelijk ongemakkelijk onder.

Ik weet hoe het is om het slachtoffer te zijn van Karens inquisitie. Ze heeft haar verhoortechnieken eerder op mij losgelaten en ik vond het echt vreselijk. Ik had geen zin om mijn ongewone relatie met Alfies vader uit te leggen; ik zou niet weten waarom ik dat zou moeten doen en ik hou er niet van om zo voor het blok gezet te worden. Jenny ook niet, zo te zien.

Ik weet niet of ik Karens gezelschap vaker dan één keer per maand aan zou kunnen, wat jammer is want oppervlakkig gezien zijn er heel wat overeenkomsten: allebei midden dertig met een kind in de basisschoolleeftijd. En ze is, net als ik, vanuit Londen hiernaartoe verhuisd, hoewel al een paar jaar geleden. Haar man en zij hebben een computergraphicsbedrijf en ze is een actief lid van de ouderraad van Alfies school. Toen ik voor het eerst bij een leesclubavondje was, begon ze me allerlei nuttige informatie over het leven in Flinstead te geven – alsof zij het vanbinnen en -buiten kende en ik net nieuw was. Toen ik haar vertelde dat ik hier op school heb gezeten en dat er geen vierkante centimeter is in Flinstead die ik níét ken, leek ze bijna beledigd, alsof ik haar probeerde af te troeven. Misschien was dat ook wel een beetje zo…

Ik schenk mezelf nog wat wijn in en vraag: 'Kan ik iemand bijschenken?', in de hoop de aandacht van Jenny af te leiden. Maar alleen Barbara knikt.

'Hoelang ga je al met hem om?' vraagt Karen. Ze buigt zich naar Jenny toe, haar ogen opengesperd achter haar nerdbril, de uiteinden van haar steile donkere haar vegen over de tafel: 'Is het serieus?'

Jenny bloost. Het arme kind krijgt zelfs rode plekken in haar hals en ik heb plotseling de behoefte haar te beschermen tegen Karens kruisverhoor. Mensen mogen toch gewoon een liefdesleven hebben zonder dat de hele gemeente daarvan op de hoogte is?

'Vraagje,' begin ik, 'zomaar, uit interesse, heeft iemand van jullie ooit gehoord van Sally McGowan?' Het is het eerste wat in mijn hoofd opkomt.

Karen kijkt me verbijsterd aan.

O jezus, waarom heb ik dat in vredesnaam ter sprake gebracht? Typisch ik, eerst doen, dan denken.

Liz werpt me een verwarde blik toe. Of ik dénk tenminste dat ze verward kijkt. Ik heb sterk de indruk dat ze het gesprek liever had teruggebracht op boeken. Wat ik natuurlijk had moeten doen, besef ik.

Karen staart naar me vanachter haar grote bril en knippert als een uil met haar ogen. 'De enige Sally McGowan die ik ken is dat kind dat een ander kind vermoordde, ergens in de jaren zestig. Ik weet nog dat mijn moeder me daarover vertelde.'

'God ja...' Maddie zucht. 'Je wil toch niet dat we een boek over háár lezen, hè Jo? Omdat ik denk dat ik daar echt niet tegen kan.' Ze huivert. 'Dat is te akelig.'

Ik weet nog niet wat ik van Maddie vind. Ze doet me denken aan een vogeltje. Heldere kraaloogjes die altijd van de een naar de ander vliegen. Een hoge stem die beeft als ze opgewonden raakt. Haar dochter zit in de financiële wereld. Ze is iets belangrijks in de City. Ik heb het gevoel dat ze misbruik maakt van Maddie. Het is natuurlijk een stuk goedkoper en gemakkelijker om je moeder in te zetten als oppas. Ik weet dat ma me ook vaak helpt met Alfie, maar om zoiets fulltime van je moeder te vragen...

'Nee, nee, zoiets is het niet. Ik hoorde vandaag iemand over haar praten, dat is alles.'

'O, wat dan?' vraagt Liz, terwijl ze nonchalant een olijfje pakt. 'Was het op het nieuws of zo?'

'Nee, iets wat ik opving op het schoolplein. Een roddel, vrij idioot eigenlijk. Ach, jullie weten hoe het is, het schoolplein is een broeinest van sappige roddels.'

Maddie schiet in de lach. 'Ja, daar heb je geen ongelijk in. Elke keer als ik mijn kleindochter ophaal, hoor ik iets wat ik liever niet had gehoord.'

'Kom op, Jo,' zegt Liz. Ze kijkt me met nieuwsgierige ogen aan. 'Hou ons niet langer in spanning.'

Ik schraap mijn keel. Het is te laat om er nu nog onderuit te komen. Ze wachten allemaal op een antwoord.

‘Het is natuurlijk kletspraat, maar iemand zei dat ze had gehoord dat ze in Flinstead woont, onder een nieuwe naam.’

‘Jezus,’ zegt Jenny.

Barbara zet haar glas op tafel en staart me met open mond aan. Ze heeft rode wangen van de wijn. ‘Mijn ouders zeiden altijd dat je aan haar ogen kon zien dat ze slecht was.’

Liz gnuift minachtend.

‘Nou, dat zou me eigenlijk totaal niet verbazen,’ zegt Karen. ‘Flinstead is de perfecte plek om iemand als zij onder te brengen. Ik bedoel, wie zou haar híér nou zoeken?’

De vraag hangt in de lucht, onbeantwoord.

Is het mijn verbeelding of heeft deze roddel de sfeer in ons gezellige leesclubje verpest?

# 4

Michael arriveert zaterdagochtend om tien over acht, hij komt rechtstreeks van het vliegveld. Ik doe de voordeur open en kan de eerste paar seconden geen woord uitbrengen, zoveel doet zijn fysieke aanwezigheid me – zoals altijd wanneer ik hem zie na een periode zonder elkaar. Zijn houding, hoe aanwezig hij is. Hij is niet bodybuilder-breed, maar hij heeft iets sterks. En tegelijkertijd iets heel vriendelijks – een supersexy combinatie. Vanmorgen, met stoppels van een paar dagen op zijn kaken en zijn gekreukte witte overhemd dat prachtig afsteekt bij zijn zwarte broek en donkere huid, ziet hij er nog aantrekkelijker uit dan anders – wat een kwelling is, omdat hij een gigantische jetlag moet hebben.

Hij is op bezoek geweest bij een neef in Las Vegas en daar gebleven om verslag te doen van de schietpartij tijdens het concert en de nasleep ervan. Het moet afgrijselijk zijn geweest om mee te maken, hoewel ik weet dat er altijd iets in hem blij is dat hij er wás, toen het gebeurde.

Hij hurkt op de drempel en spreidt zijn armen wijd.

Alfie rent op hem af en slaat zijn armpjes om zijn nek.

'Ik heb je gemist, mannetje,' zegt Michael, terwijl hij zijn stoppelbaardje tegen Alfies wang wrijft.

Alfie krijst van plezier.

'Dank je wel knul, dat doet mijn hoofdpijn goed.' Hij kijkt omhoog naar mij en grijnst. 'Is er koffie? Ik voel me shit.'

Alfie ademt verschrikt in. 'Dat mag je niet zeggen, papa.'

'Ja, dat mag je niet zeggen, Michael. En ik wil het niet uit jouw mond horen, Alfie!'

Michael kijkt me een beetje schaapachtig aan vanonder zijn wenkbrauwen en slaat met zijn hand tegen zijn voorhoofd. Dan is het mijn beurt om een knuffel te krijgen. 'Sorry mammie,' fluistert hij in mijn oor. Hij kijkt omlaag naar Alfie. 'Ik ben doodmoe, maar ik wilde hem niet teleurstellen en dit maakt het het allemaal waard.'

Ik knik, dankbaar. Normaliter neemt hij Alfie mee naar het huis van zijn zus in Woodbridge of gaan ze naar zijn flat in Camberwell. Ik weet niet of het komt omdat ik medelijden met hem heb omdat hij zo overduidelijk kapot is en weer terug de auto in moet of dat ik bang ben dat hij met Alfie op de achterbank in slaap valt achter het stuur – dat zal het wel zijn, om eerlijk te zijn –, maar plotseling hoor ik mezelf opperen dat hij ook hier kan blijven om te chillen en misschien kan blijven slapen. Ik moet vanmorgen werken, maar vanaf een uur of twee ben ik vrij.

Hij kijkt zo opgelucht dat het bijna lijkt of ik met een toverstafje heb gezwaaid en al zijn moeheid is verdwenen. Hij vouwt zijn handen om mijn wangen en drukt zijn voorhoofd tegen het mijne. Ik doe mijn ogen dicht. Wie hou ik voor de gek? Ik weet precies waarom ik heb geopperd dat hij bleef.

Terwijl Michael koffiedrinkt en de 'Luke Skywalkers Lego Landspeeder' in elkaar probeert te zetten, bekijk ik hun tweeën, vader en zoon, helemaal geconcentreerd op hun taak.

Een schuldgevoel bekruipt me. Michael wilde niet dat ik uit Londen wegging. Het zou zoveel gemakkelijker voor hem zijn om Alfie te zien als we dichtbij woonden. Maar hij kon bijna nooit bijspringen als ik hem nodig had – hij was altijd op weg naar een klus of zat de hele nacht te schrijven om de deadline te halen. En het was niet Michael die Alfies tranen moest zien als ik hem 's morgens klaarmaakte voor school. Dat ma nu een paar straten verderop woont, is een zegen. Ik hoef me nooit druk te maken over een oppas en het is voor haar ook fijn dat we zo dichtbij wonen. Hoewel ik ervoor moet waken niet te veel op haar te rekenen. Ik wil niet zoals die dochter van Maddie worden, die het vanzelfsprekend vindt dat haar moeder er altijd voor haar is.

Lukes Landspeeder krijgt vorm voor mijn ogen. Ik heb gisteren geprobeerd het ding in elkaar te zetten, maar ik ben nu eenmaal niet handig. Mijn vader was timmerman en hij maakte van alles, maar ik heb nooit iets van hem geleerd omdat hij er, toen ik vier was, vandoor ging met een andere vrouw en een nieuw gezin stichtte.

'Hij kon hem niet in zijn broek houden' is een van ma's favoriete uitdrukkingen. Een van de pittigere dan. En hij heeft nooit één cent voor mij betaald. Hij heeft nog een tijdje brieven gestuurd en beloofd dat hij me zou komen opzoeken, of mee op vakantie zou nemen, maar daar is nooit iets van gekomen.

'Jaaa! Het is gelukt!' roept Alfie uit en hij klapt in zijn handjes, zijn ogen glimmen van pret.

Ik glimlach. Hij ziet zijn vader dan wel niet zo vaak als ze allebei zouden willen, maar hij hééft tenminste een vader. Zelfs als Michael god weet waar zit voor een klus, probeert hij Alfie zo vaak mogelijk te bellen en stuurt hij hem gekke kaarten en cadeautjes. Het is misschien niet de perfectste constructie, maar tot nu toe werkt het. In ieder geval voor Alfie...

Als ik thuiskom, doet Alfie een middagdutje. Michael heeft hem expres moe gemaakt. Tegen de tijd dat we de slaapkamer bereiken staan we allebei in ons ondergoed en ook dat belandt algauw op de vloer. Met een mannetje van zes dat elk moment weer wakker kan worden, is er geen tijd voor voorspel.

Pas als ik mijn benen om Michaels lenige, gespierde rug heb geslagen en mijn enkels hem aansporen om dieper en sneller te bewegen, herinner ik me wat ik me de vorige keer heb voorgenomen toen we dit deden terwijl Alfie thuis was: dat het nooit meer zou gebeuren, hoe erg ik er ook naar verlangde. Alfie wordt snel groot. Hij merkt dingen op die hij vroeger niet zag.

Soms vraag ik me af of ik 'ja' had moeten zeggen op Michaels huwelijksaanzoek. Misschien laat ik me te veel beïnvloeden door hoe het tussen mijn ouders is gegaan. Wie weet zijn we wel een van de zeldzame stellen die nog lang en gelukkig leven. Niet dat we nu ongelukkig zijn. Absoluut niet. Hoe zegt Tash het ook alweer? Alle voordelen van een affaire, zonder de ruzies of de vuile was. En, zou ik eraan willen toevoegen, zonder de angst dat hij vertrekt. Maar toch kan ik het niet laten me voor te stellen hoe het zou zijn als we al die tijd bij elkaar hadden gewoond.

Als we klaar zijn, strekt Michael zich op zijn rug naast me uit en vouwt zijn handen achter zijn hoofd. Ik lig op mijn zij en sla mijn been over zijn dijbeen. Mijn huid steekt melkwit af tegen die van hem. We praten. Over Alfie en zijn nieuwe school. Over Michaels laatste opdracht. Het enige waar we níét over praten is onze relatie. Het lijkt of we dat onderwerp geen van tweeën durven aanroeren. Maar de laatste tijd, sinds ik ben verhuisd uit Londen, heb ik het gevoel dat er achter het gesprek dat we voeren altijd een ander gesprek schuilt, een gesprek dat afwacht tot het erdoorheen kan breken.

Michael kijkt met een veelbetekenende blik naar de hoek van de kamer, waar ik een stukje van het afgrijselijke behang heb weggescheurd. 'Is dat hoever je bent gevorderd?'

Ik slaak een zucht. 'Probeer jij maar eens een baan bij Pegton te combineren met de zorg voor Alfie.'

Voor ik hier introk, had ik allerlei plannen om de muren te strippen en alles voorlopig wit te schilderen, totdat ik wist welke kleuren ik wilde. Maar nu ik hier woon, zie ik vreselijk op tegen de enorme klus om het allemaal op te knappen. Michael zou me waarschijnlijk wel willen helpen – misschien wacht hij totdat ik dat eindelijk vraag –, maar op de een of andere manier wil ik het allemaal zélf doen, bewijzen dat ik dat kan. 'Mijn koppige karaktertrek' noemt Tash dat.

Michael lacht. 'Misschien is het je onderbewuste dat je vertelt dat je hier niet moet settelen. Flinstead is nou niet bepaald spannend.'

‘Wat weet jij daar nou van?’ vraag ik. ‘Dit dorp heeft geheimen waarvan jij je niet eens een voorstelling kunt maken.’

Michael maakt een gnuivend geluid. ‘Laat me raden: mevrouw Suf uit de Supersaaiwijk heeft bekend dat ze in 1973 is bevallen van een liefdesbaby van de boekhouder.’

Ik geef een pets op zijn bovenbeen. ‘Idioot!’

Hij zit altijd te zeiken over het dorpsleven.

‘Of de leden van de Flinstead-in-Bloeibrigade hebben eindelijk bekend dat ze dodelijke snoeitactieken hebben uitgevoerd op de rozenstruiken van de concurrentie?’

‘Oké! Wat denk je hiervan dan?’ Ik ben vastbesloten hem de mond te snoeren. ‘Sally McGowan, de beruchte kindermoordenaar, woont in Flinstead.’

Michael keert zijn hoofd met een ruk naar me toe. ‘Waar heb je dat vandaan?’

‘Van een paar moeders op school. Hoezo? Je gelooft het toch niet serieus, hè?’

‘Tuurlijk niet. Maar het is wel een goed verhaal, toch?’

Hij pakt zijn telefoon en ik trek aan een van de zwarte krulhaartjes op zijn borst. Hij is net een pitbull als het over dit soort dingen gaat; het resultaat van alle jaren die hij voor de roddelbladen heeft gewerkt.

‘Je hoeft er niet naar te zoeken,’ zeg ik. ‘Er is een gerechtelijk bevel dat de pers verbiedt iets over haar te publiceren.’

‘Ja, ja, ik weet het,’ zegt hij druk scrollend. ‘Het interesseert me gewoon, dat is alles.’

# 5

Maandagochtenden zijn altijd moeilijk. Het heeft lang geduurd voordat Alfie accepteerde dat de lange zomervakantie en al die dagen op het strand voorbij zijn en dat hij, ja écht, naar school moet – ook al is het nu een andere school, zonder de pestkoppen van vroeger. Maandagochtenden na een weekend met zijn vader zijn dubbel zo moeilijk.

'Ik heb buikpijn,' zegt hij. Hij legt zijn handen op zijn buik en trekt zo'n gekweld gezicht dat ik mijn wangen naar binnen moet zuigen om niet te lachen.

'Hm. Dan kunnen we oma misschien beter bellen en zeggen dat we vanavond niet kunnen komen eten. Wel jammer, ik geloof dat ze taart ging bakken.'

Alfies voorhoofd rimpelt. Ik denk dat ik exact het moment kan zien waarop zijn buikpijn als sneeuw voor de zon verdwijnt.

Maddie zwaait naar ons als we, tegen de stroom ouders in, het schoolplein op hollen. Ze heeft een jas met een bontkraag aan en een bruine muts op haar hoofd die ze zo ver over haar oren heeft getrokken dat ze lijkt op Miss Marple uit een Agatha Christieverhaal. Ze houdt een pakket foto's tegen haar borst gedrukt. Het gezichtje van haar kleindochter kijkt me stralend aan vanonder het cellofaan. Verdomme. Ik heb mijn bestelformulier alweer thuis laten liggen. Ik hoop dat het niet te laat is. De schoolfoto's zijn belachelijk duur, maar ik kan het niet maken ze níét te kopen. Het was een beetje een schok toen ik ontdekte hoe weinig ik verdien nu ik niet meer in Londen werk.

'Je bent laat vanmorgen,' zegt ze met een vriendelijke blik en een glimlach.

'Tsja.' Ik werp een blik op Alfie. 'Iemand moest eerst nog overgehaald worden.'

'Kan ik bij het hek op je wachten?' vraagt Maddie. 'Ik wil je graag spreken over iets.'

De meeste ouders en oppassen zijn verdwenen als ik even later bij het hek aankom. 'Wat is er aan de hand?'

Ze slaakt een diepe zucht en werpt een blik over haar schouder. 'Wat je laatst zei bij de leesclub, over dat gerucht dat je had gehoord...'

Mijn hart maakt een duikeling. 'Het is gewoon een domme roddel, Maddie. Ik zou er verder geen aandacht aan besteden.'

'Dat is het juist,' zegt ze, haar stem nu gedempt tot een dringend gefluister. 'Ik denk niet dat het een domme roddel is. Ik denk dat er iets van waar is.'

'Hoezo?'

Ze buigt zich verder naar me toe. 'Ik had het erover met iemand die ik van pilates ken. Ze is vroeger reclasseringsambtenaar geweest en ze weet allerlei dingen.'

Ik onderdruk een kreun.

'Zij zei dat ze vaak mensen zoals zij in plaatsjes als Flinstead onderbrengen. Doodgewone dorpen waar niemand veel aandacht aan besteedt. Soms mogen ze hun voornaam houden, maar in ieder geval houden ze hun initialen, zodat ze daar geen vergissingen in kunnen maken.'

Ik kijk zo onopvallend mogelijk op mijn horloge. Maddie is een schat, echt, maar ik moet over tien minuten op mijn werk zijn.

'Vertel,' zeg ik.

'Ze zei dat ze ze soms helpen een eigen zaak op te zetten. Het is gemakkelijker voor hen om onder de radar te blijven als ze een zelfstandig beroep hebben.' Maddies ogen glanzen. Ze geniet hiervan. De opwinding, het speculeren. Als een echte Miss Marple...

'Dat zal zeker allemaal kloppen,' zeg ik, 'maar dat betekent natuurlijk niet dat Sally McGowan in Flinstead woont. Er zijn duizenden plaatsjes zoals dit. Ze kan overal zitten. Misschien zit ze zelfs wel in het buitenland.'

Maddie schudt haar hoofd. 'Nee, daar zit ze niet. Ik heb het hele weekend op het internet gezeten. Wist je dat mijn dochter me heeft aangemeld voor zo'n computercursus voor senioren?'

'Nee, dat wist ik niet.'

'Nou ik heb zoveel geleerd over verschillende zoekmachines.' Ze buigt zich weer naar me toe. 'Sally McGowan woont in een klein kustplaatsje en werkt in een winkel.'

Ik schiet bijna in de lach. Ze is er ook zo van overtuigd. Ik dacht dat Maddie te verstandig was om alles te geloven wat ze leest.

Ze wacht tot een stel van middelbare leeftijd langs ons heen is gelopen voor ze verdergaat: 'Ben je ooit in Stones & Crones geweest op Flinstead Road?'

'Dat newagewinkeltje? Ja, daar koop ik weleens iets. Hoezo?'

Maddie ademt diep in. 'Ik vind het vervelend om te zeggen, omdat ik weet dat de eigenaresse een vriendin van Liz is, Liz is dol op al dat hippieachtige gedoe, hè?' Ze zwijgt even. 'Het is namelijk zo dat mijn schoonzus, Louise, in de winkel ernaast werkt. Sonia Martins schijnt al haar uitnodigingen om lid te worden van de Flinstead Business Group af te slaan en te weigeren deel te nemen aan de straatfeesten die ze altijd organiseren.'

Ze kijkt me aan alsof dat onweerlegbaar bewijs is.

'En volgens Louise heeft Sonia haar ooit verteld dat ze vroeger in Dagenham heeft gewoond, maar toen dat een tijdje later ter sprake kwam, zei Sonia opeens dat ze in Dinningham, in het zuiden van Yorkshire, had gewoond.'

Maddies stem wordt steeds hoger en ze praat steeds sneller. Ze kwettert als een opgewonden vinkje.

'Maar Louise zegt dat ze haar niet verkeerd kan hebben begrepen en dat Sonia zeker "Dagenham" zei, omdat ze het daarna nog over de film *Made in Dagenham* hebben gehad. Dus alles bij elkaar opgeteld... Sonia Martins lijkt op Sally McGowan, ze heeft een winkel in een klein kustplaatsje en geeft inconsistente informatie over haar verleden.'

Nu kan ik mijn lachen echt niet meer inhouden. '"Inconsistente informatie"? Je klinkt alsof je een misdaadroman bespreekt in de leesclub.'

Maddie bloost. 'Ja, ik weet het, je hebt gelijk. Maar je vraagt je toch af... hè?'

# 6

Het belletje boven de deur rinkelt als ik het sterk geurende Stones & Crones binnenstap. Ik heb een nieuwe geurkaars nodig. Nou ja, niemand heeft natuurlijk een geurkaars nódig, maar zo'n ding helpt me wel om te ontspannen na een drukke dag op kantoor. Ik moet trouwens ook batterijen voor de rookmelder kopen en dat kan hiernaast. Het heeft dus niets te maken met Maddies idiote theorie. Niks.

Zodra de deur achter me dichtvalt, weet ik dat het een vergissing is. Ik voel me slecht op mijn gemak. Mijn hart bonkt zo hard dat het in mijn oren dreunt – en de hele winkel door, lijkt het. Ik voel dat ik rood word. Ik had net zo goed een briefje op mijn voorhoofd kunnen plakken met: 'Ik kom je eens beter bekijken, om te zien of je die kindermoordenaar, Sally McGowan, bent.' Wie denk ik in vredesnaam dat ik ben? Belachelijk! Ik moet me schamen.

Sonia Martins zit achter de toonbank. Rechtop en roerloos, met een klein glimlachje op haar zwaar aangezette lippen. Ze heeft een bleke huid. Het soort bleekheid dat ma 'Iers wit' noemt.

'Morgen,' zegt ze.

'Morgen.' Mijn stem klinkt hoog en schel, heel anders dan normaal.

Tsja, als je goed kijkt is er wel een gelijkenis. Haar ogen. En ze heeft ook dezelfde kleur haar, alleen zitten er nu grijze slierten doorheen. Maar er zijn natuurlijk ik-weet-niet-hoeveel vrouwen met dit soort ogen en deze kleur haar. Susan Marchant bijvoorbeeld. En trouwens, als je niet herkend wilt worden, verf je als eerste je haar een andere kleur. Dat had Maddie toch ook kunnen bedenken.

Ik loop naar het rek met cd's en draai dat langzaam rond terwijl ik mijn ogen over de rustgevende titels laat gaan. *Zen Mystique Music for a Calm Mind. Angelic Reiki. Music for Crystal Healing.*

Ik voel dat ze naar me kijkt, op de verdekte manier waarop winkelpersoneel dat doet. Een discrete blik in mijn richting om te zien of ik niets jat. Dan slaat ze haar ogen weer neer. Ik haal een cd uit het rek – *Journey to the Temple* – en draai die om, zodat ik de tekst achterop kan lezen: 'Zeven chakraopnames gemixt met natuurlijke geluiden zoals water en vogelzang.' Mijn hartslag kalmeert. Ik moet echt op zoek naar een yogaklasje. In Londen ging ik eens per week.

De kaarsen staan op de uitstaltafel recht tegenover de toonbank. Recht voor de vrouw die Sonia Martins heet. De vrouw die geen lid wil zijn van de winkeliersvereniging en niet meedoet aan het jaarlijkse straatfeest. De vrouw die naar alle waarschijnlijkheid niets te maken heeft met Sally McGowan, die ongetwijfeld een fijne jeugd in Dagenham heeft gehad, of misschien Dinnington, met haar poppen speelde, kinderboeken las en opgroeide tot een aardig, vriendelijk mens.

Ik kijk hoe duur de kaarsen zijn, maar zelfs de kleinste kost al £6,99.

Sonia kijkt mijn kant op. 'Ze ruiken heerlijk, die,' zegt ze.

Ik reageer met een glimlach en worstel met het dilemma of ik nou een veel te dure kaars zal nemen die ik niet nodig heb, of zonder iets te kopen de winkel uit ga. Dat is het lastige met dit soort kleine winkeltjes: als ik er eenmaal binnen ben, voel ik me altijd genoodzaakt iets te kopen, alsof het mijn morele plicht is om het bedrijfje van iemand die ik niet ken te steunen.

Ik zet de kaars terug en pak met een brede glimlach een pakje wierookstaafjes, alsof dat de reden is van mijn bezoek.

'Dat is dan £1,75 alstublieft,' zegt Sonia. Hoor ik een lichte teleurstelling in haar stem?

Ik zoek in mijn portemonnee naar het geld. Haar stem is zacht, ze heeft een licht accent. *'Estuary English'* wordt het genoemd, het regionale dialect dat langs de Theems wordt gesproken. Ze klinkt eigenlijk net zoals ik; tussen bekakt en Cockney in, wat dus betekent dat ze ergens uit het zuidoosten van Engeland komt.

Of misschien ook niet. Ik heb gelezen dat deze manier van praten tegenwoordig al tot ver buiten de Theemsregio is verspreid. En accenten kunnen natuurlijk worden aangeleerd. Of afgeleerd. Ik denk aan Barbara's heldere upper class-klinkers en het feit dat ze als ze te veel heeft gedronken vervalt in Brummie.

Sonia Martins stopt de wierook in een bruin papieren zakje. Onze ogen ontmoeten elkaar als ze het aan me overhandigt. Ik heb te veel fantasie, ik weet het, maar ik durf te zweren dat ze dwars door me heen kijkt. Ik glimlach en keer me om, me sterk bewust van haar blik die in mijn rug boort.

Als ik buitensta, besef ik dat ik mijn adem inhield. Waar ben ik in vredesnaam mee bezig? Ik moet meteen ophouden met deze onzin. Dit hele gedoe voorgoed uit mijn hoofd zetten.

Dave wappert met een post-it naar me als ik binnenkom.

'Anne Wilson wil het huis op Maple Drive nog een keer bezichtigen,' zegt hij. 'Ik dacht dat jij dat misschien zou kunnen doen, omdat je haar al kent...'

'En ernaar verlangt om nog een keer te genieten van mevrouw Marchants warme glimlach?' vul ik aan.

Dave grijnst. 'Zoiets, ja. Ik zou het zelf hebben gedaan, maar ik heb twee taxaties vanmiddag en ik loop al achter op schema.'

Dat is een van de redenen waarom ik hem mag, mijn baas. Ik ben nu slechts een parttime werknemer en probeer ervaring op te doen in de huizenverkoop, hij is de eigenaar van het bedrijf, maar hij behandelt me alsof we elkaars gelijke zijn.

'Ik bel mijn moeder wel of ze Alfie kan ophalen. Dan probeer ik als ik terug ben die stapel administratie weg te werken.'

Dave steekt zijn duim naar me op.

Ik parkeer helemaal aan het eind van Maple Drive, met uitzicht op de zee. Vandaag is het water een diep violetblauw en hangt er een nevel boven de horizon die het windmolenpark bijna aan het zicht onttrekt. Naar de zee kijken verveelt me nooit. Het zit in mijn DNA, het hoort bij me. Al die lange zomermiddagen die ik uitgestrekt op het zand lag, met mijn neus in een boek en het geruis van de branding in mijn oren. Later, als tiener, terwijl de schemering overging in het donker en ik in kleermakerszit bij een illegaal kampvuur zat, rookte, bier uit blikjes dronk en zoende met jongens die op de kermis op de Mistden Pier werkten. Ik heb altijd geweten dat ik op een dag terug zou komen.

Deze keer stap ik niet uit, maar wacht ik tot Anne Wilson er is. Hoe minder tijd ik in Susan Marchants gezelschap hoef door te brengen, hoe beter. Ik zet de radio aan, open een raampje en kijk naar de bladeren op het trottoir die opwaaien in de bries. Over een maand of twee is het winter, dus moeten dit soort zonnige dagen gekoesterd worden. De laatste zomerse dagen.

Het grootste deel van de toeristen is nu vertrokken omdat de scholen weer zijn begonnen. Flinstead is weer van zijn bewoners. Het is alsof het dorp eindelijk weer kan ademhalen. Als er geen toeristen meer kwamen, zou het hier natuurlijk ten dode opgeschreven zijn, maar o, wat is het heerlijk als ze hun boeltje pakken, hun ligstoelen, parasols en windschermen meeslepen naar hun auto, de boulevard niet meer bevolken met hun plastic picknicktafeltjes, hun enorme opblaasbeesten en hun roodverbrande benen, en ze er níét zijn.

Natuurlijk staan er nog wat auto's op de boulevard geparkeerd; van dagjesmensen of iemand die zijn hond uitlaat op het strand. Op het grasveld zijn een man en twee kinderen aan het vliegeren. Het is een ouderwetse, ruitvormige vlieger: hij duikt omlaag en suist dan weer omhoog, de staart stroomt er in een lange sliert achteraan. Misschien moet ik een vlieger voor Alfie kopen. Dat zou hij zeker leuk vinden. Eigenlijk koop ik veel liever een goede vlieger voor hem dan die veel te dure schoolfoto's, wat me eraan herinnert dat ik dat formulier moet opzoeken als ik thuiskom.

Ik kijk in mijn achteruitkijkspiegel of ik Anne Wilsons blauwe Renault Clio al zie, maar ze is er nog niet. Het tijdstip van de afspraak komt en gaat en omdat ik ook geen bericht van haar krijg, blijf ik wachten. Het is geen straf om zo in de warme middagzon die door het raampje valt te zitten met het geluid van krijsende zeemeeuwen boven mijn hoofd. Desondanks voel ik een vleugje ongemakkelijkheid in mijn binnenste. De dode bladeren ritselen knisperend over de stoep. Misschien is het het vooruitzicht Susan Marchant weer te zien. Of misschien is het mijn recente ontmoeting met Sonia Martins en het vervelende gevoel dat ik had toen ik in haar winkel was.

Susan Marchant. Sonia Martins. Ga ik voortaan iedereen met die initialen verdenken?

Mijn blik gaat naar het bruine papieren zakje met de wierookstokjes op de passagiersstoel naast me. Sinds mijn verhuizing ben ik verschillende keren in die winkel geweest, aangetrokken door de heerlijke geuren en de rustgevende sfeer die er hangt. Als ík mijn werkelijke identiteit moest verbergen voor de wereld en iemand was die worstelde met demonen, wat kon ik dan beter doen dan mijn dagen doorbrengen in zo'n vredige en rustige omgeving als Stones & Crones?

Wat moest het ingewikkeld zijn om al die leugens op te houden, als draaiende borden op een stok in de lucht. Hoe kan iemand zo leven zonder er horendol van te worden?

Ik recht mijn rug en beweeg mijn schouderbladen naar elkaar toe om de spanning eruit te knijpen. *Nou, het is goed gelukt om Sally McGowan uit mijn hoofd te zetten!* denk ik. Ze zit er nog steeds, als een onwelkome gast.

Terwijl ik zit te wachten, scrol ik door Facebook. Tash heeft er een foto op gezet van haar enkel, die er enorm gezwollen en gekneusd uitziet. Ze heeft eronder geschreven: 'Geweldig excuus om thuis te blijven en te Netflixen!' Ik druk op 'like' en typ een reactie: 'Te veel wodka gisteravond?'

Ze antwoordt direct: 'Rennen om de bus te halen en gestruikeld over de stoeprand. We moeten nodig bijpraten. Kom gauw logeren!'

'Doe ik', antwoord ik. 'Ik mis je!'

'Had je niet moeten verhuizen!' komt er meteen terug met een knipogende emoji erachter.

Ik heb net genoeg tijd om haar een emoji met uitgestoken tong terug te sturen, omdat Anne Wilson haar blauwe Clio aan de overkant van de straat parkeert. Ze stapt uit, trekt een gekweld gezicht en mimet 'sorry' naar me. Haar haren glanzen in de zon als ze zich naar me toe haast. Vandaag is de zilverharige man er niet bij.

'Ik wilde bellen om te zeggen dat ik te laat was,' zegt ze verontschuldigend en een beetje ademloos. 'Maar dan was ik nog meer tijd kwijt geweest, dus ben ik maar gewoon doorgereden.'

Haar huid ziet er nog strakker en glimmender uit dan de vorige keer. Inschatten hoe oud ze is, is ondoenlijk, maar jong is ze in ieder geval niet.

'Geen punt, hoor,' zeg ik. 'Niet erg.'

Net zoals de vorige keer gaat de voordeur van nummer 24 al open voordat ik op de bel heb gedrukt. Susan Marchants ogen flitsen van mij naar Anne en weer terug naar mij. Even ben ik bang dat ze ons gaat berispen omdat we te laat zijn, maar dan gebaart ze met een bevelende zwaai van haar arm dat we binnen moeten komen.

'Ik ben in de tuin,' zegt ze en ze draait zich meteen om en verdwijnt door de lange gang.

Anne Wilson schudt haar hoofd vol ongeloof.

Hoezeer Pegton de verkoop van dit huis ook nodig heeft – het is niet erg druk de laatste tijd; Dave noemt het 'het Brexit-effect' – hoop ik stiekem dat ze besluit geen bod te doen en dat ook niemand anders een bod zal doen, zodat Susan Marchant de prijs wel moet laten zakken. Haar verdiende loon omdat ze zich gedraagt als een ongemanierde ijskoningin.

# 7

Ma's huis en de andere kant van de twee-onder-een-kap waarin ze woont, doen me altijd denken aan 'voor' en 'na' foto's. Beide helften zijn op dezelfde manier met kiezelcement afgewerkt, maar de ramen van de kant van de oude buurvrouw zijn vuil en er hangen slecht passende gordijnen voor, terwijl ma's ruiten schoon zijn met strakke verticale lamellen erachter. De twee helften van de oprit vertellen hetzelfde verhaal, hoewel het me opvalt dat ma kortgeleden het onkruid tussen de stenen er ook aan de kant van de buurvouw moet hebben uitgetrokken. Het verbaast me eigenlijk dat ze niet heeft aangeboden de ramen ook eens een beurt te geven.

Met een theedoek over haar schouder en rode wangen van de hitte in de keuken, doet ze de voordeur open. Sol wringt zich langs haar benen om me te begroeten. Sol is een blonde labrador van tien en nóg een reden waarom Alfie het zo fijn vindt hier. Alfie is gek op honden en nu hij Sol zo vaak als hij wil kan zien, is hij opgehouden met zeuren over een eigen hond.

Toen ik klein was, zorgde ma altijd voor gepensioneerde blindengeleidehonden. Mijn opa was blind en ma was tussen de geleidehonden opgegroeid, dus hadden wij ook altijd honden. Ik weet al hun namen nog: Lulu, Nero, Pepper en de ondeugendste van allemaal: Quenton, die ooit eens een hele verjaardagstaart heeft opgevreten toen er even niemand keek. Míjn verjaardagstaart nog wel! Maar ik kon niet lang boos op hem blijven, vooral omdat hij een toeval kreeg van alle suiker en we met spoed naar de dierenarts moesten.

Toen haar vorige hond, Oona, een geweldige Duitse herder, stierf aan kanker, verwachtte ik dat ze haar hondenriem voorgoed op zou hangen. Al haar honden waren speciaal en zoals zij altijd zegt kun je je beter niet te veel aan zo'n beest hechten omdat ze al oud zijn als ze bij haar komen, maar Oona was echt haar favoriet. Uiteindelijk gaf ze toch toe. Het huis leek niet hetzelfde zonder een hond.

Alfie komt de woonkamer uit rennen voor een knuffel. Zijn handen zitten onder de groene stift en ik zie klei onder zijn vingernagels zitten, maar ach, hij ruikt zo heerlijk dat ik hem nooit meer los wil laten.

Ma glimlacht. 'Alfie, wil je je kleurplaat afmaken terwijl mama en ik de tafel dekken?'

'Je moet eerst naar mijn alienruimteschip komen kijken, mammie,' zegt hij terwijl hij zijn handen onder mijn neus duwt om me te laten zien hoe vuil die zijn. 'Hij heeft een speciale raketvlam. Kijk, mammie, zie je?'

'Prachtig, Alfie. En wat is dit kleine wezentje hier?' vraag ik wijzend.

Alfie en ma wisselen een blik alsof ze willen zeggen: 'Dat ze dat niet wéét!'

'Een ruimterobot natuurlijk! Kijk, dat is zijn antenne en dat zijn z'n speciale klauwen.'

'O ja, nou zie ik het! Stom van me! Wat ben je toch een slimmerik!'

Alfie marcheert als een robot de woonkamer in en dreunt: 'Begrepen, begrepen.'

'Hij is dol op dat boek,' zeg ma lachend. 'Dat boek dat ik van jóú niet mocht kopen!'

'Ik vond die titel gewoon irritant. *Jongenskleurboek!* Alsof meisjes geen ruimteschepen en vliegtuigen willen inkleuren. Geen wonder dat er zo weinig vrouwelijke ingenieurs zijn.'

Ma rolt met haar ogen en wenkt me naar de keuken. Ze doet de deur achter ons dicht. 'Kan ik je even spreken?'

Ik dump mijn tas op de vloer en ga op het randje van een van de krukken aan de ontbijtbar zitten. 'Wat heeft-ie nou weer gedaan? Hij heeft toch niet "shit" gezegd, hè? Ik heb Michael al zo vaak gezegd dat hij dat niet moet zeggen waar Alfie bij is, maar je weet hoe hij is.'

Ma trekt een gezicht waarmee ze wil zeggen: Ja, ik weet precies hoe Michael is.

'Nee, hij is harstikke zoet geweest,' antwoordt ze. 'Het is alleen...' Ze zwijgt even. 'Ik maak me zorgen om hem, Jo. Vooral na wat hij op de vorige school heeft meegemaakt.' Mijn keel knijpt samen. 'Heeft hij je verteld over de lunchpauzes?'

Ik staar haar een beetje verward aan. 'De lunchpauzes?'

'Dat er niemand naast hem wil zitten?'

Mijn ogen branden plotseling als ik me zijn buikpijn van die ochtend herinner. 'Daar heeft hij niets over gezegd.'

Ma haalt drie placemats uit de la. 'Dit is de tweede keer dat hij het erover had. Eerst dacht ik dat het wel mee zou vallen, je weet hoe kinderen zijn op deze leeftijd – nogal wispelturig met vriendjes en vriendinnetjes.' Ze geeft me de placemats aan. 'Maar hij is er duidelijk door van streek. En hij zegt dat Jake en Liam altijd gemeen tegen hem doen.'

Ik loop door naar de erker en leg de placemats op tafel. Ik ben blij dat hij het haar vertelt, natuurlijk. Maar ik zou willen dat hij het eerst aan *míj* had verteld. Misschien had ik wat meer moeten doorvragen toen hij laatst iets over Jake en Liam zei. Dit mag niet meer gebeuren.

'Ja, hij heeft iets gezegd over die twee, maar ik had geen idee van die lunchpauze. Ik zal het morgen bespreken met juf Williams.'

Die arme Alfie. Ik vind het vreselijk dat hij in zijn eentje zit.

Ma fronst haar voorhoofd. 'En dat is niet het enige waar ik me ongerust over maak.'

O god! Wat heb ik nog meer gemist van mijn eigen zoon?

'Hij vertelde dat Michael dit weekend is blijven logeren.'

Hm. Ik had kunnen weten dat Alfie daar iets over zou zeggen.

'Ik heb me nooit met jouw leven bemoeid, Joanna, en dat ben ik nu ook niet van plan,' zegt ze. 'Maar als ik het je niet zeg, blijft het door mijn hoofd spoken.'

'Zeg het maar.'

'Alfie kan gemakkelijk het verkeerde idee krijgen. Je hebt zelf verteld dat hij zich soms afvraagt waarom zijn papa niet thuis kan wonen. Als Michael bij jullie blijft logeren, brengt hem dat geheid in verwarring.'

Ma perst haar lippen op elkaar. Ze heeft nooit echt kunnen begrijpen hoe het zit tussen Michael en mij. In dat soort dingen is ze nogal ouderwets. Het zal waarschijnlijk wel ongemakkelijk zijn om 'onze situatie', zoals ze het noemt, aan vriendinnen uit te leggen, hoewel ik weet dat ze diep in haar hart alleen maar het beste met me voorheeft. Ze heeft ooit eens tegen me gezegd dat ze vindt dat ik genoegen neem met minder. Maar ik hoef mijn relatie met Michael niet te verantwoorden aan haar – het is míjn leven, niet het hare.

Desondanks begin ik het toch uit te leggen: 'Hij was dood- en doodmoe na de vlucht. Ik kon het niet over mijn hart verkrijgen hem meteen weer weg te sturen.'

'Dus hij heeft op de bank geslapen?'

Ik doe mijn mond open om te antwoorden, maar ik heb niks te zeggen.

Ma slaakt een zucht en zegt met een half lachje: 'Hij is dan pas zes, Jo, maar kinderen zijn vaak veel slimmer dan je denkt.' Ze draait het gas uit onder de erwtjes en pakt een vergiet uit de kast. 'Ik hoop dat hij een condoom gebruikt.'

'Ma! Jezus! Natuurlijk doet hij dat. Doen wíj dat!'

Behalve natuurlijk die ene keer, met Alfie als resultaat, maar dat hoeven we nu natuurlijk niet nog eens op te rakelen.

'Omdat hij waarschijnlijk ook met ándere vrouwen naar bed gaat,' zegt ze. 'Dat weet je toch, hè?'

Ik adem in door mijn neus en tel tot vijf. 'We zijn nooit monogaam geweest, ma, dat heb ik je verteld. Maar wat ik zeker weet van Michael, is dat hij eerlijk is.'

Té eerlijk soms. De enkele keer dat hij inderdaad met een ander in bed belandde, wilde hij het me altijd per se vertellen, bijna alsof hij goedkeuring van me wil. En ik weet dat ik ook met een ander kan aanpappen als ik zou willen. Maar ik wil het niet. Ik heb er geen behoefte aan. In ieder geval niet meer sinds Alfie.

'Hij heeft al een hele tijd geen relatie meer gehad,' zeg ik. 'En als hij iemand ontmoet, dan vertelt hij me dat. Dat weet ik zeker.'

Ma slaakt weer een zucht. 'Sorry, schat. Ik kan er niks aan doen, maar ik maak me zorgen om je. Dat hoort er nou eenmaal bij als je moeder bent, je zorgen maken om je kinderen. En dat houdt nooit op, zelfs niet als ze volwassen zijn. Ik wil gewoon dat je gelukkig bent en niet hoeft mee te maken wat ik met je vader hebt meegemaakt.'

Ze spreekt het woord 'vader' altijd vrij sarcastisch uit. Arme ma. Het is natuurlijk niet verwonderlijk dat ze geen hoge pet op heeft van mannen.

Ze geeft een kneepje in mijn schouder. 'Weet je nog toen je klein was en je dat fantasievriendje had? Ik was zó ongerust toen je voor het eerst naar school ging. Ik was bang dat de andere kinderen je ermee zouden pesten.'

'O ja, Lucy Locket.' Ik glimlach bij de herinnering.

Ma lacht. 'Ik kan je niet vertellen hoe blij ik was toen je ophield met dat geklets op je kamertje.'

'Het blijkt echt volkomen normaal te zijn dat een jong kind fantasievriendjes heeft. Dat heb ik eens gelezen. Het hoort bij hun ontwikkeling.'

'Ik weet het. Ik plaag je alleen een beetje.' Ma geeft me zout en peper aan om op tafel te zetten. 'Ik denk dat Alfie gewoon wat hulp nodig heeft om erbij te horen. Misschien is het goed als je bevriend raakt met een paar andere moeders en hun kinderen af en toe te spelen vraagt of iets dergelijks. Toen ik Alfie vandaag van school haalde, raakte ik in gesprek met de moeder van Hayley. Karen heet ze toch? Haar moeder was er ook bij. Vriendelijke vrouw, maar akelig mager. Ze is bij Karen ingetrokken, zoiets zei ze. Ze leken me allebei erg aardig.'

'Karen zit in mijn leesclubje,' zeg ik. 'Ze is geloof ik ook de notulist van de ouderraad. Om eerlijk te zijn vind ik haar nogal bemoeierig. En Alfie speelt trouwens niet graag met meisjes.'

Ma schiet in de lach. 'Wacht maar tot hij tien jaar ouder is.' Ze pakt drie borden uit de kast en zet ze onder in de oven om op te warmen.

Alfies hoofd verschijnt in de deuropening. 'Ik heb honger.'

Ma zet haar handen op haar heupen. 'Nou, dan is het maar goed dat ik heb gekookt, hè?'

Ze heeft gelijk. Natuurlijk heeft ze gelijk. Ik moet beter mijn best doen met de andere moeders. Voor Alfie. Zorgen dat ik uitgenodigd word voor de koffie of zoiets. Wat zei Tash ook alweer toen ik haar vertelde dat ik parttime ging werken en wegging uit Londen? Dat het niet lang zou duren voordat ik alleen nog maar koffiedronk met andere moeders en tot vervelens toe over mijn kind kletste. En ik zei nog: 'Absoluut niet!'

Maar ja, als het voor Alfie is…

# 8

Later die avond, als Alfie ongeveer vijf minuten slaapt, gaat de telefoon. Ik gris mijn mobiel naar me toe om op te nemen, voordat hij weer wakker wordt.

'Ik denk dat ik misschien iets heb over Sally McGowan,' zegt Michael na een gehaaste begroeting.

'Echt?'

'Ja! Ik kwam een oude maat van me tegen die is doorgebroken met dat artikel van toen ze voor het eerst was opgespoord. Je weet wel, in Coventry.'

Als Michael 'een oude maat' zegt, kan dat werkelijk alles zijn: een verslaggever die hij één keer heeft ontmoet, een ex-crimineel die informant is geworden, een onschuldige buitenstaander die blij is met vijf minuten aandacht van een knappe journalist met vriendelijke ogen. Het is in ieder geval zelden echt een 'maat'.

'Tegenkomen' betekent ook niet letterlijk 'tegenkomen'. Niet zoals ik Maddie vanmorgen tegenkwam op het schoolplein. 'Tegenkomen' betekent in Michaels jargon dat hij iemand met alle mogelijke middelen heeft opgespoord.

'Ze hebben haar ergens geplaatst, dat klopt, ze zit in een beschermingsprogramma,' gaat hij verder. 'Ze hebben haar een nieuwe naam gegeven. Een nieuwe geschiedenis, een nieuw verhaal.'

Hij geniet hiervan, dat hoor ik aan zijn stem en de manier waarop hij het formuleert – alsof hij een CIA-agent speelt in een Amerikaanse film.

'Soms duurt het maanden voordat ze het in hun eentje afkunnen. Maar mijn bron zegt dat Sally McGowan een snelle leerling was.'

'Je bron of je oude maat?' vraag ik.

'Haha. Maar nu komt het: een van zíjn bronnen, en hij zweert dat die betrouwbaar is, was knetterdronken op een avond en nogal loslippig en vertelde dat ze veilig weggestopt zat in zo'n kustplaatsje waar je nog niet dood gevonden wilt worden.'

'O, en toen dacht jij natuurlijk automatisch aan Flinstead.'

'Jíj zegt het, niet ik! Maar wacht, dat is nog niet alles. Het laatste wat die vent vertelde voordat hij te bezopen was om nog uit zijn woorden te komen, was dat hij in dat geval liever een woedende menigte tegenover zich had gehad, dan zijn dagen te moeten slijten in een dorp zonder pub.'

Hij wacht tot het tot me doordringt. Flinstead stond tot voor kort bekend als een 'droog' dorp. Het was groot nieuws toen er, begin 2000, eindelijk een kroeg kwam.

'Wie ís die bron van je,' vraag ik. 'Ik bedoel, als het iemand is die te maken had met Sally's nieuwe identiteit, dan is hij toch niet zo stom om iets te gaan drinken met een journalist? Hij heeft dan toch een strenge geheimhoudingsverklaring getekend!'

Michael lacht. 'Als er mensen in het spel zijn, is geheimhouding nóóit gegarandeerd. Maar die maat van me kon er sowieso niets mee, geen enkele krant wilde zijn vingers eraan branden en ik kan er ook niets mee. Het gerechtelijk bevel, weet je nog? Ik dacht alleen dat je het wel zou willen weten.'

Wil ik het weten? Dat is de vraag die ik mezelf stel als we hebben opgehangen en ik aanstalten maak om naar boven te gaan. Ik controleer of alle pitten van het fornuis uit zijn, hoewel ik natuurlijk heel goed weet dat dat zo is – ik heb hier vanavond niet eens gegeten.

Het is allemaal zo lang geleden. Als het klopt dat Sally McGowan in Flinstead woont, wat betekent dat dan eigenlijk voor mijn leven of dat van iemand anders? Ze was een kind toen, een beschadigd, mishandeld kind. Van wat ik gelezen heb, heeft de politie talloze verwondingen en blauwe plekken op haar lichaam gevonden. Oude wonden, littekens. Haar stiefvader, die door iedereen wordt beschreven als een dronken en agressieve vent, zei dat ze een geniepig kind was en zichzelf die verwondingen had aangedaan zodat iedereen zou denken dat *híj* het had gedaan. De moeder bevestigde dat verhaal. Wat zo angstaanjagend is, is dat *zíj* werden geloofd.

Ik krijg Sally McGowans tienjarige gezichtje niet uit mijn hoofd. Die onrustbarende, uitdagende blik. Als er iemand naar de gevangenis had gemoeten, was het Kenny McGowan. En haar moeder, Jean. Achteraf gezien, vanuit het perspectief van de eenentwintigste eeuw, is het overduidelijk dat ze is mishandeld. Gelukkig zijn we wat dat betreft een heel stuk verder dan in de jaren zestig.

Is dat eigenlijk wel zo? Ik heb op Twitter zitten kijken en de reacties gelezen onder verschillende artikelen die online staan over Sally en andere, recentere kindermoordenaars. De haat en de wreedheid die daaruit blijken zijn schokkend. Een haast middeleeuwse roep om wraak. En dat allemaal van mensen die geen familie van de slachtoffers zijn, maar van willekeurige vreemden die niets met ze van doen hebben, ze niet eens kennen.

Wat zei Cathy ook alweer? Dat ze liever had dat Sally werd gelyncht door een woedende menigte, dan dat ze werd beschermd. Is dat wat er in Flinstead zou gebeuren als dit gerucht waar blijkt te zijn en iemand Sally weet op te sporen? Zouden Cathy en Debbie en de rest dan op de stoep voor haar huis gaan staan om haar uit te schelden – of erger? Zou ons kalme dorp dan voor altijd bekendstaan als de plek waar Sally McGowan werd ontmaskerd? En hoe zou ik het vinden als dat gebeurde, me bewust van het feit dat ik aan haar ontdekking had bijgedragen?

Ik neem nog even een kijkje bij Alfie. Hij ziet er zo schattig uit dat ik niet anders kan dan een heel zacht zoentje op zijn wang geven. Het is niet voor te stellen dat Sally McGowan dat jochie vermoordde toen ze nauwelijks vier jaar ouder was dan Alfie nu. Ik loop op mijn tenen zijn kamertje uit en laat de deur op een kier staan zodat hij het licht op de overloop kan zien als hij wakker wordt.

Terwijl ik in mijn eigen bed kruip, schieten de batterijen die ik in mijn lunchpauze heb gekocht me te binnen; ze zitten nog in het bruine zakje bij de wierookstaafjes. Ik heb de lege batterijen vanmorgen uit de rookmelder gehaald, dus ik zal nu naar beneden moeten om de nieuwe te halen, anders doe ik geen oog dicht.

Halverwege de trap naar beneden dringt het tot me door dat ik nóg iets ben vergeten: ik heb Michael niet verteld wat ik van ma hoorde over Alfie; dat er niemand naast hem wil zitten in de lunchpauze. Er springen tranen in mijn ogen als ik hem in gedachten in zijn eentje aan een tafeltje zie zitten, met bungelende beentjes en een gezicht alsof het hem allemaal niks kan schelen.

Hoe sneller ik bevriend raak met de andere moeders, hoe beter…

# 9

Wat ma gisteren ook tegen Alfie heeft gezegd, ze moet hem gerustgesteld hebben, want vanochtend zijn er geen signalen van buikpijn. Maar Alfie lijkt wel stiller dan anders...

'Zullen we na school lekker naar het strand gaan en een ijsje kopen?' stel ik voor. Zijn gezicht klaart op. 'Misschien kunnen we een paar vriendjes van school meenemen.'

'Misschien,' zegt hij twijfelachtig.

Ik sper mijn ogen wijder open om de tranen tegen te houden. Kon ik zijn problemen maar voor hem wegtoveren. Ze wegkussen, net zoals een geschaafde knie. Ik til hem op en geef hem een dikke knuffel plus een paar luide klapzoenen in zijn nek om hem aan het lachen te maken. 'Kom op schatje, eet je cornflakes op, dan gaan we zo,' zeg ik als ik hem weer neerzet. 'Anders komen we te laat.'

Het is voor het eerst dat we zo vroeg van huis gaan, maar ik wil juf Williams nog even spreken. Normaliter vetrekken we om exact zeven minuten voor negen. Dan hebben we net genoeg tijd om op school te komen en in de rij voor de klas te gaan staan voordat de bel gaat.

Egoïstisch, besef ik nu. Ik timede het zo dat ik zo min mogelijk tijd tussen de andere moeders hoefde door te brengen. Als ik eerder was gegaan, was ik intussen waarschijnlijk al bij hen op de koffie geweest en had Alfie nu misschien een paar vriendjes.

Cathy en Debbie keuren me nauwelijks een blik waardig als ik aankom, wat me niet verbaast. Ze hebben enkele weken geleden een paar keer een vriendschappelijke toenaderingspoging gedaan, maar die heb ik genegeerd. En dan komt daar natuurlijk ook mijn opmerking van laatst nog bij, over lynchen door een woedende menigte ... Niet gek dus dat ze een beetje klaar met me zijn.

Niemand waarschuwt je voor dit soort dingen als je in verwachting bent. Niemand zegt tegen je dat het handig is om bevriend te raken met andere moeders, ook al heb je niets met ze gemeen. Ik zal mijn trots moeten inslikken en een appel moeten doen op hun welwillendheid, ze vertellen dat Alfie moeite heeft zich thuis te voelen op school en ze om hulp vragen.

Als ik juf Williams heb gesproken en ze me heeft verzekerd dat ze extra attent zal zijn op Alfie en de vriendjessituatie, ik Alfie gedag heb gezegd en hem heb nagekeken toen hij in de rij het klaslokaal binnenging, loop ik naar Cathy en Debbie toe die bij het schoolhek staan te kletsen. Ze blijken het nog steeds over het gerucht over Sally McGowan te hebben.

'Hoi.'

Debbie werpt me een zuinig glimlachje toe. Cathy begint iets in te tikken op haar telefoon.

'Ik vroeg me af of Jake en Liam misschien zin hebben om na school met Alfie en mij mee naar het strand te gaan. Een ijsje eten nu het nog lekker weer is?'

Cathy kijkt op van haar telefoon. 'Vandaag? Nee, dat kan niet, Jake moet naar judoles.'

'En Liam heeft al met Harry afgesproken,' zegt Debbie. 'Ander keertje misschien...'

Ik knik. Ze zei het op zo'n onverschillige toon dat ze waarschijnlijk gewoon 'nee' bedoelt. Dit is echt vreselijk. Ik voel me alsof ik zélf weer op school zit en word vernederd door een paar bitchy meiden. Vroeger sloop ik dan gauw weg, gekwetst en afgewezen. Maar nu niet. Dit gaat tenslotte niet om mij, maar om Alfie.

'Trouwens,' zeg ik, terwijl ik me al omdraai om weg te gaan. 'Ik geloof dat jullie gelijk hadden dat die Sally McGowan hier in Flinstead woont.'

'Waarom denk je dat?' vraagt Cathy.

Ik keer me weer om en kijk haar aan. Plotseling ben ik interessanter dan haar telefoon.

'O, gewoon iets wat ik heb gehoord. Het is waarschijnlijk niets, maar…'

Ze doen allebei een stap naar me toe. Aasgieren die om hun prooi cirkelen. Al staan hun gezichten zachter en welwillender dan een minuut geleden, vriendelijker. Is dit alles wat ervoor nodig is om door hun firewall te breken?

Mijn hersens zoeken als een razende naar iets wat ik kan zeggen. Iets wat Michael gisteravond aan de telefoon vertelde. Natuurlijk kan ik dat eigenlijk niet maken, maar dit werkt wel erg goed. Ze zijn opeens een en al oor. Debbie biedt me zelfs een kauwgummetje aan, dat ik niet wil maar toch aanneem. Trouwens, Michael kan toch niks schrijven over Sally McGowan. Zij en de plek waar ze woont zijn verboden terrein voor journalisten.

Ik demp mijn stem. 'Iemand die ik ken, iemand die dit soort dingen kan weten, vertelde dat ze destijds is overgeplaatst naar een dorp waar nog niet eens een kroeg was.'

'Huh?' Ze kijken me allebei fronsend aan. Het is even stil. 'Sinds wanneer zit de Flinstead Arms hier eigenlijk?' vraagt Cathy dan.

'Is die niet ergens in de tweede helft van de jaren negentig opengegaan?' vraagt Debbie. 'Weet je nog, Cath? Er stond een heel artikel in de krant. Wij zaten nog op de basisschool.'

Het voelt niet goed wat ik doe. Ik heb de roddel al doorverteld op de leesclub en nu gooi ik hier ook nog eens olie op het vuur. Waar ben ik mee bezig?

Maar dan zie ik Alfies gezichtje weer voor me toen ik het daarstraks over 'vriendjes' had en weet ik dat ik dit doe om hem te helpen.

'Hm,' zegt Cathy met een peinzend gezicht. 'Interessant! Zeg Joanna, heb je misschien zin om bij onze oppaskring te komen? We komen morgen bij elkaar. Halftien. Mijn huis, Flinstead Road 14. Het huis met de blauwe garage.'

'O, oké. Ja, ik geloof dat ik weet welk huis je bedoelt. Graag, ik kom graag, als ik tenminste kan regelen dat ik iets later kan beginnen op mijn werk.'

Ik betwijfel of het nuttig is om bij een oppaskring te horen, ma woont tenslotte om de hoek. Maar het zal vast een keer gebeuren dat ik weg moet en ma níét kan. Een extra veiligheidsnet. En het is de perfecte manier om ze allemaal een beetje beter te leren kennen.

*Eén terloopse opmerking, één gefluisterd geheim. Dat is alles wat ervoor nodig is om de hele boel weer op gang te brengen en de koers van een leven om te gooien. Ooit is er een vrouw van wie ze dachten dat ik het was haar huis uit gejaagd. Ze verloor haar baan, haar reputatie, haar gemoedsrust. Uiteindelijk gooide ze zichzelf voor de trein.*

*Ik denk vaak aan die vrouw, die onbekende, hoe onze levens nu onherroepelijk met elkaar zijn verweven. Dan vraag ik me af: wie heeft er schuld aan haar dood? De roddeltantes die de leugens verspreidden? Of ik, omdat ze dachten dat zij míj was?*

*'Het monster'. Zo noemen ze me.*

*Ik staar naar mezelf in de spiegel. Geen extra hoofden, geen horens. Niets monsterachtigs aan. Een doodgewone vrouw, die er niet slecht uitziet, ondanks de kraaienpootjes, haar gekreukelde hals en de lippenstift die uitloopt in de fijne plooitjes langs haar bovenlip. Maar als ik lang genoeg kijk, als ik lang in de spiegel staar zonder met mijn ogen te knipperen, neemt iemand anders mijn plaats in.*

*Het meisje dat ze opsloten. Het meisje dat ik mijn hele leven al probeer uit te wissen.*

*Zíj is het die de mensen weer heeft opgeruid. De jagers, als gieren op hun prooi. Door haar komen ze steeds dichterbij. Door haar gebeuren er slechte dingen. Ze haalt alles overhoop…*

# 10

**'ZE HAD NET ZO GOED OOK EEN MES IN MÍJN HART KUNNEN STEKEN,' ZEGT SYLVIA HARRIS, DE MOEDER VAN ROBBIE HARRIS, HET TRAGISCHE SLACHTOFFER VAN KINDERMOORDENAAR SALLY MCGOWAN.**

Door Alex O'Connor
Zondag 3 augustus 1975
*The Sun on Sunday*

Vandaag, zes jaar na de moord op haar vijf jaar oude zoontje Robbie, zit Sylvia Harris kettingrokend in haar woonkamer, een schaduw van de vrouw die ze ooit was. Marie, haar tienerdochter zit naast haar.

Turend naar haar handen zegt Sylvia: 'Het was niet alleen mijn kleine knul die Sally die dag heeft vermoord, ze had net zo goed ook een mes in míjn hart kunnen steken.'

Sylvia is nu vijfendertig en vecht tegen een alcoholverslaving, haar huwelijk met Derek Harris is voorbij. Marie woont bij haar vader, een paar straten verderop, maar gaat elke dag na school bij Sylvia langs. Deze week is extra moeilijk geweest voor hen door het nieuws dat McGowan voorlopig wordt overgeplaatst naar een nieuwe instelling.

'Als we nooit meer iets over haar hoorden, zou het misschien lukken om verder te gaan met ons leven,' zegt Sylvia. 'Of wat daar nog van over is...'

Het is duidelijk dat dit gezin nooit geheeld zal worden door de tijd.
Sylvia pakt een ingelijste zwart-witfoto van Robbie, waarop hij met een emmertje en een schepje op het strand speelt.
Ze knijpt in de hand van haar dochter. 'Hoelang ze haar ook opsluiten, het is nooit lang genoeg. Ik hoop dat ze wegrot in de hel.'

Ik sluit mijn iPad en wrijf over mijn ogen. De letters op de scan van het origineel zijn klein en vaag. Ik doe dit soort dingen te vaak de laatste tijd. Eindeloos door Google scrollen, op zoek naar interessante artikelen over Sally McGowan. Het is een beetje een obsessie geworden.

Aan het eind van de straat zie ik Liz Blackthorne uit de Co-op komen. Ze kijkt me recht aan, dus zwaai ik naar haar en ik wil al oversteken voor een praatje, maar ze draait zich op haar hielen om, met haar witte vlecht als een staart onder haar jack uit, en loopt haastig de andere kant op. Vreemd. Ik zou zweren dat ze me zag. Nou ja, ze zal wel met haar hoofd bij andere dingen zijn. Zo ben ik ook als ik het druk heb. Dan ren ik als een kip zonder kop in de rondte en zie niets en niemand om me heen. En trouwens, ik ben toch al aan de late kant.

Cathy woont in een van de nieuwe huizen bovenaan Flinstead Road, aan de kant die níét uitkomt op de zee. Binnen is het licht en ruim. Alles zou zo uit een Ikea-catalogus kunnen komen. We zijn met z'n zessen. Karen van de leesclub is er ook – ik wist niet dat zij omging met dit groepje – plus nog drie peuters. Ik ben blij om te zien dat Fatima er ook is. Cathy heeft iedereen koffie of thee ingeschonken en bladert nu door een multomap.

'Ik heb er zo'n hekel aan als iemand het rooster niet goed invult,' zegt ze.

Debbie trekt zogenaamd een ontzet gezicht. 'Dat zal ik wel zijn, dan. Sorry. Vergeten.'

Cathy kijkt me veelbetekenend aan. 'Zo gaat het nou altijd, Joanna. En dan nog klagen ook dat de punten niet kloppen.'

Ik glimlach, alsof ik snap waar ze het over heeft. Rooster? Punten? Waar ben ik in godsnaam in terechtgekomen? Ik kan me nu al voorstellen wat Tash gaat zeggen als ik haar dit vertel.

Fatima buigt zich naar me toe. 'Elke keer dat je voor iemand oppast, krijg je punten. Hoe meer punten je hebt, hoe meer oppasuren je kunt opnemen. We verzorgen om de beurt de administratie en de bijeenkomsten.'

Ik knik, alsof ik het volg.

'Oppassen na middernacht moet vooraf worden besproken,' zegt Karen. 'En als je nul punten hebt, kun je geen oppas aanvragen.'

'Jawel, dat kan wél,' zegt een lange vrouw met rood haar van wie ik de naam alweer kwijt ben. 'Als iemand vrijwillig aanbiedt om op te passen en als niemand anders diegene dan nodig heeft.'

Karens kaak verstrakt. 'Maar dan zou je in de min komen te staan,' zegt ze. 'En we hebben afgesproken dat we zouden proberen dat niet meer te doen omdat het dan uit de hand loopt en het bovendien niet eerlijk is.'

Ik schiet bijna in de lach. Wat maken ze hier een ingewikkelde toestand van!

De deurbel gaat precies op het goede moment. 'Dat zal Kay zijn,' zegt Fatima. 'Ze zei al dat ze wat later kwam.'

De vrouw met wie Cathy even later de kamer in komt, komt me vaag bekend voor. Kort, Judy Dench-achtig haar en vriendelijke ogen in een vrij gerimpeld gezicht.

'Kay is een van mijn buren en vrijwillige oppas,' zegt Fatima, terwijl ze naast zich op de bank klopt.

Natuurlijk. Ik zie ze weleens kletsen in de deuropening – ze wonen aan het eind van mijn straat. Fatima heeft me een tijdje terug verteld dat haar ouders haar hebben onterfd toen ze weigerde te worden uitgehuwelijkt. Het is je moeilijk voor te stellen wat sommige mensen te verduren krijgen.

'Ze is Ketifa's peetoma.'

Kay glimlacht. 'Mijn dochter en kleinkinderen wonen in Australië. Hoe vaak we ook met elkaar skypen, het is niet hetzelfde als ze in de buurt hebben. Daarom ben ik blij dat ik dit heb.'

'Goed,' zegt Cathy. 'Aan de slag, dames.'

Later, nadat Cathy heeft genoteerd wie deze maand allemaal een oppas nodig hebben en alle punten heeft bijgewerkt, hoor ik mezelf aanbieden op te passen voor de vrouw met het rode haar, die Teri Monkton blijkt te heten. Ik zal het moeten kortsluiten met ma, natuurlijk.

'Dank je wel!' zegt Teri. 'Ruby en Hamish gedragen zich keurig hoor, hoewel ze zullen proberen om het verhaaltje voor het slapengaan zo lang mogelijk te rekken.'

Als alle zaken zijn geregeld en we aanstalten maken om te vertrekken, zegt Teri: 'Ik neem aan dat nog niemand van jullie heeft gehoord dat er een roddel rondgaat over Sally McGowan?'

Debbie schiet in de lach. 'Nou, jíj bent er vroeg bij! Dat weten we allang, hoor.'

'O, oké, ik ben altijd de laatste die iets hoort… Denken jullie dat er iets van klopt?'

'Ik betwijfel het,' zegt Fatima. 'Ten eerste zetten ze zo iemand toch niet in zo'n klein plaatsje als Flinstead.'

Kay knikt. 'Ja, inderdaad. Veel te veel risico.'

Cathy werpt een blik op mij. Haar ogen glimmen, net zoals die van Maddie laatst. 'Joanna, vertel wat jij hebt gehoord!'

Ik wil het helemaal niet herhalen. En ik wil al helemaal niet dat Cathy mij bevéélt het te zeggen.

Karen kijkt me strak aan vanaf de andere kant van de kamer. 'Is er meer bekend dan? Sinds wat je vertelde op de leesclub?'

Shit! Nu kom ik over als de grootste roddeltante van het dorp. Maar ik hou ermee op. Het is al erg genoeg dat ik het heb gezegd. 'O, het is waarschijnlijk niks, gewoon weer een van die idiote broodje-aapverhalen.'

Cathy fronst haar wenkbrauwen. 'Nou dat is anders niet de indruk die je óns gaf,' zegt ze en ze doet het hele verhaal van 'het dorp met niet eens een kroeg' uit de doeken.

Teri fronst. 'Afschuwelijk, straks kom ik misschien langs haar huis als ik Ruby en Hamish naar school breng of zit ze misschien te kijken als ze in het park of op het strand aan het spelen zijn. Hebben jullie die foto van haar gezien? Waarop ze zo fel en kil de camera in kijkt? Ik krijg er de rillingen van.'

'Dit soort geruchten steekt om de zoveel tijd de kop weer op,' zeg ik. 'Ik bedoel, ik zeg niet dat het niet kán, maar de kans is wel klein. En ze houden haar goed in de gaten, toch? De politie en zo?'

Teri trekt een gezicht. 'Dat mag ik verdomme wel hopen!'

Ik loop naar huis met Fatima en Kay. Het voelt alsof we ergens aan zijn ontsnapt, maar dat willen we geen van drieën erkennen. De koude wind schuurt over mijn gezicht en neemt de ongemakkelijkheid een beetje met zich mee. Ik denk dat het zo gaat regenen.

'Nou, Joanna,' zegt Kay. 'Je naam staat nu genoteerd in Cathy's heilige rooster. Ik hoop dat je weet wat je jezelf op de hals haalt.'

Fatima geeft haar een duwtje in haar zij. 'Kom op, Kay. Ontmoedig haar nou niet nog voordat ze is begonnen.'

'Ik vraag me af hoe ik iedereen mijn woonkamer in krijg als het mijn beurt is om gastvrouw te zijn. Er is nauwelijks genoeg plaats voor Alfie en mij.'

'O, maak je geen zorgen,' zegt Kay. 'We hebben niet allemaal van die grote en smetteloze huizen als Cathy. Mijn hele benedenverdieping past in haar woonkamer.'

'Ik ben dol op jouw huis,' zegt Fatima. 'Het doet me altijd denken aan het huis waarin ik ben opgegroeid.'

Kay lacht. 'Dat is haar manier om te zeggen dat het ouderwets is.'

We zijn intussen bij mijn huisje aangekomen en nemen afscheid. Als ik mijn voordeur achter me dichtdoe, blijf ik even in de gang staan om te genieten van de stilte. Als ma laatst niet had geopperd dat ik bevriend moest raken met andere moeders, had ik me nooit aangesloten bij de oppaskring. Maar ze had gelijk; Debbie heeft Alfie al uitgenodigd voor Liams verjaardagspartijtje.

Ik maak het envelopje open, kijk op welke datum het is en noteer die op de kalender in de keuken. Zodra ik me realiseer dat het op 31 oktober is en de pompoenrand om de uitnodiging zie, weet ik dat het een Halloweenpartijtje gaat worden, wat betekent dat alle kinderen verkleed moeten komen.

Ik ben geen fan van Halloween. Het is gewoon weer zo'n opgeklopte marketingtruc om ouders geld uit hun zakken te kloppen. Geld dat ik eenvoudigweg niet heb. Niet meer. Maar misschien kan ik online iets goedkoops bestellen of een paar gaten in een laken knippen zodat hij als spook kan gaan.

Het belangrijkste is dat Alfie helemaal enthousiast zal zijn wanneer hij hoort dat hij is uitgenodigd.

# 11

'Je raadt het nooit,' zegt Dave als begroeting. 'Mevrouw Marchant heeft het bod van Anne Wilson en Jeremy Sanders geaccepteerd.'

Ik trek mijn wenkbrauwen op. 'Echt? Ik had verwacht dat ze door zou gaan tot ze de vraagprijs kreeg.'

'Ik ook,' zegt hij. 'En ik vond het een belachelijk bod. Zeventienduizend lager.' Hij bladert in een stapel papieren. 'Ze kopen contant. Had ik dat al verteld?'

'Nee. Maar dat verbaast me niks. Ze zien er nou niet bepaald armlastig uit.'

Dave grijnst. 'Denk je niet dat ze onder de botox zit?'

Ik lach. 'Dat weet ik wel zeker. En dat is niet het enige wat ze heeft laten doen.'

'Ik heb mevrouw Marchant nog gezegd dat het naar alle waarschijnlijkheid een openingsbod was, een gokje, en dat ze het wel zouden verhogen als ze niet meteen toehapte.' Hij slaakt een zucht. 'Ze hoefde het bod niet eens af te wijzen, ze had gewoon kunnen wachten totdat ze terugkwamen met iets reëlers, maar dat interesseerde haar blijkbaar niet. Ze wil zo snel mogelijk verkopen, dat is duidelijk.'

De ochtend gaat in een soort roes voorbij. Na drie stille weken, worden we opeens bestookt met vragen; er komt iemand binnenlopen om iets te vragen over een huis dat ze heeft gezien op een huizensite, er komen vijf inschrijvingen binnen van potentiële kopers en we krijgen drie taxatieverzoeken. En dan nog de gewone telefoontjes tussendoor: meestal van mensen die moeten wachten tot de verkoper een ander huis heeft gekocht en dan verder kunnen onderhandelen over de datum van oplevering.

Tussendoor heb ik geprobeerd Pegtons Twitteraccount bij te werken – een taak die Dave maar al te graag aan mij overlaat. Ik kan het niet laten even door mijn privéaccount te scrollen en daardoor merk ik Kay in eerste instantie niet op. Er staan altijd mensen voor de etalage naar de huizenfoto's te kijken. Ik negeer ze altijd tot ze binnenkomen, omdat ik weet dat de meeste mensen die die advertenties bekijken helemaal niet van plan zijn een huis te kopen. Het zijn óf toeristen die benieuwd zijn naar de prijzen in deze regio óf nieuwsgierige buren die willen weten wat er wordt gevraagd voor het huis verderop in de straat, om in te schatten hoeveel hun eigen huis waard is.

Dan beweegt er iets in mijn ooghoek en dringt het tot me door dat Kay voor de etalage staat en naar me zwaait. Ik zwaai terug en ze komt binnen.

'Hallo schat,' zegt ze. 'Ik wist niet dat je hier werkte.' Ze laat zich op de stoel tegenover mijn bureau zakken en kijkt me een beetje schaapachtig aan. 'Om eerlijk te zijn wilde ik hier naar binnen gaan om te vragen of jullie nog een parttimer kunnen gebruiken. Ik zoek een baantje, snap je. Ik typ veertig woorden per minuut, neem de telefoon op en ben heel goed met mensen.' Ze buigt zich naar me toe. 'En ik kijk ook altijd naar huizenprogramma's op de televisie. Alles wat ook maar zijdelings te maken heeft met de koop of verkoop van huizen. Het is een soort verslaving.'

Dave schudt 'nee' naar me over haar schouder.

Ik weet niet of Kay mijn blik even naar hem zag gaan of dat ze het sowieso zou hebben gedaan, maar ze draait zich om op haar stoel en kijkt hem aan. 'En ik zet ook een lekker kopje thee,' zegt ze. Ze heeft lef, dat moet ik haar nageven.

Dave lacht ongemakkelijk. Hij vindt het vreselijk als dit gebeurt en dat is vrij vaak. Ik was zelf ook een van die mensen. Hoewel ik een beetje subtieler was. Toen hij me een huis liet zien, heb ik laten vallen dat ik de huurafdeling runde van een bekend, groot kantoor in Londen en op het punt stond een baan te gaan zoeken.

'Het spijt me,' zegt hij, 'maar we hebben geen vacature op het moment.'

'Maar je kunt je contactgegevens natuurlijk wel achterlaten,' vul ik aan.

Dave knikt heftig. Dat vergeet hij altijd te zeggen.

'En als we ooit iemand nodig hebben, nemen we contact op.'

Kay knikt en ze staat op. Ze ziet er opeens moe uit en een beetje in verlegenheid gebracht.

Ik kijk op mijn horloge en vang Daves blik. 'Het is bijna tijd voor mijn lunchpauze. Als je het niet erg vindt, ga ik nu, dan kan ik even bijkletsen met Kay.'

Kays gezicht klaart op.

'Ga je mee een kop koffie drinken? Ik trakteer,' zeg ik.

Vijf minuten later zitten we in een van de weinige koffietentjes in ons dorp met een enorme cappuccino voor ons.

'Ik heb het overal geprobeerd,' zegt Kay. 'Ik heb het híér zelfs gevraagd en bij de viswinkel, maar niemand is op zoek naar personeel.'

Ik blaas in mijn koffie en vervorm het chocoladepoederplaatje op het schuim. 'Je vindt binnenkort vast wel iets.'

'Ja,' zegt ze. 'En als dat niet zo is, kan ik altijd weer gaan schoonmaken.' Ze trekt een vies gezicht. 'Luister, ik heb op het moment gewoon een beetje zelfmedelijden. Dat is altijd zo in deze tijd van het jaar. De maanden voor de kerst, snap je. Dan mis ik Gillian en de kleintjes zo.'

'Hoe vaak ga je naar ze toe?'

Ze scheurt een tweede staafje suiker open en roert dat door haar koffie. 'Sinds ze zijn verhuisd, heb ik ze niet meer gezien. De reis is te duur.' Ze staart voor zich uit. 'Daarom wil ik nog een baantje erbij, dan kan ik sparen voor de reis.'

'Een baantje erbíj?'

'Ja,' zegt ze. 'Ik werk voor de stomerij, ik vermaak en repareer kleding. Het betaalt slecht, maar ik kan het vanuit huis doen. En dat vind ik fijn.'

'Waarom zijn ze geëmigreerd?'

Kay aarzelt even en haalt dan haar schouders op. 'De gewone redenen, denk ik. Betere levensstandaard. Beter weer. Barbecues op het strand.' Het laatste zegt ze in het verschrikkelijkste Australische accent dat ik ooit heb gehoord.

Enkele andere koffiedrinkers draaien hun hoofd naar ons om en we klappen allebei dubbel van het lachen. Als we zijn bijgekomen, worstelt Kay haar koekje uit de verpakking en schudt ze de gebroken stukjes in haar hand.

'En wat brengt jou naar Flinstead, Joanna?' vraagt ze.

Ik kijk uit het raam. Terwijl we hier zitten, is de zon verdwenen. Het miezert.

'Nou, niet het weer, dat is duidelijk,' zegt ze.

'Het was voornamelijk voor Alfie,' zeg ik. 'Ik had het gevoel dat ik er nooit echt voor hem wás. Begrijp je wat ik bedoel?'

Ze knikt. 'Ja, lieverd, dat begrijp ik. Ze zijn maar één keer klein.'

'Ik wilde Alfie laten opgroeien op een veilige plek. En bij de zee. Als kind vond ik het heerlijk om hier te wonen. En ik wilde in de buurt van mijn moeder zitten. Alfie kan haar nu gewoon zien wanneer hij dat wil. Zij is ook alleen, dus het is heerlijk, voor ons alle drie.'

Kay verschuift op haar stoel. Ze lijkt zich ongemakkelijk te voelen. O jezus! Na alles wat ze daarnet heeft gezegd over hoe ze haar dochter en haar kleinkinderen mist. Wat ben ik toch een hork! Maar voordat ik daar iets over kan zeggen, vraagt ze: 'Dus je bent een alleenstaande moeder?'

'Eh... ja... Zoiets.'

'Sorry, ik moet me niet bemoeien met jouw zaken.'

'Nee, nee, dat geeft niet. Het is gewoon dat... de meeste mensen het een beetje raar vinden dat Alfies vader en ik veel van elkaar houden, maar niet samenwonen.' Ik neem een slokje koffie. 'Net zoals Simone de Beauvoir en Jean Paul Sartre,' zeg ik, terwijl ik over de rand van mijn kop kijk hoe ze reageert.

Kay kijkt me enigszins verward aan. Dat verwachtte ik eigenlijk al. Liz Blackthorne zou het meteen begrepen hebben. Wat me eraan herinnert dat ik haar moet bellen om te kijken of alles in orde is. Ik hoop dat ze niet minder over me denkt vanwege dat gerucht over Sally McGowan. Ze heeft me toch niet opzettelijk genegeerd toen ik haar vanmorgen zag?

'Oké. Helena Bonham Carter en Tim Burton dan? Of nee, die zijn uit elkaar, toch? En ze woonden naast elkaar, terwijl Michael in Londen woont.'

'Ik vind het absoluut niet raar, lieverd. Het klinkt me heel verstandig in de oren. Als je je eigen ruimte hebt, krijg je nooit genoeg van elkaar. Misschien hadden Barry en ik dat ook beter kunnen doen. Dan was het misschien niet op een scheiding uitgedraaid.'

'En is er nog iemand anders geweest, na Barry?'

Kay kijkt verafschuwd. 'Mijn god, nee!'

Ik lach. 'Je klinkt precies zoals mijn moeder. Het probleem is dat ze daardoor een verkeerd beeld heeft van mannen. Ook van Michael. Ik blijf zeggen dat hij totaal niet zo is als mijn vader, maar...'

Kay geeft een paar klapjes op mijn hand. 'Zolang Michael en jij om elkaar en om Alfie geven, zolang dit is wat jullie allebei willen, is dat het enige wat uiteindelijk belangrijk is.'

'Ja,' zeg ik. 'Ja, dat is zo.'

Ik eet het laatste stukje van mijn koekje. Ma heeft ooit iets soortgelijks gezegd, toen ze eindelijk een beetje begreep hoe onze relatie in elkaar zit, maar ze benadrukte het woord 'allebei' – 'zolang het is wat jullie allebéí willen' – waardoor ik het gevoel kreeg dat ík degene was die alleen maar compromissen sloot. De verliezende partij.

'Ik moet ervandoor,' zegt Kay, terwijl ze zich omdraait om haar jas te pakken. 'Kom een keer langs om foto's van Gillian en de kinderen te zien! Volgende week is het herfstvakantie, toch? Neem

Alfie mee. Ik heb een aquarium met tropische vissen. Dat vindt hij vast leuk, Ketifa is er dol op! Ze heeft ze allemaal naar de vissen uit *Finding Nemo* genoemd.'

Ik glimlach. Kay is eenzaam. Dat is duidelijk.

'Dank je, dat zal ik zeker doen. Alfie vindt *Finding Nemo* geweldig!'

# 12

Op de terugweg naar Pegton zie ik dat er een groepje mensen staat aan het einde van de straat, op de stoep voor de elektriciteitswinkel is iets aan de hand. Mijn eerste gedachte is dat er iemand is gevallen en gewond is geraakt. Een van de frêle oudjes in Flinstead, iemand die is gestruikeld over een loszittende stoeptegel of een scootmobiel die is omgewaaid door de harde zeewind. Ik heb ooit een traumahelikopter zien landen voor het Indiase restaurant; er werd een brancard met iemand die een hartaanval had gehad in geschoven en weg vloog het ding weer.

Als ik dichterbij kom, dringt het tot me door dat ze voor Stones & Crones staan en dat er niemand gewond op de stoep ligt. De mensen staan voor de etalage en wijzen en praten opgewonden tegen elkaar. Ik vang flarden van hun gesprek op:

'Lijkt precies op haar, dat moet je toegeven.'

'Een of andere zieke grap.'

'Wie heeft dat opgehangen?'

'Misschien zit er wel iets in.'

Met tegenzin en een akelig voorgevoel loop ik naar de etalageruit. En ja hoor, daar hangt iets. Iemand heeft een uitvergrote kopie van die politiefoto van Sally McGowan opgehangen, die beruchte foto waarop ze tien jaar is en recht in de camera kijkt met die verontrustende ogen. En vlak ernaast hangt een foto van Sonia Martins, de eigenaresse van de winkel. Een oude, die uit de *Flinstead Shopper* is geknipt – van een artikeltje over de winkel toen die net open was.

De winkel is verlaten, er hangt een bordje GESLOTEN op de deur. Ze is altijd dicht op woensdag, het is een van de weinige zaken die dan niet open is. De meeste kunnen het zich niet veroorloven een dag klandizie te missen. Degene die dit heeft opgehangen heeft opzettelijk deze dag gekozen, zodat zo veel mogelijk mensen het zouden zien. Of het nou klopt of niet, het kwaad is geschied.

'Ik heb dit nooit een leuke zaak gevonden, trouwens,' zegt een vrouw rechts van me. 'Mijn vriendin June zegt dat ze een hoop van dat wiccaspul verkoopt.'

'Dat is hekserij, toch?' zegt iemand en er gaat een bezorgd gemompel op.

Dan flitst er een afgrijselijke gedachte door mijn hoofd. Stel dat Maddie dit heeft gedaan? Nee, dat zou ze nooit doen. Toch? Zo is ze niet... Maar toch, als ik eraan denk hoe overtuigd ze was toen ze het vertelde, hoe fel...

O god! Als dit Maddies werk is, ben ik daar deels schuldig aan. Maddie heeft weinig contact met de moeders van school. Als ik er niet over had gekletst in het leesclubje, had ze het misschien nooit gehoord. Maar ze zou zoiets toch niet doen? Het is zo afgrijselijk, zo gemeen. En op welke bewijzen is het gebaseerd? Een weekendje dwalen over het internet. Nee, ik kan niet geloven dat ze zich zo zou verlagen. Maar aan de andere kant: hoe goed ken ik haar?

'Ik vind dat we het eraf moeten halen,' zeg ik. 'Het is een akelige grap.'

'Ik zou me er niet mee bemoeien, als ik jou was,' zegt een stem in de omstanders. 'Het is háár winkel. Laat haar het zelf maar oplossen.'

Ik draai me met een ruk om en zie een onverzorgde vrouw in een grijs trainingspak met vet haar bijeengebonden in een staartje.

'Maar dat kan ze niet, toch? Ze is niet hier.'

Ze kijkt me nors aan. 'En als het waar is? Wil je echt dat iemand als zij hier woont en werkt?'

Er verzamelen zich steeds meer mensen op de stoep voor de winkel. Onder andere Barbara van de leesclub. Ze komt vlak naast me staan en knijpt haar ogen tot spleetjes om de kleine letters te kunnen lezen. Ze is zo dichtbij dat ik haar poeder kan ruiken.

'Joanna, had jij het hier niet over op de leesclub?' zegt ze met die irritante harde kakstem van haar.

Ik bloos en heb het opeens bloedheet. Ik frons mijn voorhoofd en werp haar een vernietigende blik toe. Is ze nou zo dom? Jezus! Snapt ze niet hoe dat klinkt?

'Sorry. Ik wil niet zeggen dat dit iets met jou te maken heeft. Ik dacht alleen...' Ze probeert iets te verzinnen om de situatie te redden, maar het leed is al geleden. Er is niets wat ze kán zeggen, ze maakt het alleen maar erger. Ze trekt een gezicht en mimet 'sorry' naar me. Ik zou haar het liefst vertellen dat ze een stomme idioot is, maar het enige wat ik doe is zuchten en even mijn hoofd schudden.

'Niet te geloven dat iemand zoiets doet,' zeg ik zo luid en verontwaardigd mogelijk. 'Je kunt iemand toch niet zomaar van iets beschuldigen... En al helemaal niet als diegene er niet is om zich te verdedigen.'

De man van de elektriciteitszaak komt naar buiten om te zien wat er gaande is. Hij werpt één blik op de foto's, haalt ze dan rustig van het glas en neemt ze mee zijn winkel in.

Dat had ík natuurlijk moeten doen. Dat zou ik ook gedaan hebben als ik niet bang was voor Barbara's grote mond... Of dat maak ik mezelf in ieder geval wijs als ik haastig terugga naar mijn werk.

Anne Wilson zit een kop thee te drinken aan mijn bureau als ik aankom.

'Ah, daar is ze!' zegt Dave. 'Ik weet zeker dat Joanna haar best gaat doen om het voor u te regelen.' Hoewel hij zijn vriendelijke professionele masker op heeft, zie ik ook iets behoedzaams in zijn ogen.

Anne zet haar kopje neer, staat op en steekt haar keurig gemanicuurde hand naar me uit. 'Joanna, wat fijn je weer te zien. Ik ben een beetje lastig, vrees ik.'

Ik glimlach en probeer uit mijn hoofd te zetten wat er net is gebeurd. Voorlopig in ieder geval. 'Wat kan ik voor u doen?'

Anne gaat weer zitten en slaat haar benen over elkaar. Ze heeft een heel kort rokje aan met doorschijnende zwarte panty's eronder. 'Ik wil het huis op Maple Drive graag nog een keer bezichtigen.'

Ik werp een korte blik op Dave, die zijn best doet niet naar haar benen te staren. 'O, ik dacht dat u al een bod had gedaan?'

'Ja, dat is ook zo. Maar ik zou graag met een aannemer komen kijken, zodat hij een aantal dingen kan zien. Er is verder niets om ongerust over te zijn,' zegt ze terwijl ze naar me toe buigt. 'Ik ga echt niet afzien van de koop. Het huis is perfect. Of dat wórdt het, als ik het compleet verbouw.' Ze lacht. Een hoog, klaterend lachje dat net zo onecht is als haar valse wimpers. 'Het is alleen dat ik nogal ongeduldig ben en meteen iemand wil regelen voor de verbouwing. Je weet hoe het gaat met aannemers. De goede zijn maanden van tevoren volgeboekt en omdat we contant betalen en mevrouw Marchant geen ander huis hoeft te kopen, zodat ze niet aan een bepaalde opleverdatum is gebonden, dacht ik dat we misschien op één dag kunnen tekenen én overdragen.'

Dave zuigt zijn wangen in en ik moet mijn ogen afwenden.

'Tsja, dat gebeurt heel zelden,' zeg ik, 'het is altijd onzeker hoelang iets in beslag neemt en we raden iedereen altijd aan–'

'Ik heb een uitstekende notaris,' zegt Anne, alsof dat het enige belangrijke is bij het regelen van alle bureaucratische rompslomp wat betreft de aan- en verkoop van een huis.

Ik begin me te ergeren aan haar. Wat ik eerder beschouwde als zelfverzekerdheid, begint nu te rieken naar arrogantie. Die vanzelfsprekendheid, alsof ze er recht op heeft. Vooral mensen met geld hebben dat. Eerste indrukken kloppen echt niet altijd.

'Het gaat erom...' zegt ze. 'Wat ik zou willen is dat het allemaal zonder...' Ze aarzelt even en werpt een blik op Dave. Hij weet al wat er gaat komen, hij keek niet voor niks zo behoedzaam toen hij zei: 'Ik weet zeker dat Joanna haar best gaat doen om het voor u te regelen.' '... zonder de aanwezigheid van de eigenaar kan,' zegt ze. Ze laat de woorden even in de lucht hangen voor ze verdergaat: 'De veranderingen die ik van plan ben, zijn nogal... hoe zal ik het zeggen... drastisch. En ze is nou niet bepaald vriendelijk, toch? Ik ben bang dat ze aanstoot zal nemen aan mijn plannen en het huis weer terug op de markt zet.' Ze kijkt me samenzweerderig aan. 'Daar lijkt ze me nou echt het type voor.'

Ik hou mijn gezicht zo goed mogelijk in de plooi. Hoe ongemanierd en onbeleefd onze cliënten ook zijn – en mevrouw Marchant is inderdaad niet de vriendelijkste –, we zeggen nooit, maar dan ook nooit, iets negatiefs over hen. In een klein dorp als dit is dat het einde van je carrière. Een vluchtige trilling van mijn mondhoek is het enige teken om aan te geven dat ik het met iemand eens ben en nu ik Susan Marchant de rol heb toebedacht van gekrenkte ex-vrouw die gedwongen afstand moet doen van haar prachtige huis, ben ik er niet zeker van of ik het wel eens ben met Anne Wilsons karakteranalyse. Er moet een reden voor zijn dat Susan Marchant zo asociaal is. Misschien is ze depressief.

'Ik kan u niets beloven,' zeg ik. 'Mevrouw Marchant heeft altijd aanwezig willen zijn bij de bezichtigingen, dus het kan nogal ongemakkelijk zijn.' Ik schraap mijn keel. 'Ik kan haar niet echt vragen er níét bij te zijn.'

Er glijdt een glimp van ergernis over Anne Wilsons gezicht, die onmiddellijk wordt vervangen door haar overdreven glimlach, waarvan ik nu zie dat die niet warm en vriendelijk is, maar onoprecht en manipulatief.

'Maar je zou in ieder geval kunnen suggereren dat ze er misschien liever níét bij is,' zegt ze. Ze staat op en steekt haar hand weer uit. Ik schud hem met tegenzin. 'Ik weet zeker dat je wel een manier vindt om het te regelen,' zegt ze, haar stem honingzoet, maar hard als staal.

Als de deur achter haar dichtvalt, laat Dave een diepe zucht ontsnappen.

# 13

Steeds als er de volgende dag even een rustig moment is op het werk, dwalen mijn gedachten af naar die foto's op Sonia Martins' winkel. Ik vervang de foto's in de etalage vaker dan ik anders doe en elke keer dat ik naar buiten loop om te zien hoe het eruitziet, kijk ik even naar Stones & Crones. Vandaag staat er geen groepje nieuwsgierigen voor, hoewel ik Karen van de leesclub en een vrouw die ik niet ken op een gegeven moment wel door de etalage naar binnen zie turen.

Ik ga terug naar mijn bureau. Sonia Martins moet intussen weten wat er is gebeurd. Dat kan niet anders… Tenzij de man van de elektriciteitszaak heeft besloten haar de foto's niet te laten zien. Maar als ze het nog niet weet, dan zal ze er gauw genoeg achter komen. Flinstead is een dorp, zoiets wordt altijd bekend. Er is tenslotte maar één winkelstraatje.

Ik probeer me voor te stellen wat ik zou doen als ik in haar schoenen stond. Ik zou sowieso de winkel openen en doorgaan alsof er niets was gebeurd. Het ergste wat je in deze situatie kunt doen, is de winkel gesloten laten en de mensen ontwijken. Dan denken ze al helemaal dat het waar is. En dat kán het gewoon niet zijn. Toch? Ik bedoel, als Sonia Martins Sally McGowan is, zou ze dan echt een winkel beginnen? Al die klanten die binnen komen slenteren, elke dag weer, iedereen die haar van dichtbij kan bekijken? Dat zou toch veel te veel risico met zich meebrengen…

'Jo,' zegt Dave. 'Er staat iemand voor het raam naar je te zwaaien. Je ziet eruit alsof je mijlenver bent met je gedachten!'

Ik kijk op en zie Karen, gearmd met de vrouw met wie ik haar even daarvoor op straat zag, zich omdraaien. Het moet haar moeder zijn. Ma zei al zoiets... Dat ze een praatje met hen had gemaakt op het schoolplein. Ik loop naar de deur en op dat moment kijkt de oudere vrouw om. Ik glimlach naar haar en steek mijn hand op om te zwaaien, maar ze glimlacht niet terug. Misschien kan ze me niet zien door de weerspiegeling van het glas. Ma heeft gelijk. Ze ziet er akelig mager uit. Misschien is ze ziek.

Op dat moment voel ik mijn telefoon trillen in mijn zak. Dat zal Teri wel zijn. Ik moet vanavond oppassen bij haar en haar man, Mark. Ze zei dat ze me 's morgens zou bellen om de tijden af te spreken. Maar het is Teri niet, het is Michael en zijn stem klinkt ernstig.

'Er is iets waar ik met je over wil praten.'

Mijn maag krimpt samen. Elke keer dat hij een gesprek zo begint, ben ik bang dat hij me gaat vertellen dat hij een ander heeft ontmoet – misschien zelfs wel 'de ware'. Hoewel ik mezelf probeer wijs te maken dat ik het beste van twee werelden heb, verdwijnt nooit die constante angst dat ik misschien wel eindig met helemaal niets.

'Wacht even, de ontvangst is niet goed hier.'

Ik loop naar het keukentje achter in het kantoor en neem Daves mok in het voorbijgaan mee. Mijn keel zit dicht. Afgelopen weekend voelde op de een af andere manier anders. Specialer. Was dat omdat hij ook iemand anders heeft? Was het zijn schuldgevoel dat hij zo lief was?

'Ik denk erover om wat meer onderzoek te doen naar Sally McGowan.'

Ik laat een lange zucht ontsnappen.

'Ik weet dat het een schot in het duister is,' zegt hij, 'en misschien komt er niets uit, maar ik heb een paar interessante aanwijzingen van een nieuwe bron en dan bedoel ik écht interessant. Als het me lukt haar op te sporen, zou ik graag een boek over haar schrijven, kijken of ik haar vertrouwen kan winnen. Misschien wil ze eraan meewerken. Haar identiteit blijft natuurlijk te allen tijde geheim. En ik zal ook nooit prijsgeven waar ze zit, maar als ik haar kant van wat er werkelijk is gebeurd kan belichten... Ik heb het mijn agent voorgelegd en die pist zowat in zijn broek van opwinding. Het probleem is...' Hij zwijgt even. 'Ik wil niet dat dat gerucht de boel verpest.'

Ik bijt op de binnenkant van mijn lip. Ik heb Michael in eeuwen niet zo enthousiast gehoord. Hoe kan ik hem nu vertellen dat het gerucht een hele nieuwe dimensie heeft gekregen en dat dat waarschijnlijk aan mij te wijten is?

'Als mijn nieuwe bron gelijk heeft,' zegt hij, 'en de kans daarop is groot, dan woont Sally McGowan inderdaad in Flinstead. Dus als jij op de een of andere manier kunt rondbazuinen dat dat gerucht absoluut niet klopt, zou je me een enorme dienst bewijzen. Zo'n soort boek genereert publiciteit. Het kan ons een hoop geld opleveren, Joey.'

'Ons'. Er is nooit een 'ons' geweest wat geld betreft. Het is altijd zíjn geld en míjn geld en wat hij betaalt voor Alfies onderhoud.

'En dan wil ik je nog iets vragen.' Hij aarzelt even als hij hoort dat ik niet reageer. 'Ik vind het vreselijk om jou en Alfie zo weinig te zien. Ik mis hem. Ik mis jóú. Wat vind je ervan als ik bij je intrek terwijl ik onderzoek doe voor dat boek?' Hij lacht, bijna nerveus. 'Dan kunnen we zien hoe dat is, samenwonen als een echt stel.' Ik hoor hem inademen. 'Als een echt gezin, bedoel ik. Voor Alfie.'

Ik open mijn mond, maar ik kan geen woord uitbrengen.

'Wil je er in ieder geval over nadenken?'

Ik probeer weer iets te zeggen, maar het enige wat er uit mijn keel komt is een piepje.

'Luister, ik weet dat je waarschijnlijk op je werk zit en nu niet echt kunt reageren, maar bel me als je thuis bent, goed?'

Hoe ik het voor elkaar krijg twee bekers drinkbare thee te maken en de rest van de dag door te komen, is me een raadsel. Het is de eerste keer dat hij het over ons als een 'echt stel' heeft, hij heeft het zelfs nooit gekscherend gezegd. Mijn hart maakt een belachelijk sprongetje.

'Alles in orde?' vraagt Dave.

'Ja hoor, prima.'

'Je ziet wel een beetje pips, als je het niet erg vindt dat ik dat zeg. Waarom ga je niet vroeg naar huis? Ik maak de lijsten wel af.'

'Weet je het zeker?'

'Absoluut. Ga maar.'

'Bedankt, Dave.'

Buiten wervelen de bladeren over het trottoir. Er hangt een vochtige mist die op mijn keel slaat. Ik weet dat ik eigenlijk rechtstreeks naar huis moet gaan. Ma heeft Alfie vandaag van school gehaald en zit bij mij thuis met hem, zodat ze bij hem kan blijven terwijl ik vanavond ga oppassen bij Teri. Maar ze verwacht me pas over een halfuur en ik heb frisse lucht nodig om mijn hoofd op orde te krijgen. Ik moet nadenken.

Ik loop in de richting van Stones & Crones en de grijze zee aan het einde van de straat. Even stel ik me voor dat die zee als een grauwe muur op me afkomt en alles op zijn weg vernielt, als een scène uit een rampenfilm.

Ik knipper met mijn ogen om het beeld uit mijn hoofd te krijgen en loop haastig verder. Hoe zal Michael reageren als dit gedoe met Sonia Martins echt aanslaat? En stel dat het waar is? Hij lijkt er zo van overtuigd dat Sally McGowan hier woont en er is, dat moet worden gezegd, een grote gelijkenis tussen haar en Sonia. Maar als het waar is, dan wordt ze ongetwijfeld weggehaald en krijgt ze een nieuwe identiteit. Misschien is dat zelfs al gebeurd!

Het probleem is dat haar veiligheid nadat ze is overgeplaatst nog steeds in gevaar is, omdat de mensen nu weten hoe ze er tegenwoordig uitziet. Publicatieverbod of geen publicatieverbod, de een of andere kwaadaardige gek zet geheid een foto van haar op Twitter en dan gaat die natuurlijk viraal.

Maar ze is het niet. Ik weet het zeker.

Hoe dichter ik Stones & Crones nader, hoe meer ik besef dat ik met heel mijn hart hoop dat ze open is, net zoals normaal, dat ik een vleugje zoete lucht zal ruiken als ik voorbijloop en Sonia Martins op haar gewone plekje zie staan, terwijl ze bezig is met een klant en een andere klant rustig in de bak met geurkaarsen staat te rommelen.

Als ik er ben, blijkt de deur gesloten te zijn. Ik klem mijn kaken op elkaar.

Maar daar staat ze gelukkig, gehuld in een dikke wollen trui, met haar armen over elkaar geslagen achter de toonbank. Ik adem opgelucht uit. De deur is dicht tegen de kou, dat is alles! Maar dan, als ik stilsta voor de etalage en zogenaamd geïnteresseerd de kaarsen, boeken en halfedelstenen bekijk die daarin zijn uitgestald, zie ik de uitdrukking op haar gezicht. Die verloren, lege blik in de afgrond.

Iemand heeft het haar verteld. Ze weet het. Ze kijkt op en onze ogen ontmoeten elkaar. Ze kijkt me recht aan, alsof ze weet dat ik hier naar haar sta te kijken. Ik hoor Barbara's stem in mijn hoofd: 'Joanna, had jij het hier niet over bij de leesclub?' en voel me misselijk. Stel dat er gisteren iemand tussen de omstanders stond die bevriend is met haar? Stel dat diegene heeft verteld wat ze heeft gehoord, heeft beschreven hoe ik eruitzie?

Kijkt ze me daarom aan als of het allemaal míjn schuld is?

*Het houdt niet op bij een foto op een winkelraam. Dat weet ik onderhand wel.*

*Geruchten zijn als zaadjes die worden verspreid door de wind. Je weet nooit waar ze terechtkomen, maar dát ze ergens terechtkomen is zeker. Ze belanden in spleten en scheuren en kiemen. Ze schieten wortel. Het maakt niet uit of ze waar of niet waar zijn. Hoe vaker erover wordt gesproken, hoe sneller en sterker ze groeien. Als bonenstaken die wuiven in de wind.*

*Misschien moet ik het zwijgen doorbreken, voor eens en altijd. Mijzelf uitleveren aan de morrende menigte. Dat is wat het gepeupel wil. Wat het altijd heeft gewild. Mijn lijdensweg in grote letters kenbaar maken aan de hele wereld.*

*Ik heb het steeds vaker de laatste tijd. Een soort verlangen dat iemand me herkent. Het is een vreemd gevoel – een mengeling van hunkering en angst. Want stel dat iemand me écht ziet? Stel dat er iemand in mijn ogen kijkt en weet dat ík het ben? Wat zou er dan in hemelsnaam gebeuren?*

*Of beter: in helsnaam?*

# 14

Met alles wat door mijn hoofd maalt, had ik het liefst het oppassen die avond afgezegd, maar ik kon het niet over mijn hart verkrijgen om Teri in de steek te laten en wil het niet nu al, vóór ik goed en wel ben begonnen, verpesten bij de oppaskring. Misschien helpt een andere omgeving me om mijn gedachten op een rijtje te zetten en kan ik bedenken hoe ik op Michaels suggestie zal reageren.

De familie Monkton woont in ongetwijfeld de mooiste straat van Flinstead, Waterfield Grove, en hun huis is een grote, vrijstaande villa die op z'n minst acht ton waard is.

Ik dacht dat Alfies kamer rommelig was, maar die van Ruby Monkton slaat echt alles! De vloer is bezaaid met speelgoed en kleding, alsof er een tsunami heeft plaatsgevonden. Het tapijt eronder is nauwelijks zichtbaar. De kamer zelf is echter fantastisch, sprookjesachtig, met een muurschildering van een kudde eenhoorns in een magische tuin en een sofa. Wit, krullerig, van ijzer, met een kanten sprei. Het is het soort slaapkamer waar ik van droomde als kind.

Hamish, die bij Alfie in de klas zit, heeft de kamer ernaast. Iets kleiner, maar net zo'n puinhoop en helemaal ingericht als een piratenhol. Zelfs zijn bed heeft de vorm van een boot. Een prachtige, handgemaakte houten boot die een fortuin moet hebben gekost.

Ik denk aan Alfies piepkleine kamertje met die oude blauwe vloerbedekking, witte vergeelde muren en goedkope gordijnen van de markt. Ik heb het aangekleed met een paar Star Wars-posters en een Star Wars-dekbedhoes. Zijn ladekast heb ik wit geverfd en door hem laten beplakken met stickers. Maar dit... dit is van een totaal andere orde.

Michaels woorden komen in mijn hoofd op: 'Zo'n soort boek genereert publiciteit. Het kan ons een hoop geld opleveren.' Hij heeft altijd al een boek willen schrijven en hij heeft gelijk: als het hem lukt en hij medewerking krijgt van Sally McGowan, zouden de kranten er vol van staan. Dan kunnen we zijn appartement en mijn huisje verkopen en samen een huis kopen, het zou voor ons allemaal een nieuw leven kunnen betekenen. Ik geloof niet dat we ons ooit zoiets geweldigs als dit zullen kunnen veroorloven, maar desondanks, hoe meer ik erover nadenk, hoe aantrekkelijker het wordt om samen te gaan wonen. En natuurlijk heb ik er talloze malen over gefantaseerd.

Maar is het echt de juiste beslissing? Stel dat het zo goed tussen ons gaat omdat we juist níét bij elkaar wonen? En hoe weet ik zeker dat het iets is wat hij echt wil? Komt hij er misschien mee omdat hij een verhaal ruikt en het hem plotseling veel beter uitkomt om hier te zitten? En als dat zo is, wat gebeurt er dan als zijn bronnen het mis hebben en McGowan hier toch niet blijkt te wonen?

Maar zelfs als ze wél hier woont en hij het boek kan gaan schrijven, hoelang duurt het dan voordat hij genoeg krijgt van het saaie dorpsleventje en terug naar Londen gaat? Flinstead is de láátste plek waar hij wil wonen. Hij grijpt elke kans aan om denigrerend te doen over het dorp. Hij is een stadsmens, door en door. Dat is hij altijd geweest en zal hij ook altijd blijven.

Maar aan de andere kant, als het alleen om Sally McGowan ging, is het echt niet noodzakelijk om in Flinstead te wonen, toch? We zitten op ruim een uur van Londen en hij weet dat hij altijd mag blijven logeren. Het klonk misschien alsof hij het ter plekke bedacht, zoals hij dat nog even aan het einde van het gesprek plakte, maar ik kén hem. Zo brengt hij altijd iets ter sprake als hij ergens over wil praten. Alsof hij er langzaam naartoe moet werken, het alleen indirect kan benaderen. Misschien speelt dit al ik weet niet hoelang door zijn hoofd. Sinds ik weg ben uit Londen. Of misschien daarvoor al.

Ik heb altijd van hem gehouden. Vanaf het eerste moment op de uni, toen de een of andere gek een rookbom in de gemeenschappelijke ruimte gooide en ik een paniekaanval kreeg. Ik denk echt dat ik, als hij er niet was geweest, was gestorven aan een hartaanval. Zijn kalme stem die me erdoorheen praatte, het feit dat hij de hele tijd naast me bleef zitten en bleef herhalen dat ik veilig was. Hij begreep hoe bang ik was.

Ik heb hem die avond alles verteld. Over de brand toen ik heel klein was, een paar jaar jonger dan Alfie nu. De rook in mijn neus. De afgrijselijke angst tot de brandweer eindelijk kwam om ons te redden. Er zijn mannen die misbruik zouden hebben gemaakt van mijn kwetsbaarheid, maar Michael niet. We hadden een feest gehad en ik had de hele avond gedronken. Veel meer dan ik ooit had gedaan. Het was mijn eerste semester en ik probeerde er op die manier bij te horen. Oerstom natuurlijk. Michael bleef urenlang bij me, maar probeerde helemaal niets. Hij aaide me alleen over mijn rug en bleef tegen me aan praten tot ik in slaap viel.

Toen ik wakker werd was hij weg, maar stond er een emmer naast mijn bed en een fles water met een pakje paracetamol ernaast op mijn nachtkastje. En lag er een briefje: 'Joanna, moedig en mooi.' Dat was alles.

'Moeten jullie je speelgoed nog opruimen voor jullie gaan slapen?' vraag ik Ruby en Hamish voordat we met z'n drieën op Ruby's bedbank gaan zitten voor een verhaaltje.

Ze wisselen een stiekeme blik.

'Nee,' zegt Ruby. 'Ze vinden het fijn om op de vloer te liggen.'

'Lisa komt morgen,' zegt Hamish. 'Die ruimt wel op.'

'Wie is Lisa?'

'De werkster.'

'O.'

Later, als Ruby slaapt en Hamish in zijn bootbed ligt en luistert naar *De reuzenperzik*, loop ik op mijn tenen de trap af en zet een ketel water op in Teri's glimmende keuken. Ik trek de obsceen grote Amerikaanse koelkast open om de melk te pakken.

Voor hij naar bed ging heeft Hamish me de Dracula-cape laten zien die hij aandoet naar Liams Halloweenpartijtje. Het ding zag er duur uit, waarschijnlijk gekocht in zo'n speciale zaak voor feestkleding.

'Die heeft mammie voor me gemaakt,' zei hij. 'En de mama van Jake maakt een weerwolfkostuum voor hem. Wat doet Alfie aan?'

Goede vraag, Hamish. Goede vraag. Ik glimlachte. 'Wacht maar af!'

Gisteravond heb ik verschillende sites met feestkleding bekeken. Sommige dingen leken op de foto redelijk, maar ik weet dat ze, als ik ze bestel en uitpak, goedkoop en flutterig zullen zijn.

Voor Teri en Cathy is het geen punt. Zij hebben grote huizen, geld zat en een man die in de City werkt – zelf hoeven ze geen drol uit te voeren, dus hebben ze de tijd om alles te doen wat een goede moeder doet: taarten bakken, verjaardagspartijtjes organiseren en in een oogwenk een geweldige outfit in elkaar draaien. Of het thema voor de slaapkamers van de kinderen bedenken.

Het is niet dat ik jaloers op ze ben. Echt niet. Ik zou het verschrikkelijk vinden als Alfie zijn kamer niet opruimde omdat 'de werkster dat wel doet'. En ik probeer ook niet te concurreren met ze. Al zou ik het willen, ik zou het niet eens kunnen. Ik ben altijd iemand met twee linkerhanden geweest. Maar dat betekent dat alle andere jongens in geweldige kostuums komen en Alfie de uitzondering zal zijn – de buitenstaander.

Ik neem mijn thee mee naar de eetkamer, een uitbouw met enorme Velux-ramen, en ga daar aan de tafel zitten. Alfie is al 'de nieuwe' en naast Ketifa ook nog de enige niet-witte in de klas. Het laatste wat hij nodig heeft is nóg iets waardoor hij het gevoel krijgt er niet bij te horen. Ik neem een slokje thee en staar omhoog naar de avondhemel. Het moet romantisch zijn 's avonds zo onder de sterren te zitten. Ik verlies mezelf in een dagdroom: Michael zit tegenover me en we drinken champagne, we proosten op het succes van zijn boek. Dit is ons nieuwe huis en Alfie slaapt vredig boven in zijn nieuwe slaapkamer.

Ik haal mijn telefoon tevoorschijn en kijk of ik berichten heb. Michael heeft me er na ons telefoongesprek twee gestuurd en ik heb er nog niet op geantwoord. Hoog tijd dus.

Ik tik een antwoord in: 'Oké. We doen het. We geven er een draai aan! xxxxxx' Ik druk te snel op 'verstuur'. *Fuck!* 'We geven er een draai aan!' Wat een domme tekst. Waar kwam dat in vredesnaam vandaan? Het klinkt stom, veel te popiejopie. Getver.

Hij reageert meteen. 'Ik hou van je, Joey. Hoop te bespreken! Tot morgen, M xxxxx'

*Ik hou van je, Joey*. Hij heeft het echt gezegd! Na al die jaren! Nou ja, geappt. Ik sta op, begin te ijsberen en lees zijn berichtje nog een keer. En nog een keer, om er echt zeker van te zijn. Ik zweef door het huis, ik droom! Alle ongerustheid die in mijn achterhoofd wringt over dat vreselijke gedoe met Sonia Martins begint te vervagen. Ik heb dat gerucht niet in de wereld gebracht en er wordt door talloze mensen over gepraat, niet alleen door mij. Het sterft vanzelf wel weer weg.

De mensen zien heus wel in dat die foto's kwaadaardige onzin zijn. Dit is Flinstead tenslotte. Een vriendelijk dorp. Een hechte gemeenschap. En de mensen vinden Stones & Crones juist een leuke winkel. Het is bij zowel de bewoners als de toeristen een populaire zaak. Niemand wil dat er weer een kleine winkel dichtgaat.

Maar als het allemaal mislukt en Michaels spoor naar Sally McGowan doodloopt, nou, dan is dat maar zo. Dan zal hij een ander onderwerp moeten vinden voor zijn boek. Een ander verhaal. 'De verhalen liggen voor het oprapen,' dat heeft hij zelf gezegd, volgens mij. 'Je moet ze alleen vinden.'

Ik zink weg in de prachtige crèmekleurige bank van de familie Monkton. Teri heeft een paar films voor me klaargelegd, maar ik betwijfel of ik me daarop kan concentreren en er is ook niets op de televisie. Ik haal mijn telefoon weer uit mijn zak en ga naar Twitter. Ik wil even kijken wat trending is, of Trump nog iets idioots heeft gezegd en wat anderen vinden van de nieuwe serie die ik gisteren heb gezien. Maakt me niet uit wat, als ik de uren tot Teri en Mark thuiskomen maar doorkom.

Ik heb zes meldingen. Het grootste deel ervan gaat alleen over wie wat heeft geliket en wie iets heeft geretweet, maar ik heb ook twee nieuwe volgers, dus bekijk ik hun profiel om te zien of ze interessant genoeg zijn om ook te volgen. De een is duidelijk een spambot, dus die blokkeer ik meteen. En de andere is…

Er gaat een huivering door me heen. De letters zwemmen voor mijn ogen. De ander is iemand die zichzelf 'Sally Mac' (@geruchtenmolen7) noemt.

Ik probeer te slikken, maar mijn mond is plotseling kurkdroog. Ik klik op de foto die helemaal geen foto ís, maar een cartoon van een vrouw die haar vinger tegen haar lippen houdt – het klassieke gebaar dat je je mond dicht moet houden. Ik dwing mezelf om haar enige tweet te lezen:

Geruchten zijn dodelijk.

# 15

Volkomen geschokt staar ik naar het schermpje. Er is net nog een tweede tweet verschenen:

> Een leugen is al driemaal rond de aarde gelopen, eer de waarheid zijn schoenen aantrekt. – Mark Twain.

Oké. Dus het kan niet dat dit de échte Sally McGowan is. Als ze lucht heeft gekregen van de geruchten en bang is dat haar nieuwe identiteit bekend wordt, is een Twitteraccount beginnen onder de naam 'Sally Mac' echt het laatste wat ze zou doen. Dat vestigt de aandacht alleen maar méér op haar en zou dus volkomen krankjorum zijn.

Misschien is het Sonia Martins. De haren in mijn nek gaan overeind staan als ik terugdenk aan hoe ze me vanmiddag aankeek. Alsof ze me de schuld gaf van wat er is gebeurd. Maar ze weet mijn naam niet. O mijn god, misschien wel! Barbara zei het keihard: 'Joanna, had jij het hier niet over bij de leesclub?' Iedereen kan dat hebben gehoord en aan haar hebben doorverteld. En er is niet veel speurwerk voor nodig om vervolgens mijn achternaam en mijn Twitteraccount te vinden.

Maar dan gaat ze toch niet tweeten onder de naam van de persoon die ze – valselijk – verdacht wordt te zijn? Dat is totaal onlogisch. Tenzij ze het alleen maar doet om me bang te maken.

Haar gezicht zweeft voor mijn ogen. Als iemand een van die verouderingstechnieken op de foto van het kindergezicht van Sally

McGowan losliet, zou het me echt niet verbazen als dat resulteert in het gezicht van Sonia Martins. Misschien is ze écht McGowan en is ze al gewaarschuwd door de autoriteiten. Misschien staan ze op dit moment paraat, wachten ze af hoe de situatie zich ontwikkelt, klaar om haar weg te halen wanneer dat nodig is.

Dat moet het zijn, of het is een verbazingwekkend toeval dat ik een nieuwe Twittervolger heb die zich 'Sally Mac' noemt en twittert over leugens en geruchten. Ik probeer mezelf ervan te overtuigen dat dat laatste mogelijk is. Er zijn tenslotte zat mensen met dezelfde naam. Je hoeft jezelf alleen maar te googelen om dat te weten. Misschien is dit gewoon zo'n vervelend account dat allerlei zogenaamde wijsheden uitspuwt en is geprogrammeerd om willekeurige mensen te volgen. Totaal niet persoonlijk bedoeld dus.

Ik adem een paar keer diep in om te kalmeren en de dingen in perspectief te kunnen zetten. Er is nog een andere mogelijkheid natuurlijk. Het kan een van de moeders zijn die een grap met me uithaalt. Eigenlijk lijkt me dat, hoe langer ik erover nadenk, steeds meer voor de hand liggen.

Niet op mijn gemak, maar ook niet meer zo van slag als even geleden, stop ik mijn telefoon terug in mijn achterzak en sta op. Ik moet bewegen. Ik kan hier niet blijven zitten piekeren.

Boven ligt Ruby opgekruld op haar zij met haar pop in haar armen. Hamish ligt plat op zijn rug, zijn armen als een zeester uitgespreid en met rode appelwangen. Ik loop op mijn tenen door de gang en blijf staan voor de kamer van Teri en Mark. De deur staat op een kier en de lampen naast het bed branden. Ik kan het niet laten om even naar binnen te kijken. Dat moet ze gewild hebben, anders laat je het licht niet aan en de deur open. Het lijkt een uitnodiging om een kijkje te nemen.

Het is een ruime kamer, met lichtgrijze wanden, een donkere, eikenhouten vloer en van die witte jaloezieën voor de ramen die iedereen tegenwoordig lijkt te hebben. Er hangt een rustgevende, warme sfeer. Er is een badkamer en suite; ik kan nog net de chromen buizen van een verwarmd handdoekenrek zien. Heel anders dan mijn eigen slaapkamer met zijn krakende vloer en niet bij elkaar passende meubels.

Ik ga weer naar beneden en zet de televisie aan. Nog een halfuur voordat Teri en Mark terugkomen en ik naar huis kan. Ma zit nu waarschijnlijk te knikkebollen op de bank. Het is allang bedtijd geweest voor haar.

Mijn telefoon piept. Ik zet mezelf al schrap voor een nieuwe tweet van Sally Mac, maar dan schiet me te binnen dat ik haar niet volg, dus dat ik geen seintje krijg als ze iets twittert. Ik zal op haar account moeten klikken en zelf moeten kijken of ze iets heeft getweet. Wat ik niet ga doen. Dit moet iets anders zijn en dat is het ook. Een appje van Michael.

'Zie je morgen. Ben er om een uur of één. M xxx'

Ik schrik als ik de sleutel in de voordeur hoor, ook al verwachtte ik het. Teri beloofde om halftwaalf terug te zijn en daar zijn ze dus, precies op tijd. Teri staat een beetje onvast op haar benen als ze me vraagt hoe het ging met de kinderen.

'Het ging prima,' zeg ik. 'Ze hebben zich keurig gedragen.'

'Ik hoop dat je wat van de wijn en de chocolaatjes hebt genomen,' zegt ze met enigszins dubbele tong.

'Nee, alleen een kopje thee.'

Mark biedt aan me naar huis te rijden en even aarzel ik, maar dan valt me op dat hij ook een beetje wazig uit zijn ogen kijkt. Hij heeft waarschijnlijk gedronken en ik hoor aan zijn stem dat hij weinig zin heeft er nog een keer uit te gaan. Waarschijnlijk moest hij het van Teri vragen.

'Nee hoor, dat hoeft niet. Ik woon praktisch om de hoek, nog geen vijf minuten hiervandaan.'

Maar zodra ik de voordeur achter me dicht heb gedaan en naar het einde van de oprit ben gelopen, heb ik al spijt dat ik zijn aanbod niet heb aangenomen. In het donker over Waterfield Grove lopen heeft iets engs. Het is zo ontzettend stil dat het bijna claustrofobisch is en het enige waar ik aan kan denken is dat iemand die zichzelf Sally Mac noemt me volgt op Twitter.

Ik kijk over mijn schouder en speur de straat af naar een teken van leven, maar het is verlaten. Gevolgd worden op Twitter is niet hetzelfde als op straat gevolgd worden. Natuurlijk word ik niet gevolgd. Flinstead heeft een van de laagste misdaadcijfers van het land. Af en toe wat asociaal gedrag van een stelletje pubers of vandalistische vernielingen aan een strandhutje, verder gaat het niet.

Desondanks versnel ik mijn pas. Als ik op de boulevard kom en zie hoe verlaten die is, de enorme zee rechts van me een broeierige, dreigende grijze massa, ben ik blij dat ik niet heel ver meer hoef. Ik zet het zelfs op een drafje als ik langs het leegstaande huis kom en hou dat vol tot ik op Warwick Road ben en mijn huis zie staan.

Als ik de sleutel in het slot steek heb ik een besluit genomen. Ik ga alles morgen eerlijk aan Michael opbiechten. Dat het gerucht is geëscaleerd en dat dat deels mijn schuld is. Ik zal hem de tweets van Sally Mac laten zien en zeggen dat hij nog eens moet overwegen of hij dat boek wel echt wil schrijven. Ik bedoel, als het hem lukt haar te vinden en als ze ermee instemt geïnterviewd te worden – en dat is twee keer een hele grote 'als' – komen daar geheid problemen van. Verwijten van de familie van het slachtoffer. Meer sensationele nonsens in de kranten. Haatmailtjes online.

We zijn zoveel harder geworden in de loop van de tijd. Of misschien ook niet. Misschien was de haat toen Sally vrijkwam net zo sterk, maar was het, omdat er nog geen internet was, niet algemeen bekend en raakte niet iedereen zo opgefokt. Het nieuws deed wat stof opwaaien dat weer ging liggen toen er iets anders gebeurde wat de gemoederen bezighield.

Hij zal het niet leuk vinden, maar hij komt er wel overheen. En als dat niet zo is... Als hij mij de schuld geeft dat ik alles heb opgerakeld en we er ruzie over krijgen, nou, dan is samenwonen misschien toch geen goed idee.

Ik kom in ieder geval te weten wat belangrijker voor hem is: McGowans verhaal vertellen of Alfie en ik.

# 16

Als ik thuiskom ligt ma met de sprei als een deken over haar heen te slapen op de bank. De tv mompelt in zichzelf en er staat een volle beker thee op het tafeltje. Ik raak hem aan in de verwachting dat die lauw zal zijn, maar hij is steenkoud.

Ik tik haar zachtjes op haar arm. 'Hoi ma, ik ben er weer.'

Haar ogen gaan open, ze knippert even en gaat dan rechtop zitten. Ze geeuwt. 'Hallo schat, ik moet even in slaap zijn gevallen.' Ze pakt haar mok, fronst en zet hem weer terug.

'Sorry,' zeg ik. 'Ik had je niet zo lang op moeten houden. Waarom slaap je niet hier vannacht? Ik kan het logeerbed opmaken.'

Ze schudt haar hoofd. 'Doe niet zo raar. En trouwens, je weet dat ik het liefst in mijn eigen bed slaap.'

Ja, dat weet ik inderdaad. Dat heeft ze me vaak genoeg verteld. Toen ik in Londen woonde en ze weleens kwam logeren, klaagde ze altijd over de matras (te hobbelig) of de kussens (te dun). Een gemakkelijke gast was ze niet, daarom is het ook zo fijn dat we nu vlakbij wonen. We kunnen bij elkaar langs, maar hoeven elkaar niet dagenlang met elkaars gezelschap op te zadelen.

Maar vanavond is het anders. Ik vertel haar niet dat ik *wíl* dat ze blijft. Dat ik er behoefte aan heb. Voor één keertje. Want dan vraagt ze natuurlijk waarom en zal ik het haar moeten vertellen. Ze kan irritant gedecideerd zijn over Twitter, ze wil het niet begrijpen. Ik heb geprobeerd haar uit te leggen hoe het werkt, net zoals ik dat aan Dave heb uitgelegd, maar ze ziet niet in wat het nut ervan is: 'Waarom zou je met een stel vreemden willen praten over allerlei onzin?'

En als ik haar vertel over het gerucht, zal ze daar nog neerbuigender over doen. Dan begin ik natuurlijk uit te leggen dat Michael een boek wil schijven en heeft gevraagd of hij bij mij mag intrekken en hoewel ik haar dat binnenkort moet vertellen, denk ik niet dat ik er al aan toe ben om dat gesprek vanavond te voeren. Ze zal wel een stekelige opmerking paraat hebben over wat er zal gebeuren als het boek af is en duidelijk maken dat ze er weinig vertrouwen in heeft.

'Zal ik een kop thee maken voor je gaat?' vraag ik.

'Nee, ik ga liever terug als je het niet erg vindt.'

Ze zoent me op mijn wang en ik geef haar een knuffel.

'Is alles goed met je, lieverd?' vraagt ze met haar handen nog op mijn schouders als we elkaar loslaten. 'Je lijkt een beetje bezorgd?'

Dat heeft ze altijd gekund, zien dat ik met iets zit. Maar wat kan ik zeggen zonder háár ongerust te maken? Dat ik me zorgen maak omdat ik op Twitter word gevolgd door een vrouw die toen ze tien was een jongetje van vijf heeft vermoord? Dat ik me zorgen maak dat ik medeplichtig ben aan de valse beschuldiging van Sonia Martins en er verantwoordelijk voor ben, in ieder geval deels, dat haar reputatie onderuit is gehaald?

En ik maak me ook zorgen omdat Michael zo plotseling bij Alfie en mij wil intrekken en een echt gezin wil worden. Ik maak me zorgen dat hij al zijn hoop heeft gevestigd op het opsporen van Sally McGowan en dat ze ergens opvangt dat er over haar wordt geroddeld en verdwijnt voor hij de kans heeft haar te ontmoeten. Ik maak me zorgen dat hij, als dat gebeurt, van gedachten zal veranderen over samenwonen en we weer teruggaan naar de oude situatie. En ik maak me zorgen dat we, als hij inderdaad van gedachten verandert, niet meer terug kunnen naar vroeger en onze relatie daardoor mislukt.

'Niet echt,' zeg ik. 'Een beetje moe, dat is alles.'

Om kwart voor vier knapt er iets in me en geef ik het op te proberen in slaap te vallen. Ik ga rechtop zitten en knip de lamp aan. Mijn zorgen zijn gemuteerd en vermenigvuldigd als kankercellen en hoewel ik niet op mijn telefoon wil kijken, tik ik hem toch tot leven en veeg over het scherm tot ik het Twittericoontje zie – dat kleine witte vogeltje, het snaveltje kwetterend geopend, de vleugels gespreid. Onontkoombaar.

Ik klik op mijn volgers. Ze staat er nog steeds tussen. Bovenaan de lijst. Sally Mac (@geruchtenmolen7). Mijn duim aarzelt boven haar naam en dan klik ik erop voor ik van gedachten kan veranderen. Zo te zien heeft ze ook moeite met slapen, haar laatste tweet was zevenenvijftig seconden geleden. Ik lees ze allemaal, van boven naar beneden:

'Geruchten van vrouwen zijn betekenisloos.' – Aeschylus

'Een gerucht groeit gaandeweg.' – Vergilius

'Wat enkelen verzinnen, wordt door velen vergroot.' – Jonathan Swift

'Een leugen is al driemaal rond de aarde gelopen, eer de waarheid zijn schoenen aantrekt.' – Mark Twain

En dan de allereerste:

Geruchten zijn dodelijk.

Het zijn allemaal literaire citaten, behalve het eerste. Dat is een gezegde en kan niet toegeschreven worden aan iemand in het bijzonder, hoewel het natuurlijk ergens, door iemand, voor het eerst moet zijn gezegd of geschreven. Moet ik daar iets uit afleiden? Dat de eerste tweet die ze stuurt geen literair citaat is? En korter en bedreigender dan de andere?

Want dat doe ik. Ik leid er iets uit af. Zeker.

Ik ga m'n bed uit, trek mijn peignoir en dikke sokken aan en sluip de trap af, voorzichtig, om te voorkomen dat hij kraakt.

Drie uur later sta ik voor het keukenraam naar de opkomende zon te kijken. Mijn gezicht doet pijn door het gebrek aan slaap en de hoofdpijn die de hele nacht al achter mijn ogen dreigt, vlamt op bij mijn slapen en golft weg over de bovenkant van mijn hoofd. Naast de twee pijnstillers die ik net met nóg een kop thee heb ingenomen, zou een wandeling over het strand me goeddoen – dan kan ik mijn gespannen zenuwen laten kalmeren door het geruis van de golven, de zilte lucht opsnuiven en mijn hoofd leegmaken.

Het is een verleidelijke gedachte. Alfie wordt nooit eerder wakker dan een uur of halfacht. Ik kan terug zijn voordat hij een oog opendoet. Voor Alfie werd geboren, liep ik 's ochtends langs de rivier naar Greenwich, kocht daar een koffie en liep dan weer terug. En toen ik hier woonde, stond ik in mijn tienerjaren soms vroeg op om naar het strand te gaan en bij eb over het strand te lopen. Op een goede dag zag ik dan een binnenschip voorbijkomen of vond ik iets ongewoons dat na de vloed op het strand was achtergebleven – een mooie gladde steen, een bijzondere schelp voor mijn collectie of een mooi gevormd stuk drijfhout dat ik kon ophangen in mijn kamertje.

Maar ik zou Alfie nooit in zijn eentje achterlaten. Er kunnen veel te veel akelige dingen gebeuren als ik er niet ben. Hij kan eerder wakker worden dan anders en in paniek raken als hij me niet kan vinden. Over iets struikelen en op zijn hoofd terechtkomen. Van de trap vallen en als een zielig hoopje beneden op de vloer blijven liggen.

Of misschien zou hij helemaal niet in paniek raken. Misschien zou hij gewoon opstaan en cornflakes pakken. Maar zelfs dán kan hij een te grote hap nemen en stikken.

En er kan natuurlijk ook nog brand uitbreken. Mijn grootste nachtmerrie. Als dat gebeurt, wordt Alfie misschien niet eens wakker, maar is hij al door de rook bedwelmd voordat hij iets kan merken. Er zijn zoveel dingen die mis kunnen gaan. Hij kan de voordeur opendoen en de weg op lopen. Zonder uit te kijken oversteken en aangereden worden. Of misschien ziet iemand hem, een prachtig klein knulletje in zijn Star Wars-pyjama, en wordt hij meegenomen in een auto, ontvoerd.

En dat allemaal omdat zijn egoïstische moeder zin had in een strandwandeling. Nee. Dat zou ik nooit doen. Ik neem straks, als ik hem naar school heb gebracht, de toeristische route wel naar mijn werk. Zelfs vijf minuten op het strand is beter dan niets.

Ik loop de woonkamer in, doe de gordijnen open en installeer me op de bank met mijn iPad. Ik weersta de verleiding om weer op Twitter te kijken, maar begin door artikelen over Sally McGowan te scrollen en stuit op een verhaal uit *The Guardian*.

**GETUIGENBESCHERMING: EEN LEVENSLANGE STRAF**

Door Martin Knight
Woensdag 12 maart 2014, 01:35
*The Guardian*

**Het getuigenbeschermingsprogramma beschermt burgers die het risico lopen op ernstige vergelding, zoals getuigen van de georganiseerde misdaad (vaak zelf criminelen), pas vrijgelaten moordenaars waar veel publiciteit rond is (vooral kindermoordenaars of degenen die hen hebben geholpen/daartoe hebben aangezet) of mensen die gevaar lopen vermoord te worden wegens eerwraak. Martin Knight, wiens documentaire Identiteit als een gevangenis op vrijdag 24 maart wordt uitgezonden op de televisie, onderzoekt de psychologische impact van een gedwongen andere identiteit.**

Over hoe het getuigenbeschermingsprogramma precies werkt, is nog altijd weinig bekend en dat is maar goed ook. Het weinige wat we ervan denken te weten, is voornamelijk gebaseerd op mythes en clichés uit de media. Een van die mythes is dat degenen die getuigenbescherming hebben, levenslang op de

zak van de staat teren en een luxueus leventje leiden, wat ze volgens velen niet verdienen. De roddelbladen doen er weinig aan om dit valse beeld te ontkrachten. In werkelijkheid worden beschermde personen aangemoedigd zo snel mogelijk financieel onafhankelijk te worden.
Deelnemen aan een getuigenbeschermingsprogramma is lang niet zo met glamour omgeven als Hollywoodfilms doen geloven. Een leven onder getuigenbescherming wordt eerder vergeleken met een levenslange straf en veroorzaakt vaak blijvende psychische schade.
Stel je voor dat je op stel en sprong je oude leven achter je moet laten: je familie, je vrienden, je bezittingen, je thuis – alles wat jou definieert. Stel je voor dat je naar een omgeving wordt gebracht die volkomen onbekend is voor je en waar je je een vreemde voelt, terwijl je je tegelijkertijd het leven van iemand anders moet eigen maken – zijn/haar persoonlijke geschiedenis, familie, de plaatsen waar hij/zij heeft gewoond – omdat je nu een totaal nieuwe persoon moet worden! Er is maar een handjevol mensen dat weet wie je bent en waar je woont. Het is lastig vrienden te maken omdat je nooit je ware zelf kunt laten zien en hoe meer verbonden je je met iemand voelt, hoe moeilijker het is om te blijven liegen.

'Mammie? Mammie? Waar ben je?'

Ik wrijf mijn ogen uit en geeuw. 'Beneden, schatje. Ik ben beneden! Kom maar gauw ontbijten!'

Ik hijs mezelf van de bank. De documentaire is bijna vier jaar geleden uitgezonden, maar misschien is het nog mogelijk hem ergens te zien. Dat ga ik straks opzoeken. Misschien kunnen Michael en ik hem samen kijken. Als ik vanavond tenminste mijn ogen lang genoeg kan openhouden.

# 17

De zee is zo glad als een spiegel, bijna te glad. Een enorme grijze vijver zo ver het oog reikt. Ondanks de kou in de lucht, lijkt het me heerlijk om nu mijn kleren uit te trekken en naakt het water in te gaan. Onder het glazige oppervlak te duiken en met lange, soepele slagen door de zee te klieven. Het koude water als een satijnen laken langs mijn huid te voelen glijden. Maar hoewel het strand verlaten is en ik er, samen met wat zeemeeuwen, de enige ben, ben ik veel te conservatief om overdag op een openbaar strand waar iedereen me kan zien mijn kleren uit te trekken. Er kan iemand het duinpad af komen, een jogger of iemand die zijn hond uitlaat, of iemand zoals ik, die wordt aangetrokken door het water, zoals de mens al eeuwenlang. Bovendien moet ik over twintig minuten op mijn werk zijn.

Ik loop langs het water en kijk hoe mijn sneakers sporen achterlaten op het harde natte zand. Deze tussenstrook, die land en zee van elkaar scheidt, heeft iets dromerigs. Iets magisch. Als ik me overgeef aan het ritme van mijn passen, beginnen mijn nek- en rugspieren te ontspannen en wordt het angstgevoel dat me de hele nacht heeft dwarsgezeten langzaam minder. Maar het is er nog wel, het houdt zich schuil, ergens diep in mijn binnenste. De vloed komt altijd weer opzetten.

Ik ben bijna bij een van de houten golfbrekers die het strand in stukken snijden – horizontale planken vastgenageld op stevige staanders – als ik verderop een eenzame figuur in het oog krijg. Het is een lange vrouw die staat te staren naar de zee. Ze komt me bekend voor. Haar lengte en haar houding… Haar haren.

Als ik dichterbij ben, zie ik wie het is. Het liefst had ik haar vermeden, maar daar is het al te laat voor: ze heeft haar hoofd naar me toe gedraaid en gezien dat ik hier loop. Als ik me nu omdraai of afbuig naar de boulevard, is het overduidelijk dat ik haar ontloop. Als ze geen cliënt was, zou ik dat misschien niet zo'n punt vinden, maar dan zou ik haar natuurlijk ook niet gekend hebben…

'Goedemorgen,' zeg ik, zonder enig idee óf en hoe ze zal reageren.

'Goedemorgen,' zegt ze met een knikje mijn kant op, bijna met een glimlach. Buitenshuis lijkt ze minder vijandig.

Haar blik gaat terug naar de horizon. 'Elke dag weer anders, hè?' zegt ze. 'De zee.'

Ik kan bijna niet geloven dat ze een praatje begint. Ik wil het net beamen als ze weer iets zegt.

'Ik moet mijn excuses aanbieden,' zegt ze.

'Waarvoor?' Ik weet natuurlijk heel goed waar ze haar excuses voor wil aanbieden. Haar kille ontvangst. Haar gebrek aan beleefdheid. Maar ze is een klant en dus reageer ik verbaasd.

'Het is dat huis,' zegt ze. 'Daar liggen te veel akelige herinneringen.' Ze schraapt haar keel. 'Soms denk ik dat hij er nog is.' Ze lacht. Een wrang, misprijzend lachje. 'Hoewel ik weet dat hij dood en begraven is.'

'Bedoelt u meneer Marchant?' vraag ik, terwijl ik in mijn hoofd mijn theorie van 'ontrouwe ex-man' aanpas naar 'ontrouwe overleden man'.

Ze draait haar gezicht met een ruk naar me toe. 'Kende u hem? Mijn vader?'

'Uw vader? Nee, nee, ik kende hem niet. Sorry, ik dacht dat u het over uw echtgenoot had.'

'Het huis was van mijn vader,' zegt ze. 'Ik heb het geërfd na zijn dood.'

'O.'

Er valt een stilte. Ik weet niet goed of het gesprek hiermee is afgelopen. Ik neem aan van wel en wil eigenlijk gedag zeggen en verder lopen, maar dan schiet me Anne Wilsons verzoek te binnen om het huis nog een keer met haar aannemer te bezichtigen. Ik heb ertegenop gezien om haar erover te bellen en bedenk dat het misschien beter is om het nu ter sprake te brengen.

'Anne Wilson wil het huis graag nog een keer met een aannemer bekijken,' zeg ik. Hoe formuleer ik dit? 'Daar hoeft u niet bij aanwezig te zijn als dat gemakkelijker voor u is. U kunt de sleutels eventueel bij ons afgeven, dan ga ik wel met ze mee.'

'Ze gaat toch niet van gedachten veranderen, hè?' vraagt ze op scherpe toon. Ongerust.

'Dat denk ik niet. Die indruk maakte ze in ieder geval niet.'

'Wat wil ze er dan doen?'

'Iets veranderen aan de indeling, geloof ik.'

Susan Marchant buigt haar hoofd naar achteren en ademt diep in door haar neus. 'Het maakt me geen zier uit wat ze ermee doet, al maakt ze het met de grond gelijk. Ik heb geen emotionele band met dat huis. Totaal niet. Nee, dat is niet helemaal waar. Ik heb er een emotionele band mee, maar geen goede, als u begrijpt wat ik bedoel.'

Ik weet niet wat ze bedoelt, maar ik vermoed dat ze een slechte relatie had met haar vader. Een ongelukkige jeugd misschien. Ik denk aan Sally McGowans jeugd. De afschuwelijke dingen die ik erover heb gelezen.

'U kent dat gedicht van Philip Larkin waarschijnlijk wel?' vraagt ze. 'Over kloteouders die je kapotmaken?' Ze werpt een zijdelingse blik op me, waarschijnlijk om te zien of ik me stoor aan het woord 'klote'. Dat doen veel mensen hier, vermoed ik.

Ik knik en wacht tot ze verdergaat.

'Mijn vader misbruikte me. Seksueel. Bijna tien jaar lang. En hij wist heel goed wat hij deed!'

Ik ben geschokt. Niet zozeer door de harde feiten van wat ze vertelt, hoewel misbruik natuurlijk altijd schokkend is. Maar meer doordat ze dat zomaar zégt. Tegen mij, een makelaar die ze nauwelijks kent, op een doodgewone ochtend na een toevallige ontmoeting op het strand.

Maar waarom zou ze het ook níét vertellen? Waarom zou ze zulke afgrijselijke dingen voor zichzelf moeten houden? Waarom zou iemand dat überhaupt moeten doen?

'Dat is afschuwelijk,' zeg ik en ik krimp vanbinnen in elkaar omdat het zo'n nietszeggend, oppervlakkig antwoord is.

'Ik wílde dat huis helemaal niet,' zegt ze, 'het is een molensteen om mijn nek. Ik wil er zo snel mogelijk vanaf.' Ze snuift. 'En het geld hoef ik ook niet. Dat gaat allemaal naar een stichting voor slachtoffers van seksueel misbruik.' Haar ogen glijden naar me toe. Ze glimlacht bijna. 'Dat zou hij verschrikkelijk hebben gevonden.'

Ze haalt een wollen muts uit de zak van haar jas, trekt die over haar hoofd en stopt haar haren eronder.

'Ik kom de sleutels straks wel brengen,' zegt ze. Ze klinkt weer net als anders: zakelijk. Het is alsof het gesprek nooit heeft plaatsgevonden. Alsof ze niet zojuist iets heel persoonlijks over zichzelf heeft verteld. 'Ik ga vanmiddag naar Londen. Ik denk dat ik pas een paar dagen voor de overdracht terug ben.'

Ze steekt haar hand uit, stijf en formeel. 'Goedendag, mevrouw Critchley.'

'Tot ziens, mevrouw Marchant.'

Dan loopt ze met grote stappen en gebogen hoofd weg over het zand, een vrouw die zo snel mogelijk weg wil van deze plek.

# 18

Als ik ongeveer een halfuur op mijn werk ben, appt Michael me met de vraag of het nog steeds uitkomt dat we één uur gaan lunchen. Hij staat op het punt uit Londen te vertrekken.

Ik vraag het nog even na bij Dave en hij belooft op tijd terug te zijn. 'Ik heb vanmorgen een paar taxaties,' zegt hij, terwijl hij zijn jas en iPad pakt, 'dus het kantoor is geheel het jouwe.' Hij knipoogt. 'Dus doe niks wat ik niet zou doen.' Met zijn hand op de deurklink blijft hij nog even staan. 'O ja, dat wou ik je nog zeggen,' zegt hij. 'Susan Marchant heeft haar sleutels hier afgegeven, vijf minuten voordat jij binnenkwam. Ze glimlachte zelfs naar me!' Hij grinnikt. 'Geen touw aan vast te knopen.' En dan is hij weg.

Ik heb verschillende telefoontjes beantwoord, een notaris achter de broek gezeten omdat hij zo traag is met alle papieren en overlegd met een cliënt van wie de verkoop is afgeketst, als ik een e-mail hoor binnenkomen op mijn telefoon.

Ik kijk meteen. Hij blijkt van Liz Blackthorne en heeft als onderwerp: 'Excuses aan iedereen'.

Beste leesclubvriendinnen,

Helaas kan ik niet bij onze volgende bijeenkomst en die daarna aanwezig zijn. Is het mogelijk dat iemand anders gastvrouw is? Ik neem nog contact op over toekomstige bijeenkomsten.

Groet,

Liz x

P.S.: Geniet van *Frankenstein*!

Vreemd. Liz' e-mails zijn meestal veel gezelliger. Deze klinkt zo formeel… En wat bedoelt ze met 'Ik neem nog contact op over toekomstige bijeenkomsten?' Het klinkt bijna alsof ze van plan is uit de groep te stappen, maar dat kan het toch niet zijn?

Iedereen weet dat het Liz' groep is. Het is altijd bij haar thuis en hoewel ze altijd zegt dat we geen voorzitter nodig hebben en we het gezamenlijk doen, is zij degene die de leiding heeft. Als zij ons niet bij het onderwerp hield, zou het gesprek algauw verzanden in een rommelig gedoe, waarin iedereen zou afdwalen van het onderwerp en zijpaden zou inslaan. Dan zou Barbara elke discussie overheersen, Maddie eindeloos durende anekdotes opdissen en Karens onverzadigbare interesse in iedereens liefdesleven of de afwezigheid daarvan, niet de kop in worden gedrukt.

Ik tik een snel antwoord:

Jammer te horen, Liz. Ik hoop dat alles in orde is? Laten we snel afspreken voor een kop koffie!

Liefs, Jo xxx

Misschien moet ik haar bellen om te vragen wat er aan de hand is. Dat ben ik al van plan sinds ik haar laatst op straat zag. Ze deed zo afwezig en nu ook nog deze e-mail – ik vraag me af of er iets ergs is gebeurd. Iets in de familie misschien…

Maar ze neemt niet op. Nou ja, ik heb nu toch geen tijd om me er ongerust over te maken. Als ze niet op mijn e-mail reageert, ga ik later wel bij haar langs. Kijken of alles goed is met haar.

Michael is er al als ik aankom. Het verwondert me geen seconde dat hij Leonard's heeft voorgesteld. Dat is de laatste toevoeging aan het culinaire aanbod in Flinstead – zo'n stijlvol hipsterrestaurant dat beter past in Shoreditch of Hackney, dan in een klein kustdorpje dat zijn beste tijd heeft gehad. Hij ziet er goed uit tegen deze achtergrond van afgebikte bakstenen en staal. Scherp en stads en superaantrekkelijk.

Er staat een fles bubbels in een koelemmer op tafel. Normaliter is hij niet iemand die dit soort romantische acties onderneemt, hoewel 'Joanna, moedig en mooi' wel een goeie was natuurlijk. Maar ja, onze relatie is altijd anders geweest dan die van anderen. Tot nu toe, tenminste.

Ik trek mijn wenkbrauwen op. 'Een snelle lunch, zei je. Ik zal daar maar weinig van kunnen drinken, helaas. Sommige mensen moeten gewoon werken, hoor!' Hij buigt naar voren om me een kus te geven. Dit lijkt wel een date en ik voel me ongemakkelijk, iets wat ik anders niet zou zijn, en ben me erg bewust van de donkere kringen onder mijn ogen en mijn afgekloven nagels, waar ik flink op heb zitten bijten sinds ik weet dat Sally Mac me volgt op Twitter. Wat ik hem móét vertellen. Maar nu even niet. Hij ziet er zo gelukkig en relaxed uit. Ik wil zijn stemming niet verpesten.

Ik maak mezelf wijs dat hij in zo'n goede bui is om ons. Om mij. En dat het niets te maken heeft met het boek dat hij van plan is te schrijven.

'Je ziet er moe uit,' zegt hij.

Oké, misschien moet hij toch proberen romantischer te worden.

'Maar nog steeds mooi,' voegt hij eraan toe en hij schenkt me een half glas prosecco in.

We klinken. Michael haakt zijn voet om mijn enkel en laat die langzaam omhoogglijden naar mijn kuit. Ik kan wel raden waar deze feestelijke lunch mee zou eindigen als ik vanmiddag niet terug hoefde naar mijn werk. Is dat waarom ik zo graag wil dat hij bij me komt wonen? Vanwege zoiets primitiefs en dierlijks als seks? Het zegt wel iets dat ik meer weet over de geografie van zijn gezicht en zijn lijf, dan over zijn gedachten. We hebben altijd om ons gevoelsleven heen gedraaid. Elkaar net ver genoeg als nodig was toegelaten en geen centimeter verder. Waarom dóén we dat? Hoe hebben we dat laten gebeuren?

Onder het eten praten we over de praktische kanten van zijn verhuizing. Wat hij gaat doen met zijn flat. De spullen die hij meeneemt. Ik kan niet geloven dat dit echt gebeurt.

'Ik dacht eraan de flat te verhuren via Airbnb,' zegt hij. 'Dan hoef ik alleen mijn kleding en persoonlijke spulletjes mee te nemen en kan ik de grote dingen laten staan.'

Het is een goed idee. Dat weet ik. Het gaat sneller dan de flat via een makelaar verhuren en bovendien is er echt geen plaats voor Michaels meubels in mijn kleine huis. Maar dat vervelende stemmetje in mijn binnenste laat weer eens van zich horen: *Omdat het tijdelijk is, hè? Dan is het gemakkelijker voor hem om terug te gaan, als hij er genoeg van heeft vadertje en moedertje te spelen met Alfie en mij.*

Ik kan me niet langer inhouden. 'Weet je echt zeker dat je dit wilt? Dat het niet alleen gaat om,' ik mime haar naam: 'Sally McGowan?'

Het heeft meteen effect, zoals ik eigenlijk wel wist. Hij legt zijn vork neer en staart me aan alsof ik hem van een doodzonde beschuldig.

'Jezus, Joey, wat dénk je in vredesnaam over mij?'

Hij zegt het net iets te hard. Het geroezemoes om ons heen lijkt een beetje te verstommen – of misschien is dat gewoon mijn verbeelding. Ik ben me er heel erg van bewust dat dit een privégesprek is en er allerlei mensen om ons heen zitten.

Mijn keel zit dicht van de emoties. Ik had dit nooit moeten zeggen! Maar nu ik ben begonnen, kan ik niet meer ophouden. Ik moet al mijn ongerustheid spuien voordat het te laat is en alles is geregeld. Ik kan me niet in slaap laten sussen door een romantische lunch. Dit is te belangrijk. Dit gaat over mijn toekomst. Alfies toekomst.

Alfie zal totaal van slag zijn als Michael bij ons intrekt en na een paar maanden weer weggaat. Dat zal hij nooit begrijpen. En ik zal er ook helemaal door van de kaart zijn. Dat besef ik nu.

'Het lijkt alleen een beetje... onverwacht, dat is alles. Het ene moment is alles nog zoals altijd en dan vertel ik je over dat gerucht en wil je plotseling bij ons intrekken.'

'Ja, ik moet toegeven dat het zo lijkt,' zegt hij. Hij blaast langzaam zijn adem uit en duwt een beetje afwezig met zijn vork tegen het stuk kip op zijn bord. 'Maar om eerlijk te zijn, ik wilde het je al maanden vragen.' Hij zet zijn glas neer en kijkt me recht in de ogen. 'Jaren, als je het echt wilt weten.'

Nu is het mijn beurt om hem aan te staren. 'Jaren?'

'Je bent altijd zo superzelfstandig, zo onafhankelijk. Ik dacht dat je, als ik méér wilde, dat je misschien... ik weet niet, zou afhaken.'

Ik klem mijn handen in elkaar op mijn schoot. Zegt hij dat echt? Dat hij bang was om zijn gevoelens voor mij met me te delen? Dat ik hem de hele tijd eigenlijk zo'n beetje heb afgeschrikt?

'Ik... Ik dacht altijd dat je...' Mijn stem breekt. Nog even en ik ga zitten janken boven mijn pasta. Ik knijp mijn ogen hard dicht en focus op mijn ademhaling. 'Ik dacht altijd dat je je niet wilde binden, dat je de vrijheid wilde hebben om weg te gaan als je dat wilde.'

Michael steekt zijn arm uit over de tafel en streelt mijn wang met zijn wijsvinger. 'Wat een stelletje idioten zijn we.'

'Zeg dat wel.'

'Allebei!'

Ik lach door mijn tranen heen. 'Hou je kop en eet die kip verdomme op, voordat-ie koud is.'

'Zie je? Dat heb ik nou altijd zo fantastisch gevonden van je, Joanna Critchley. Die kalme, zachtaardige manier waarop je de wereld benadert.'

Als de serveerster ons vraagt of we nog een dessert willen, gaat Michaels voet weer omhoog langs mijn kuit. Er is maar één dessert dat we nu willen, maar dat zal moeten wachten tot vanavond. We schudden ons hoofd en vragen om de rekening.

Als we het restaurant uit lopen en op straat zijn, lijken we wel zo'n weeïg stel uit een romantische film. Vlak voor het einde, als alle misverstanden zijn opgelost, de verwarring voorbij is, de tranen zijn gedroogd en de gebroken harten gelijmd en ze elkaar eindelijk weer vinden en het 'en ze leefden nog lang en gelukkig' begint.

Maar dan horen we het geschreeuw.

# 19

Er is een opschudding aan de overkant. Harde boze stemmen. Mensen die zich eromheen verzamelen.

'Wat is daar aan de hand?' vraagt Michael terwijl hij zich al van me losmaakt.

Ik herken Sonia Martins witte gezicht en donkere haar. Ze is woedend.

Ik trek aan zijn arm. 'Dat wilde ik je nog vertellen. Iemand heeft foto's van Sally McGowan op de etalage van de newagewinkel geplakt om te suggereren dat de eigenaresse ervan Sally McGowan is.'

Michael vloekt binnensmonds en voordat ik hem kan tegenhouden steekt hij de straat over. Ik heb geen andere keus dan achter hem aan lopen. Als we bij de winkel zijn, staan er twee vrouwen voor die met hun vingers naar haar staan te priemen en beschuldigingen schreeuwen. Eén ervan is de vrouw met de vettige paardenstaart van laatst. Ze heeft hetzelfde grijze trainingspak aan en is met een jongere vrouw met een wit deegachtig gezicht, die een kinderwagen met een jengelend kind erin bij zich heeft. Ze schreeuwen dat Sonia Martins een moordenaar is, een monster dat voorgoed opgesloten moet worden.

Sonia grist de papieren die ze onder haar neus duwen uit hun handen en verscheurt ze. 'Hoe durven jullie dit soort gemene leugens te verspreiden!' schreeuwt ze. 'Hoe durven jullie! Ga weg of ik bel de politie.'

'Wij gaan helemaal niet weg! De straat is van iedereen!' roept de een.

'Ja, en wij hebben meer recht om hier te zijn dan jij,' vult de ander aan.

Plotseling neemt Michael de controle over. Hij pakt Sonia Martins bij haar elleboog en keert zich met haar om naar de winkel, terwijl hij tegen de omstanders zegt dat de poppenkast voorbij is en dat hij deze dame al jaren kent en kan zweren dat ze Sally McGowan níét is. De uitdrukking op Sonia Martins' gezicht houdt het midden tussen verwarring en dankbaarheid en ze laat zich door Michael naar de winkeldeur leiden. Ik loop mee – want wat moet ik anders doen?

Sonia beeft over haar hele lijf als ze nerveus in haar zak voelt en de winkelsleutels eruit haalt. Ze draait de deur van het slot, laat ons binnen, draait het bordje GESLOTEN om en blijft met haar rug tegen de ruit geleund staan.

'Dank je wel,' zegt ze tegen Michael. 'Ik moet de politie bellen. Het is verboden wat ze doen, toch? Iemand vals beschuldigen? Dit kan mijn winkel kapotmaken.' Ze werpt een nerveuze blik op de etalage. 'Als dat al niet is gebeurd.'

Er staan nog steeds een paar mensen buiten, ze turen naar binnen, maar de meeste zijn verder gelopen.

'Kunnen we een kop thee voor u maken of iets dergelijks?' biedt Michael aan.

'Nee, nee, dat is niet nodig. Dank u wel voor wat u net buiten zei. Dat was heel aardig van u, u kent me helemaal niet...'

Michael schudt licht met zijn hoofd alsof hij wil zeggen: het was geen moeite.

Dan gaan Sonia's ogen naar mij. 'Maar u heb ik wél eerder gezien, toch? U bent een klant van me.' Ze knijpt haar ogen tot spleetjes. 'Gisteren zag ik u nog! Ik moet toegeven dat ik toen dacht dat u misschien iets te maken had met...' Ze spreidt haar armen in een hulpeloos gebaar, '...dit gedoe.'

Michael kijkt me scherp aan.

'Ik? Nee, absoluut niet! Ik heb die foto op de ruit gezien, de eerste keer. Ik wilde hem eraf halen, maar de man uit de winkel hiernaast kwam naar buiten en was me voor.'

'Chris. Ja. Hij belde me erover. Ik hoopte dat het allemaal zou overwaaien, dat het gewoon een vervelende grap was.'

'Ik kan u helpen om dit gerucht onschadelijk te maken,' zegt Michael.

Ah, dát is zijn bedoeling. Ik had het kunnen weten. Michael Lewis laat geen kans op een goed verhaal voorbijgaan. Alles om zijn naam in de krant te zien staan, ook al is het bij een stukje in het plaatselijke sufferdje.

Hij voelt in zijn achterzak naar zijn portefeuille en haalt daar een visitekaartje uit. 'Michael Lewis. Ik ben freelance journalist. Hoe sneller u uw kant van het verhaal naar buiten brengt, hoe beter het is. We kunnen de boel nog in de kiem smoren, maar dat moet dan wel snel.'

Sonia's gezicht vertrekt en ze balt haar vuisten. 'O dáár gaat het allemaal om! Een verhaal in de krant! Eruit! Schiet op! Eruit!' Ze loopt langs ons heen, draait de deur van het slot en houdt die voor ons open. 'Eruit. Nu! Voor ik de politie bel wegens overlast.'

'Nee,' zegt Michael. 'U begrijpt het niet. Dit zal alleen maar erger worden. Zo gaan dit soort dingen nu eenmaal. We moeten zo snel mogelijk iets in de krant zien te krijgen. Dat is de enige manier waarop u–'

'Eruit! Schiet op! Nu!'

'Kom mee, Michael,' zeg ik. 'Het spijt me Sonia, het spijt me echt. Michael?'

Michael legt zijn kaartje op de toonbank en loopt achter me aan naar buiten. 'Bel me als u van gedachten verandert', is het laatste wat hij tegen haar zegt als ze de deur achter ons dichtgooit.

'Mijn god, Michael. Wat wás dat? Je zag toch hoe erg ze van streek was.'

Hij loopt zo snel dat ik hem bijna niet kan bijhouden. 'Dat heb ik echt helemaal verpest,' moppert hij op zichzelf. 'Hoe haal ik het verdomme in mijn kop haar meteen mijn kaartje onder de neus te duwen.' Hij houdt zijn pas in zodat ik weer naast hem loop. 'Waarom heb je me dit niet eerder verteld?' Hij klinkt een beetje beschuldigend. 'Ik had eerder kunnen komen en gewoon een gesprekje met haar kunnen beginnen. Nu lukt het me nooit meer om een interview met haar te krijgen.'

Hij wijkt uit om langs een groepje giechelende pubers te lopen. Dit is niet hoe de middag had moeten verlopen. Onze heerlijke, romantische lunch is verknald en allemaal vanwege dat stomme, stomme gerucht. 'Hoe weet je zo zeker dat ze Sally McGowan níét is?' vraag ik.

'Omdat ze er niet als een haas vandoor is gegaan. En bovendien klopt het totaal niet met de informatie die ík heb.'

'Wat denk je dat er nu gaat gebeuren? Denk je dat ze McGowan nu toch hier weghalen, ook al verdenken de mensen de verkeerde?'

'Ik heb geen idee, maar de kans is groot dat dat inderdaad gebeurt. Gewoon, voor de zekerheid. Als ik Sonia's verhaal kon publiceren in een stuk over valse beschuldigingen en wat er met andere onschuldige mensen in dat soort gevallen is gebeurd, kan het misschien nog overwaaien in een paar dagen. Maar als ze me niet wil spreken...'

'Misschien doet ze dat alsnog als ze gekalmeerd is?' Dan schiet me te binnen wat Maddie zei, toen ze me wilde spreken op het schoolplein. Iets over dat ze zich wat ongemakkelijk voelde omdat ze wist dat Liz bevriend is met Sonia Martins. Ik laat mijn hand in die van Michael glijden en geef er een kneepje in. 'Ik ken iemand die met haar bevriend is. De vrouw die mijn leesclubje organiseert. Misschien kan ik haar vragen een goed woordje voor je te doen. Ik kan het proberen, toch?'

'Ja, je kunt het proberen.'

Hij blijft staan en trekt me tegen zich aan, slaat zijn armen om me heen en houdt me stevig vast. 'Sorry dat ik tegen je snauwde.' Zijn adem voelt warm in mijn nek. 'Het is niet het einde van de wereld wat er net is gebeurd. Ik kan nog steeds een artikel schrijven over valse beschuldigingen. Met of zonder Sonia Martins. Maar liever mét.'

'En ík wil sorry zeggen omdat ik je niet had verteld over die foto's.'

# 20

Zodra ik de voordeur opendoe als ik thuiskom van mijn werk, valt me op dat het huis nu al anders ruikt. Het ruikt naar Michael. Lekker. Geen geur uit een flesje, hoewel er misschien een klein vleugje aftershave in zit, maar meer zijn eigen unieke geur en misschien ook het feit dat er iemand in huis is en anders niet. Een ruimte waar iemand is, ruikt altijd anders dan een lege.

Hij zit in de woonkamer over zijn laptop gebogen en is vragen aan het bedenken voor een mogelijk interview met Sonia Martins en feiten aan het verzamelen over eerdere incidenten in verband met valse beschuldigingen. Onschuldige mensen die uit hun huizen gejaagd zijn of ontslagen zijn, zelf één keer een tragische zelfmoord, en dat allemaal vanwege een gerucht dat mensen voor waar aannemen.

'Is het gelukt met die vriendin van de leesclub?' vraagt hij.

'Haar telefoon gaat steeds naar de voicemail, maar ik ga er straks wel even langs. Ik moet Alfie ophalen van de naschoolse opvang. Ga je mee?'

Hij vertrekt zijn mond en ik weet dat hij in dubio staat. Hij wordt heen en weer geslingerd tussen Alfie verrassen en doorgaan met zijn werk. Zo zal het gaan vanaf nu. Daar maak ik me geen illusies over. Werken als freelance journalist is niet gemakkelijk, zelfs voor iemand met zo'n berg aan ervaring en contacten als Michael. Bovendien zit het vak in zijn bloed. Verhalen najagen is zijn lust en zijn leven. Dat heb ik altijd geweten.

Hij klapt zijn laptop dicht en staat op. 'Je hebt hem nog niets verteld, hè?'

'Nee, het leek me leuker om dat samen te doen.'

'Goed idee.' Hij trekt me in zijn armen en knuffelt me zo lang dat ik me als eerste losmaak.

'Denk je echt dat McGowan ergens anders is nu?'

Hij zucht. 'Daar heb ik over zitten nadenken. Ik denk dat ze haar alleen maar verplaatsen als ze vermoeden dat ze werkelijk in gevaar verkeert en dat is op dit moment niet zo. Niet als de vinger naar iemand anders wijst. Ik ga voorlopig zeker door met de opzet voor het boek. Zelfs als het me niet lukt om haar te vinden, zijn er nog genoeg invalshoeken die ik kan gebruiken.'

Ik verberg mijn gezicht in zijn hals. Ik heb hem nog steeds niets gezegd over dat Twittergedoe. Eigenlijk moet ik dat nu doen. Eerlijk zijn, zodat hij het weet. Ik wil niet dat we geheimen voor elkaar hebben, we hebben al genoeg tijd verspild. Maar na alle heftige gebeurtenissen van vanmiddag, ben ik bang dat ik het niet aankan als hij boos wordt. En trouwens, sindsdien heeft ze niet meer getweet. Het is waarschijnlijk gewoon iemand die me een beetje op stang wilde jagen…

Alfie is helemaal opgewonden als hij zijn vader naast me ziet staan. Hij was al opgetogen omdat dit de laatste schooldag voor de vakantie is, maar dit is natuurlijk de kers op de taart. Ik ben me bewust van de nieuwsgierige en geïnteresseerde blikken van andere moeders als Michael Alfie op zijn schouders zet. Het is de eerste keer dat ze hem zien, hoewel Michael altijd bewonderende blikken oogst als hij ergens is. Ik weet zeker dat dat een van de redenen is dat hij het zo goed doet als freelancer. Hij ziet er van alle vaders op het schoolplein zonder twijfel het beste uit, hoewel ik natuurlijk een beetje bevooroordeeld ben wat dat betreft.

Helaas hebben zijn knappe voorkomen en jongensachtige charme bij Sonia Martins niet gewerkt. Maar misschien komt dat nog wel. Als ik Liz vertel hoe het zit…

'Blijf je slapen vanavond, papa?'

Ik kijk op naar Alfie die op Michaels brede schouders zit, zo blij dat hij zijn vader al zo snel weer ziet.

'Ja,' zegt Michael. 'Ik...' Hij vangt mijn blik, plotseling niet zeker van wat hij moet zeggen.

'Papa komt een tijdje bij ons logeren om vanuit Flinstead te werken,' zeg ik. Dat lijkt me de verstandigste uitleg. Voor nu, in elk geval.

Alfie gilt van blijdschap en steekt zijn beide armen juichend in de lucht.

'Voorzichtig, Alfie! Goed vasthouden!' Ik had het net zo goed tegen dovemansoren kunnen zeggen.

Liz' deurbel klinkt door tot diep in het huis. Het is zo'n lange dingdongbel met acht tonen. Ik verwacht haar silhouet elk moment door de matglazen voordeurruit te zien, op weg om open te doen. Ik ben nog nooit eerder onaangekondigd langsgekomen en hoop dat ze dat niet vervelend vindt. Hoe ik ga vragen of ze een goed woordje voor Michael wil doen bij Sonia, weet ik nog niet. Misschien vindt ze wel dat ik schuld heb aan wat haar vriendin is overkomen. Mijn grote mond ook.

Ik werp een blik op de ramen van haar woonkamer, maar de gordijnen zijn dicht. Misschien zit ze op de wc. Ik bel nog een keer. Als de laatste dong door het huis galmt en ze nog steeds niet te zien is, buig ik me naar de ruit om door het patroon in het matglas naar binnen te turen. Het voelt verkeerd, alsof ik haar bespioneer, haar privacy schend, maar ik weet op de een of andere manier zeker dat ze thuis is. Geen idee waarom. Gewoon een gevoel.

De gang met de donkergroen geverfde houten vloer strekt zich uit tot de achterkant van het huis. Ik zie de vage vorm van het halvemaantafeltje waarop haar telefoon staat en de ouderwetse paraplubak ernaast. Mijn blik glijdt langs de balusters van de trap naar rechts, waar foto's aan de muur hangen. Artistieke zwart-wit-foto's van oude winkelpuien en huizen. Ik zie haar ook niet naar beneden komen en begin me ongemakkelijk te voelen. Stel dat de buren me zien en er iemand komt kijken wat ik aan het doen ben? Ze houden elkaar hier allemaal in de gaten.

Ik stap naar achteren. Ze is er niet. Dat moet wel.

Ik loop over het pad terug naar de stoep en draai me bij het hek om, om nog één keer naar het huis te kijken. De ramen van de bovenverdieping staren me aan en dan flitst er opeens een schaduw langs, als een verontrustende knipoog.

Het kan misschien ook een haarlok zijn geweest die opwaaide in de wind of zo'n irritante donkere stip die weleens voor mijn ogen danst. Maar nee, ik weet het toch zeker. Het was Liz die naar me stond te kijken…

*Toen ik voor het eerst buiten kwam, was ik doodsbang. Ik had het gevoel dat er een bord met mijn naam in grote zwarte letters op mijn buik hing. Ik voelde me alleen veilig als ik weer thuis was en mezelf opsloot in mijn slaapkamer, met de gordijnen dicht en een stoel onder de deurklink geklemd. Pas dan kon ik ontspannen. Ik was het gewend om opgesloten te zitten.*

*Met het verstrijken van de tijd werd ik moediger. Ik leerde een straat uit te lopen zonder van top tot teen te gaan beven als een rietje als er iemand op me afliep. Leerde hoe ik met mensen in winkels moest omgaan. De truc is niet te verlegen of te houterig te doen. Aanwezig zijn, iets zeggen, maar niet te veel. Krijg niet te veel zelfvertrouwen, praat niet te lang en te hard. Trek de aandacht niet. Gewoontjes overkomen is een kwestie van balanceren. Als je te veel doorbuigt naar de ene of de andere kant, val je op. De luidruchtige vrouw. De timide vrouw. De mooie vrouw. De lelijke vrouw. De vrouw die altijd glimlacht. De vrouw die nooit glimlacht. Je moet het midden vinden en het daarbij houden.*

*Mijn leeftijd helpt. Het is minder moeilijk dan vroeger. Hoe ouder, hoe makkelijker. Vrouwen van middelbare leeftijd zijn onzichtbaar. Is dat niet wat ze zeggen?*

*Maar nu begint mijn dekmantel weg te glijden en sluit het net zich om me heen. Ik heb er echt schoon genoeg van om steeds bang te moeten zijn. Ik heb er zo'n genoeg van om altijd de prooi te zijn.*

*Als ze een monster willen, kunnen ze een monster krijgen.*

# 21

Kay woont twee deuren verder dan Fatima. Ik laat mijn ogen snel over de voorkant van haar huis gaan. Het is een bescheiden twee-onder-een-kapwoning die aan de buitenkant in ieder geval een verfbeurt nodig heeft. Als Kay haar huis wilde verkopen, zou ik in de omschrijving iets zetten in de trant van: 'op loopafstand van alle voorzieningen van Flinstead.' Als een huis qua uiterlijk weinig heeft, moet je je focussen op hoe praktisch het is. Dat zal uiteindelijk doorslaggevend zijn bij de verkoop. In combinatie met een redelijke prijs, natuurlijk.

Alfie wipt van de ene op de andere voet op het stoepje voor de voordeur. Hij is de hele dag al rusteloos en zeurt dat hij naar het park wil, of het strand, of naar oma om met Sol te spelen, maar ik heb al vanaf het moment dat ik wakker werd knallende koppijn. Het is geen echte migraine, maar wel de ergste die ik in tijden heb gehad. Het enige wat ik wil, is op mijn bed liggen met de gordijnen dicht. En wat het nog extra vervelend maakt, is dat ik een week vrij heb genomen omdat Alfie vakantie heeft en ik me te belabberd voel om ervan te genieten.

Ik denk dat het komt omdat Michael nu bij ons woont. Het is fantastisch dat hij er is, maar het heeft desastreuze gevolgen voor mijn slaap. Tot nu toe hadden we maar af en toe een nachtje bij elkaar geslapen en nu ik mijn slaapgewoontes aan hem moet aanpassen, eist dat zijn tol. Ik weet zeker dat ik er snel gewend aan zal zijn, maar ik kijk ook uit naar de komende paar dagen, waarop hij weer in Londen is om zijn flat in orde te maken – ook al vindt

Alfie het helemaal niet leuk dat hij weggaat. Ze hebben gemakkelijk praten die twee, ze lijken waar en wanneer ze maar willen in slaap te kunnen vallen, maar ik niet.

Normaliter had ik ma gebeld en gevraagd of ze iets leuks kon gaan doen met Alfie, maar ze heeft een repetitie van het koor waar ze lid van is en die duurt de hele dag. Toen schoot me Kays aanbod te binnen om een keertje met Alfie naar haar tropische vissen te komen kijken. Hij is idioot opgewonden.

Kay opent de deur in een gestreepte schort en lacht ons meteen verwelkomend toe. 'Goede timing,' zegt ze. 'Ik heb net cakejes gebakken.'

Alfie schiet langs haar benen naar binnen, de woonkamer in. 'Waar zijn de vissen?' hoor ik hem roepen.

'Alfie! Dat is heel onbeleefd! Je holt niet zomaar iemands huis in voordat je bent binnenvraagt. Kom terug en doe je schoenen uit.'

Kay lacht. 'Het is goed. Echt. Kom binnen, dan zet ik een pot thee.'

Vijf minuten later zit ik in de woonkamer terwijl zij thee inschenkt – die te licht en te waterig is naar mijn smaak, maar dat zeg ik niet.

Het huis is ouderwets ingericht en in de verste verte niet strak, wit en clean. Jaren zeventig vloerbedekking met een druk patroon, een met gebloemde chintz overtrokken bank en bijzettafeltjes die glimmen van de boenwas. 'Moet gemoderniseerd worden maar staat op eigen grond.'

Er komt een herinnering in mijn hoofd op: de woonkamer van mijn grootouders in Romford. Ik zit op het puntje van de bank met een bord broodjes met vispaté op mijn schoot met opa's geleidehond, Pepper, een chocoladebruine labrador, rechtop voor me, geduldig wachtend op een stukje. Oma, met haar gepermanente haren in een zilveren helm gesprayd, zit in de ene leunstoel en opa zit in de andere. Ik kan zijn dode ogen nog voor me zien, hoe ze draaiden en rolden in hun kassen. Ik móést ernaar kijken. Ook al wist ik dat hij nooit meer zou kunnen zien, ik bad altijd om een wonder.

Kays gordijnen zijn van dezelfde stof als de overtrek van de bank, net zoals bij oma en opa – hoewel hun huis veel rommeliger was dan dit – en ze heeft ook een geschulpte gordijnkoof met franjes. Naast de kleine betegelde haard staan aan beide kanten glazen vitrinekasten. In de ene staan theepotten, in de andere porseleinen beeldjes en ingelijste foto's, waarop ik één persoon herken: Ketifa in haar schooluniform.

Het aquarium staat prominent op het dressoir tegen de wand. Alfie zit op een krukje ervoor, op zijn knieën, zijn ogen vastgelijmd aan de magische onderwaterwereld die zich voor hem ontvouwt. Ik heb hem nog nooit zo stil zien zitten.

'Dat zijn Nemo en Marlin,' zegt hij verbaasd als er twee oranje clownvissen langs zwemmen.

Kay gaat op haar hurken naast hem zitten en wijst een paar andere vissen aan. 'Zie je die op de bodem met die rare bek? Dat is een gele gobie. En die glimmende goudkleurige, daar naast die steen? Je raadt nooit hoe die heet.'

Alfie tikt zachtjes op het glas en de vis schiet weg tussen de planten.

'Dat is een chocoladegoerami,' zegt Kay.

Alfie giechelt. 'Oma houdt van chocola.'

'Ik ook,' zegt Kay, terwijl ze met haar hand door Alfies haar gaat. 'Maar ik zou mijn mooie chocoladegoerami niet willen opeten.'

Ik zit naar hen te kijken en het valt me op hoe natuurlijk ze met hem omgaat. Alfie lijkt haar meteen leuk te vinden. Waarschijnlijk omdat ze normaal tegen hem praat, niet op dat hoge kindertoontje dat veel mensen gebruiken.

'Kom, ik wil je iets laten zien,' zegt ze, terwijl ze overeind komt. Ze loopt naar de tafel bij het raam en komt terug met een poster van allerlei tropische vissen met hun namen eronder. 'Ga maar eens kijken of je een paar van deze in mijn aquarium kunt vinden,' zegt ze, terwijl ze de poster uitspreidt op de vloer.

Alfie springt van zijn krukje af en bekijkt de foto's aandachtig. Kay en ik moeten ons lachen inhouden als we zijn hoofdje steeds van de poster naar het aquarium zien gaan en weer terug.

'Ik zou het heerlijk hebben gevonden om basisschooljuf te zijn,' zegt ze met een verlangend gezicht. 'Ik denk dat dat goed bij me had gepast.'

'Wat hield je tegen?' vraag ik.

Ze lacht een beetje bitter. 'Het was niet echt een optie, lieverd.'

'Hoezo niet?'

Ze haalt haar schouders op. 'Ach, je weet wel. Niet hard genoeg mijn best gedaan op school. Te jong getrouwd. Gillian kwam.' Er glijdt een schaduw over haar gezicht. Maar dan glimlacht ze en vrolijkt wat op. 'Over Gillian gesproken, ik zal je wat foto's laten zien.'

Ze maakt het deurtje van een van de vitrinekasten open, haalt er twee ingelijste foto's uit en komt ermee naar me toe. Een gebruinde, jonge vrouw met sproeten op haar gezicht en donkerblond haar dat opwaait in een briesje kijkt ons stralend aan vanaf een enorm wit strand, met de turquoisekleurige oceaan op de achtergrond. Ze leunt tegen een heel knappe man in een bermuda aan.

'Dat is mijn Gillian,' zegt Kay. 'Met haar man, Carl.'

'Wat een prachtig paar.'

'En dit zijn mijn twee draakjes van kleinkinderen, Callie en Marcus,' zegt ze met een brede glimlach.

'Leuk! Hoe oud zijn ze?'

'Callie is drie en Marcus zes.'

'O, dus hij is even oud als Alfie.'

Ik weet precies wat er nu gaat gebeuren en ja hoor: Alfie kijkt meteen om.

'Ik ben zes en een kwart,' zegt hij verontwaardigd.

Kay schiet in de lach. 'Dat is ook een groot verschil, hè?'

'Wat zit daarin?' vraagt Alfie terwijl hij wijst op een mand die naast Kays stoel op de grond staat.

Kay legt de foto's op de salontafel en zet de mand op haar schoot. Ze maakt de linten los die het deksel dichthouden. 'Dit,' zegt ze trots, 'is mijn naaimand.'

'Mammie heeft een oud ijsdoosje voor haar naaispulletjes,' zegt Alfie.

Ik grinnik. 'Ja, een paar naalden en een handjevol garenklosjes. Ik kan nog net een knoop aanzetten en zelfs dat gaat nog weleens mis.'

Kay haalt er een prachtig geborduurd naaldenboekje uit en strijkt erover met haar duim. 'Ik heb het van mijn moeder geleerd,' zegt ze. 'Voor ze...' haar adem stokt, '...voor ze ziek werd en geen naald meer kon vasthouden.' Ze opent het vilten boekje en slaat de pagina's met verschillende soorten naalden erin gestoken om. Alfie kijkt met veel interesse toe. 'En we leerden het natuurlijk ook op school,' gaat ze verder. 'De meisjes leerden naaien en de jongens houtbewerken.' Ze grinnikt. 'Van genderneutraal hadden ze toen nog nooit gehoord.'

Alfies aandacht gaat terug naar het aquarium en ik glimlach beleefd. Kay en ik hebben niet echt veel gemeen, maar ze is een aardige vrouw. Ik vind het helemaal niet erg om hier naar haar foto's te kijken en thee met haar te drinken. Het is iets wat buren doen. En Alfie vindt die vissen echt fantastisch. Het allerboeiendste is nog wel de schedel die halfverborgen in het zand op de bodem van het aquarium ligt. Er schieten piepkleine visjes als turquoise flitsjes de oogkassen in en uit. Betoverend.

'Ik wou dat ik wat handiger was met naald en draad,' zeg ik met een zucht. Ik demp mijn stem. 'Alfie is uitgenodigd voor Liams verjaardagspartijtje volgende week. Het is een Halloweenfeestje, iedereen gaat verkleed. Het zal er wel op neerkomen dat ik een of ander veel te duur, flutterig kostuum op internet moet bestellen.'

Kay zet haar naaimand weer op de grond en pakt haar thee. 'Ik kan wel iets voor hem in elkaar flansen...'

'O, nee, Kay! Zo bedoelde ik het helemaal niet! Dat kan ik niet–'

'Ik heb zoiets zó klaar.' Kay werpt een vertederde blik op Alfie.

'Tenzij jouw moeder iets in elkaar wil zetten?' Ze kijkt peinzend voor zich uit. 'Dat zou ik in ieder geval graag voor Marcus en Callie doen als die in de buurt woonden.'

Ik schiet in de lach. 'Het enige wat mijn moeder in elkaar kan zetten is een legpuzzel.'

Kay geeft een klapje op mijn knie. 'Afgesproken dan. Nu moeten we alleen nog beslissen hoe Alfie wil gaan.'

'Darth Vader!' schreeuwt Alfie. 'Ik wil als Darth Vader!'

Kay rimpelt haar voorhoofd en vraagt: 'Heb je zwarte kleren, Alfie?'

'Ja,' zeg ik. 'Je hebt je zwarte trainingsbroek en een zwart T-shirt met lange mouwen, hè?'

Alfie knikt. 'En zwarte handschoenen heb ik ook.'

'En je nieuwe regenlaarzen,' vul ik aan. 'Die glanzen nog zo mooi. Net zoals Darths laarzen.'

'Uitstekend,' zegt Kay. 'Ik heb wel een oud laken dat we zwart kunnen verven, daar maak ik dan een cape van. Met schoudervullingen, dan ben je extra breed. Dat is echt heel makkelijk. Dan hoeft mama alleen nog maar voor een masker te zorgen.'

'Kay, fantastisch! Echt! Dank je wel!'

Maar ze reageert niet; ze zit te dagdromen. Arme Kay. Ze moet haar kleinkinderen vreselijk missen.

# 22

Het is dinsdagochtend. De vakantie is voorbij en Alfie verheugt zich voor het eerst op school. Als hij had gekund was hij gisteren al gegaan, maar dat was een extra verlofdag, wat Alfie steevast 'witlofdag' noemt. Michael die nu bij ons woont en Liams feestje om naar uit te kijken, maken alle verschil. En dankzij Kays inspanningen hangt zijn Darth Vader-cape nu klaar in zijn kamertje.

'Heb je die grappige foto op het mededelingenbord zien hangen?' vraagt Fatima als ik haar tegenkom op het schoolplein. 'Echt leuk. Ze hebben de klassenfoto gefotoshopt voor Halloween. Alle kinderen zien eruit als skeletten of zombies. En juf Williams heeft twee duivelshoorntjes op haar hoofd.' Ze lacht. 'Ik zie aan je gezicht, Joanna, dat je niet dol bent op Halloween.'

Ik demp mijn stem. 'Ik kijk er nou niet bepaald naar uit. De hele avond op een partijtje bij Debbie zitten met veertien jongens van zes die allemaal superdruk zijn door te veel suiker en daarna buiten in de kou op straat zwerven en bij vreemde mensen moeten aanbellen, is niet echt iets waarop ik me verheug.'

Fatima schiet weer in de lach.

'Kom op, Alfie. We zullen eens gaan kijken hoe je eruitziet als zombie.'

In de hal ruikt het zoals op elke basisschool: gymschoenen, klei, schooleten, kinderlijm en de muffe geur van al die kleine lijfjes. Alfie trekt me mee naar het halletje bij meester Matthews' kantoortje. Er staat een hele groep voor het mededelingenbord te wijzen en te lachen. We wachten totdat er een plekje vrijkomt en bekijken de foto.

Lieve help, ze hebben echt hun best gedaan! De gewoonlijk professionele portretten van de meesters en juffen zijn voorzien van heksenhoeden, vieze wratten en bebloede hoektanden. Meester Matthews, het hoofd van de school, heeft witte ogen, maar ziet er vreemd genoeg nog steeds even sexy uit als altijd. Ik weet zeker dat ik niet de enige moeder ben die weleens fantaseert dat ze bij hem in zijn kantoortje wordt geroepen om stoute dingen te doen.

Alfie wijst naar zijn klassenfoto en gilt het uit van de pret. 'Kijk, mammie. Kijk!'

'O, jeetje,' zeg ik. Iemand moet hier uren mee bezig zijn geweest. Alle schooluniformen zijn vervangen door de een of andere Halloweenoutfit. Mijn ogen glijden langs de zombies, skeletten en vampiers, op zoek naar Alfie. Normaal is het gemakkelijk hem eruit te pikken met zijn kroeshaartjes, maar hun gezichtjes zijn allemaal veranderd, zodat ze er bleker en spookachtiger uitzien. Als ik het goed heb onthouden, stond hij ergens links op de tweede rij van achteren.

'Daar!' roept hij opgewonden. 'Kijk, mammie, daar! Zie je me? Zie je me?'

En dan zie ik hem eindelijk. Mijn hart staat stil. De adem stokt achter in mijn keel. Eerst geloof ik mijn ogen niet. Geen skelet of zombiekleding voor Alfie. Hij is gewoon in zijn schooluniform, maar zijn witte overhemd is met bloedspatten bedekt en er steekt een mes uit zijn borstkas.

Ik probeer te slikken, maar mijn keel zit dicht. Ik dwing mezelf om ieder kind op de foto te bekijken, de rijen systematisch langs te gaan om te zien of er meer kinderen met messen in hun hart zijn, maar die zijn er niet. Het lijkt of er een band om mijn borstkast zit die steeds strakker wordt aangetrokken. Mijn hart klopt gejaagd. Waarom is hij als enige niet verkleed? Waarom heeft hij als enige een mes in zijn borst? Wat is dit voor een school dat ze dit zomaar op hun mededelingenbord hangen?

Alfie wankelt intussen rond en doet net of hij een mes uit zijn borstkas trekt. Andere kinderen lachen en doen hem na.

'Wie heeft dit gemaakt?' vraag ik een van de vaders die naast me staat. Mijn stem klinkt schril en beschuldigend en ik merk dat mijn bovenlichaam verstijft van woede. 'Wie heeft deze foto bewerkt? Een van de leraren? Wie?'

Hij kijkt me bevreemd aan. 'Hoezo? Wat is er mis mee? Het is toch gewoon voor de grap...'

Ik hoor gemompel achter me. Iemand zegt: 'O jee, iemand van de politiekcorrectbrigade.'

Ik draai me met een ruk om, furieus. 'Dus jij vindt het gewoon oké dat mijn zoon met een mes door zijn hart op die foto staat?'

'Rustig, rustig. Nergens voor nodig om zo opgefokt te raken over zoiets. Het is gewoon voor Halloween, voor de grap. Het is toch niet écht! Jezus, sommige mensen...'

De deur van meester Matthews' kantoortje gaat open en mevrouw Haynes van de administratie komt naar buiten. 'Alles in orde hier?' vraagt ze.

'Nee, helemaal niet. Ik wil het hoofd van de school spreken!' zeg ik.

Ze doet haar mond open om iets te zeggen en doet hem dan weer dicht. 'Waarom komt u niet even binnen om uit te leggen wat het probleem is?'

Er komen steeds meer ouders om ons heen staan. Ze volgen alles wat er gebeurt alsof ik een toneelstukje sta op te voeren.

Alfie rent nog steeds rond met een stel jongens, hij zit helemaal in zijn eigen wereld en doet alsof hij een zombie is. Het ontgaat hem dat zijn moeder een scène maakt. Ik grijp zijn arm beet en trek hem naar me toe.

Met mijn kaken op elkaar geklemd kijk ik mevrouw Haynes recht aan en zeg zo kalm en zachtjes mogelijk tegen haar: 'Ik wil meester Matthews spreken. Over die foto op het mededelingenbord. Het is heel belangrijk.'

Mevrouw Haynes perst haar lippen op elkaar. Ik zie haar een blik op iemand achter me werpen en weet dat ze haar opties aan het afwegen is. Dan besluit ze dat het voor iedereen beter is als ze me meteen naar meester Matthews brengt, voordat de boel uit de hand loopt.

Ik voel dat er tranen in mijn ogen staan.

'Natuurlijk,' zegt ze. 'Als u hier even wacht, dan laat ik hem weten dat u hem wilt spreken.'

Ze praat op die langzame, nadrukkelijke manier die mensen gebruiken in gespannen situaties. Wat ze bedoelt, is: 'Ik ga hem vertellen dat er een hysterische moeder voor de deur staat die hem per se wil spreken.' Ze heeft vast op zo'n cursus 'Hoe ga ik om met agressieve ouders' gezeten.

Terwijl ik wacht tot ze terug is, komt Teri naast me staan. Ze kijkt bezorgd. 'Wat is er aan de hand, Joanna? Wat is er gebeurd?'

Ik vertel haar over de foto en ze struint er meteen naartoe. Ze staat er een tijd voor om hem te bekijken en komt dan langzaam mijn kant weer op lopen. Maar intussen is meester Matthews uit zijn kantoortje gekomen en vraagt op kalme toon: 'Mevrouw Critchley, loopt u mee naar mijn kantoor? Wilt u iets drinken? Koffie? Thee?' Vanuit mijn ooghoeken zie ik hem en Teri een snelle blik met elkaar wisselen.

'Nee, dank u,' zeg ik.

'Joanna, zal ik buiten wachten met Alfie?' vraagt Teri. 'Ik heb om negen uur een ouderbijeenkomst. Als je dan nog niet terug bent, breng ik Alfie wel naar zijn klas, oké?'

'Ja, ja, graag,' zeg ik en ik kijk haar na terwijl ze Alfie met zich meeneemt. Hij kijkt naar me om alsof hij wil vragen: 'Mammie, wat is er?' maar ik ben te gestrest om hem gerust te stellen.

Meester Matthews' kantoor ruikt naar koffie en aftershave. Hij gebaart dat ik moet gaan zitten en doet de deur achter ons dicht.

'Die foto,' zeg ik. 'Daar wil ik graag uitleg over van u.'

Meester Matthews legt zijn handen op zijn bureau en ademt in. 'Het Halloweenfeest kan tot verdeeldheid leiden,' zegt hij en dan is hij even stil. Hij ziet eruit alsof hij iets diplomatieks probeert te bedenken om te zeggen. Hij moet denken dat ik er om religieuze redenen moeite mee heb.

'Nee, nee, u begrijpt het niet. Ik ben niet anti-Halloween. Waar ik wel grote bezwaren tegen heb is dat u mijn zoon op zo'n afschuwelijke manier tot een uitzondering maakt.'

Meester Matthews fronst zijn voorhoofd. 'Excuseert u me even, dan haal ik de foto in kwestie er even bij.'

Terwijl ik wacht tot hij terugkomt, wordt mijn ademhaling rustiger. Waarom zit ik hier? Reageer ik veel te heftig? Heb ik mijn fantasie weer op hol laten slaan? Als al dat gedoe rondom Sally McGowan niet gaande was en ik al die dingen niet had gelezen over haar – plus die stomme tweets natuurlijk – zou ik hier niet eens bij stilstaan.

Misschien heb ik niet goed gekeken. Misschien waren er meer kinderen met enge Photoshoptoevoegingen. Misschien heb ik die niet gezien omdat ik zo geschokt was, heb ik alleen opgemerkt dat Alfie een mes in zijn borst had en onder het bloed zat. Misschien hadden andere kinderen ook nog steeds een schooluniform aan en zat dat net als bij Alfie vol met bloedspetters. Zonder een mes in hun borst, dat weet ik zeker, maar... Misschien is het niet bewust gedaan, is het gewoon een toevallige klik met de muis.

En Alfie trok zich er niets van aan. Het deed hem niks. Hij vond het juist geweldig. Hoe hij als een zombie rond wankelde in de gang en zogenaamd een mes uit zijn borst probeerde te rukken. En al die andere jongens die met hem meededen. Hij vond het juist leuk. Ik heb mezelf volkomen belachelijk gemaakt en zijn gloriemoment nog verknald ook!

Meester Matthews komt even later terug met de foto, gaat zitten en bestudeert hem zorgvuldig. Ik zie zijn wenkbrauwen naar elkaar toe gaan en de lijnen in zijn voorhoofd verdiepen. Hij bedenkt wat hij tegen me moet zeggen. Dan kijkt hij op en legt de foto tussen ons in. Ik doe mijn ogen dicht, verlamd van schaamte. Ik moet me excuseren dat ik zo'n scène heb gemaakt en zo snel mogelijk weg hier.

En dan begint meester Matthews te praten. 'Dit spijt me enorm, mevrouw Critchley. Ik begrijp heel goed waarom u zo van streek bent. Het vervelende is dat niemand precies weet wie die foto heeft bewerkt. Mevrouw Haynes vertelde dat ze hem vanmorgen heeft gevonden, hij was onder het luikje van de administratie door geschoven en ze nam aan dat het een grap van een van de ouders was. Ze heeft hem, voordat iedereen aan het werk ging, aan de rest van de staf laten zien en iedereen vond het echt heel leuk gedaan. Het is geen van allen opgevallen dat...' Hij zwijgt en kijkt omlaag naar de foto. 'Het is geen van allen opgevallen dat Alfie er zo... zo anders uitziet dan de rest...' Hij leunt naar achteren op zijn stoel en slaakt een zucht. 'Dit had nooit op het mededelingenbord mogen hangen. Het enige wat ik kan doen is u mijn welgemeende excuses aanbieden.'

Het duurt even voordat echt tot me doordringt wat hij zegt. Dus die foto is niet bewerkt door iemand van de staf. Mevrouw Haynes heeft hem vanmorgen gevonden, hij was onder het luikje doorgeschoven. Dus hebben ze geen idee waar hij vandaan komt.

Mijn mond is opeens heel erg droog. Ik kan nauwelijks slikken. Meester Matthews vindt helemaal niet dat ik drukte maak om niets! Hij is helemaal niet bezig een overbezorgde moeder gerust te stellen... Hij is duidelijk van slag! Omdat iemand Alfie inderdaad heeft uitgekozen! De knoop in mijn maag draait zich nog vaster. Uit een klas van dertig kinderen heeft iemand bewust míjn zoon uitgekozen om die af te beelden met een mes in zijn hart.

# 23

'Maar ik wil Jake en Liam vertellen over mijn Darth Vader-kostuum!' jammert Alfie terwijl hij aan mijn arm gaat hangen om me te vertragen.

Verdomme, de eerste ochtend dat hij enig enthousiasme heeft getoond voor school, sleep ik hem meteen weer terug naar huis. 'Sorry schat, maar we moeten iets anders doen vandaag.'

Ik loop veel te snel voor zijn kleine beentjes. Hij moet bijna rennen om me bij te kunnen houden, maar ik ga niet langzamer lopen. Niet tot we veilig thuis zijn.

'Maar jij zei dat je een standje van de politie krijgt als ik niet naar school ga.' Zijn stem trilt en is hoger dan anders. Hij staat op het punt in tranen uit te barsten.

'Dat klopt, dat heb ik inderdaad gezegd en als je nooit naar school gaat, maar elke dag thuisblijft, gebeurt dat ook. Maar dit is maar één dag, Alfie. Ik ben iets heel belangrijks vergeten wat we vandaag moeten doen.'

'Wat dan, mammie?'

Ik zoek koortsachtig naar een antwoord. Ik haat het om tegen hem te liegen, maar ik ga absoluut niet zonder hem naar huis. Degene die de foto onder het luikje heeft doorgeschoven, is zó de school in gelopen en door niemand tegengehouden en dat betekent dat het iemand moet zijn die een kind komt brengen of iemand die er werkt. Een leraar? Mevrouw Haynes of haar assistent? Een schoonmaker die 's morgens vroeg komt? Het kan iedereen zijn! Ik kan hem daar toch niet zomaar achterlaten zonder dat ik weet wie dit heeft gedaan en waar diegene toe in staat is? Je denkt dat je kinderen veilig zijn op school, maar is dat wel zo? Zijn ze dat echt?

'Maar ik mag toch nog wel naar Liams feestje, hè mam? Dat mag toch nog wel?'

Shit. Het partijtje. Ik kan het echt niet maken om hem daar niet naartoe te laten gaan. Hij is er zo opgewonden over en bovendien heeft Kay speciaal voor hem een kostuum gemaakt.

'Maar je maar geen zorgen om het feestje, Alfie. Ik bedenk wel iets.'

Als we thuiskomen, is Alfie in tranen. Wat ben ik voor een moeder die hem weghoudt van school, weghoudt van zijn nieuwe vriendjes en hem zowat over straat sleurt om zo snel mogelijk thuis te zijn? Het duurt wel een kwartier voor het me lukt hem te kalmeren en daarna blijft hij nog pruilerig en teruggetrokken.

'Ik wil papa,' zegt hij met zijn onderlip naar voren gestoken.

'Papa moest terug naar Londen voor een afspraak met de mensen die zijn flat willen huren. Dat weet je. Morgen komt hij terug.'

'Dan wil ik oma.'

Ik zucht. 'Als je zoet bent en een tijdje rustig gaat spelen, bel ik oma straks om te kijken of ze zin heeft om langs te komen. Goed?'

Alfie knikt. Zijn onderlip trilt weer.

Ik trek hem op mijn schoot en geef hem een hele dikke knuffel. 'En natúúrlijk ga je naar Liams feestje.'

Alfie springt op de grond en doet een raar dansje. Hij heeft me vergeven. Eindelijk.

Ik adem langzaam uit en ga naar de keuken om koffie te zetten en mijn werk te bellen. Dave zegt dat ik me geen zorgen hoef te maken als ik hem de leugen op de mouw speld dat ik met Alfie naar de dokter moet, maar hij zal er zeker niet blij mee zijn dat ik een dag vrij neem na ruim een week vakantie te hebben gehad. Ik vind het echt rot om hem in de steek te laten, maar ik heb voor mijn gevoel geen keuze. Ik beloof hem dat ik, zodra ik kan, de tijd zal inhalen.

Ik schrik van de deurbel. Even overweeg ik niet open te doen. Ik verwacht niemand, dus het zal wel iemand zijn die de deuren langsgaat om iets te verkopen. Ze gaan zo wel weg. Maar Alfie rent al naar de brievenbus en probeert te zien wie er voor de deur staat. Hij roept dat ik de deur open moet doen.

Als ik Kay met een rode lightsaber op de stoep zie staan, ben ik zo enorm opgelucht dat ik nerveus begin te giechelen.

Ze stapt naar binnen en zwaait ermee. 'Iedere Sith Lord heeft een eigen lightsaber nodig,' zegt ze, terwijl ze het in Alfies gretige handjes drukt. 'Maar je moet er wel heel voorzichtig mee zijn, want deze is gemaakt van karton.'

Alfie rent ermee naar boven en doet het gebrom van de lightsaber na.

Kay loopt lachend achter me aan naar de keuken. 'Ik dacht dat hij op school zou zijn.'

Ik sta op het punt haar dezelfde leugen te vertellen als ik Dave heb verteld, maar voordat ik weet wat er gebeurt, rollen de tranen over mijn wangen en vertel ik haar alles.

'Luister,' zegt ze, als ik klaar ben. 'Wie de foto ook heeft gemaakt, het is níét Sally McGowan. Dat kan niet.' Ze pakt de koffiebus uit mijn handen en schept er wat uit in de bekers. 'Uit alles wat ik erover heb gelezen, blijkt dat ze haar leven echt heeft gebeterd. Het is een vrouw die probeert haar verleden achter zich te laten en door te gaan met haar leven.'

Ik laat haar heet water in de bekers schenken en de melk uit de koelkast pakken. In de staat waarin ik nu verkeer zou ik alles waarschijnlijk alleen maar over het aanrecht klotsen.

'Maar stel dat dat niet zo is? Stel dat ze op de een of andere manier een baantje bij de school heeft geregeld?'

Kay roert de koffie door. 'Ze trekken iemands achtergrond na, lieverd. Dat zou nooit kunnen.'

'Jawel, dat kan wél. Iemand die in het beschermingsprogramma zit is niet bekend bij de politie, net zo goed als wij niets van zo iemand weten. Het is maar een heel beperkt groepje dat weet waar ze zit, twee of drie personen, heb ik gelezen.'

Kay fronst. 'Maar er komt toch zeker ergens in de computer een of andere waarschuwing omhoog als ze solliciteert op een baan met kinderen.' Ze steekt haar hand uit en legt die even op de mijne. 'Niet dat ik nou een expert ben in dit soort dingen, maar ik weet zeker dat ze nooit werk op een school zou krijgen.'

Ze heeft gelijk. Natuurlijk heeft ze gelijk. Het kan niet dat iemand zoals McGowan op een school terechtkomt. Ze zouden het risico nooit nemen.

'Het is al heel lang geleden,' zegt Kay. 'Ze was nog maar een kind! En denk je niet dat we inmiddels hadden gehoord als er zelfs maar een kans was dat ze een gevaar vormt voor de bevolking? Ik bedoel, die andere, hoe heet hij ook alweer. Die vent die al die kleine meisjes heeft vermoord in de jaren negentig? Die is toch constant in het nieuws? Omdat hij een gevaar blijft!'

We lopen naar de woonkamer waar we gaan zitten met onze koffie. Ik voel me al een stuk beter.

'Je hebt gelijk. Ik bedoel, waarom zou ze het risico lopen vanwege een gerucht?' Ik zet mijn koffie op het tafeltje tussen ons in. 'Maar dan nog, íémand heeft die afgrijselijke foto bewerkt. Iemand heeft besloten om mijn zoon af te beelden met een mes in zijn borst. En misschien is dat wel degene die me volgt op Twitter.'

Kay kijkt me niet-begrijpend aan. 'Wat bedoel je?'

Ik haal mijn telefoon uit mijn tas. 'Iemand die zichzelf Sally Mac noemt, volgt me. Ze twittert citaten over geruchten.'

Kay trekt een verward gezicht. 'Sally Mac?'

Ik knik en klik op mijn volgers. Ik hoop dat ze verdwenen is, dat ik gelijk heb en het stom toeval was en dat Sally Mac, wie dat ook is, heeft begrepen dat ik haar niet terug ga volgen en me intussen heeft ontvolgd en op iemand anders is overgestapt. Iemand die het leuk vindt om die stomme citaten van haar te lezen.

Maar nee, helaas. Daar staat ze, hoewel er geen nieuwe tweets meer bij zijn gekomen. Voor zover ik kan zien.

Kay staart naar mijn telefoon. 'Nou, laten we dit in perspectief proberen te zien,' zegt ze. 'Ik Twitter niet, maar van wat ik zie, is dit iemand die je bang probeert te maken. Het is Halloween, Joanna! Dit is gewoon iemand die een stomme grap met je uithaalt! Misschien een van de andere moeders. Je weet hoe ze zijn.'

Ik schud mijn hoofd. 'Zoiets zouden ze toch niet doen? Ik bedoel, die citaten op Twitter kan ik misschien nog begrijpen, maar die foto... Die is toch gewoon afschuwelijk.'

Kay perst haar lippen op elkaar en zucht diep. 'Ik wilde er eigenlijk niets over vertellen, maar...'

'Waarover wilde je niets vertellen?'

Ze schraapt haar keel. 'Fatima heeft vorig jaar echt een rottijd gehad.'

'Hoezo? Wat is er dan gebeurd?'

Haar mond vertrekt. 'Debbie Barton zei een paar gemene dingen. Lichtelijk, eh, je weet wel... racistisch.'

'O god. Echt?'

'Het is maar één keer gebeurd en Fatima sprak haar erop aan. Ik ook trouwens.' Ze lacht wrang. 'Debbie reageerde natuurlijk helemaal beledigd en als de onnozele onschuld. Ze zei dat ze gewoon een grapje had gemaakt en dat Fatima dat helemaal verkeerd had begrepen. Uiteindelijk is het allemaal overgewaaid en nu staan ze op goede voet. Min of meer...' Kay neemt een slokje koffie. 'Hoewel ze nooit voor elkaar hebben opgepast.'

'Zeg je nou dat Debbie me misschien opzettelijk bang probeert te maken omdat ze racistisch is en ik een zoon heb van gemengde afkomst?'

'Ik wil niemand beschuldigen, ik zeg alleen dat het meer voor de hand ligt dat het een dom persoon is, dan... dan iets anders.'

Ik ben nog bezig te bedenken wat Kays opmerking impliceert, als de telefoon gaat.

'Hallo lieverd.' Ma's stem klinkt zwak en schor. 'Heb jij misschien tijd om Sol straks uit te laten? Ik heb een of ander virus opgelopen. Ik voel me verschrikkelijk. Overal pijn.'

'Ach jee! Arme ma! Natuurlijk! Alfie is vandaag thuis van school, maar we komen straks even langs.'

'Waarom is hij niet op school? Toch niet nog steeds problemen, hè?'

O god! Als ze denkt dat ik Alfie op de een of andere manier in gevaar heb gebracht, zal ze daar nooit over ophouden.

'Nee, nee, niks aan de hand. Het is een lang verhaal, ma. Dat vertel ik je later wel. Ga jij maar lekker in bed liggen, dan laat ik mezelf binnen met de reservesleutel.'

Als ik heb opgehangen, staat Kay op. 'Klinkt alsof je ergens heen moet, lieverd,' zegt ze. 'Ik ga ervandoor.'

Vanuit Alfies slaapkamertje boven komt nog steeds lightsabergebrom.

'Heel erg bedankt dat je dat zwaard nog voor hem hebt gemaakt. Echt heel aardig van je.'

Als Kay halverwege het pad is, blijft ze staan en draait zich om. 'Mag ik je een advies geven?' vraagt ze. 'Hou op met je zorgen maken over dat idiote Twitteraccount en die foto. Het is gewoon een Halloweengrap, meer niet.'

Ik knik. Ze heeft gelijk.

'En trouwens, als je iemand nodig hebt om op Alfie te passen, als je moeder bijvoorbeeld niet kan of zich niet lekker voelt, kun je altijd bij mij aankloppen, hoor! Ik ben meestal gewoon thuis. Dan hoef je niet elke keer door die oppaskring heen.'

'O, dank je, Kay. Dat is echt heel, heel lief van je.'

# 24

Na veel wikken en wegen besluit ik dat ik Alfie na de lunch weer naar school breng. Ik kan hem niet de hele dag thuishouden en dan wel met hem naar Liams feestje gaan. Dat klopt natuurlijk van geen kanten en komt raar over. Bovendien voel ik me een stuk rustiger, nu ik Kay heb gesproken. Ze is zo aardig en verstandig. Natuurlijk is het een Halloweengrap. Geen leuke, dat is duidelijk, maar toch een grap. Dat kan niet anders.

Alfie is helemaal opgetogen als ik hem vertel dat we Sol gaan uitlaten. Hij lijkt vergeten te zijn dat hij vanmorgen boos op me was. Dat is het fantastische van kinderen. Ze leven in het moment en op dit moment is hij gelukkig – wat betekent dat ik dat ook ben.

Bij ma's huis roep ik, vóór ik de reservesleutel gebruik, door de brievenbus dat ik er ben. Dit is de eerste keer dat ik die nodig heb en Sol is blij verrast en opgewonden dat we er opeens zijn; hij rent heen en weer tussen de hal en ma's slaapkamer en blaft aan één stuk door. Uiteindelijk wordt hij rustig en wandelt hij, met Alfie in zijn kielzog, naar zijn mand. Ik ga op de rand van ma's bed zitten.

Ze komt met moeite overeind. 'Sorry voor de rommel. Ik had geen zin om op te ruimen.'

'Dat verbaast me niets. Je ziet er verschrikkelijk uit.'

'Wat is er aan de hand met Alfie?' vraagt ze.

Ik aarzel. Als ik haar vertel over die foto, maakt ze zich alleen maar ongerust. Ik demp mijn stem. 'Alfie had een ongelukje toen we op school aankwamen. Mijn fout, ik was thuis voor we weggingen vergeten te zeggen dat hij naar de wc moest gaan. Hij schaamde zich vreselijk. Dus niks zeggen alsjeblieft. Kan ik iets voor je klaarmaken nu ik toch hier ben?'

Ze schudt haar hoofd en wijst op haar rommelige nachtkastje. 'Ik heb een kop citroenthee gemaakt.'

'Iets te eten misschien?'

'Nee, ik wil alleen maar slapen. Misschien straks, als je terugkomt.'

Ze ziet er bleek en zwak uit zo tegen de kussens. 'Waarom moet ik nou juist nú ziek worden?' zegt ze. 'We hebben nog maar twee weken voor de uitvoering van het koor en ik kan echt niet naar de repetitie vanavond.'

'Ik weet zeker dat je het al helemaal kent en jullie geweldig zullen zijn.'

Ma maakt een gnuivend geluid. 'Totaal niet. Onze nieuwe dirigent staat erop dat we alles uit ons hoofd leren. Vroeger mochten we de bladmuziek er altijd bij hebben.' Ze zucht. 'Het wordt een ramp.' Ze werpt een zijdelingse blik op me. 'Weet je zeker dat je geen lid wil worden? Nieuwe mensen erbij zou zo'n verschil maken en je hebt een prachtige stem.'

Niet wéér! Geeft ze het dan nooit op? 'Absoluut zeker.'

Ze kijkt me op dezelfde manier aan als altijd wanneer ik weiger lid te worden van het kerkkoor, maar ik hou vol.

'Vergeet de poepzakjes niet,' zegt ze en ze schuift weer onder haar dekbed.

Sol begint oud te worden. Hij is grijs om zijn neus, bek en ogen en de lange haren tussen zijn tenen beginnen ook grijs te worden, maar hij is niet te zwaar, zoals veel oude labradors en hij houdt nog steeds van een flinke wandeling. We gaan richting het strand. Ik weet zeker dat hij er zó naartoe zou lopen als hij het zelf moest vinden, hij is er al zo vaak geweest.

Als we vlak bij het grasveld zijn, begint hij te kwispelen en gaat harder lopen. Ik klik de riem los van zijn halsband en hij draait met zijn neus tegen de grond een paar rondjes voordat hij een dikke bruine drol deponeert. Alfie kijkt zoals altijd gefascineerd toe als ik twee zwarte zakjes uit mijn zak haal en het warme, stinkende cadeau zo snel mogelijk weghaal. Dit is het ergste van een hond uitlaten. Ik zou er toch zo onderhand aan gewend moeten zijn, ik raap al mijn hele leven hondenpoep op. Maar ik vind het nog steeds vreselijk.

'Oma gebruikt maar één zakje,' zegt Alfie.

'En ik twee.'

'Oma zegt dat dat komt omdat je een aansteller bent.'

'O, vindt ze dat?'

Het is eb en de zee is heel ver weg. Na een kort spelletje met Alfie, zet Sol koers naar het water. Hij heeft tegenwoordig het uithoudingsvermogen niet meer om lang te rennen en loopt liever met Alfie en mij mee, waarbij hij steeds stopt om te ruiken aan alles wat het getij op het strand heeft achtergelaten: slijmerige bossen zeewier, zwarte, leerachtige omhulsels van roggeneieren of 'zeemeermintasjes' zoals ik ze vroeger noemde, bruine slierten blaaswier, schalen van zeeslakken, wulken, sint-jakobsschelpen en mosselen, scheermesjes die ondersteboven met hun parelmoerachtige glans liggen te glimmen in de late oktoberzon en sopachtige flarden zeeschuim die liggen te trillen op het zand en vervolgens wegwaaien over het natte strand.

Alfie rent rond om een stuk zeeschuim te pakken, maar elke keer dat hij er bijna is, waait het weg. Hij gilt van de pret.

Ik moet lachen om hem, mét hem, en haal mijn wollen muts uit mijn zak omdat ik koude oren heb als ik Maddie in het oog krijg. Ze loopt snel, met opgeheven kin en licht gebogen armen ritmisch, bijna mechanisch zwaaiend langs haar lichaam. Powerwalking. Dat heb ik haar al vaker zien doen. Ze is zo geconcentreerd bezig dat ze me bijna omverloopt.

'O! Hoi! Ik had je niet eens gezien!' zegt ze. Haar gezicht is rood van de inspanning en er ligt een dun laagje zweet op haar voorhoofd en bovenlip. Ze bukt om de veters van haar sneakers opnieuw vast te maken en ik besef hoe fit ze is. Het is een slecht teken als een vrouw van eind vijftig een betere conditie heeft dan ik. Ik moet echt weer gaan sporten.

Als ze weer overeind komt, schiet ze in de lach. 'Moet je mij zien, ik zweet me dood en jij bent helemaal ingepakt.' Ze trekt de kraag van haar trainingspak naar beneden en laat die terugspringen om frisse lucht toe te laten en af te koelen. 'Maar het is goed dat ik je tegenkom, want ik wilde je iets vertellen.'

Ik zet mezelf schrap voor wat er nu weer gaat komen. Als het weer over Sonia Martins van Stones & Crones gaat, wil ik het eigenlijk niet horen. Ik werp een blik op Alfie en Sol die gebogen staan over iets wat eruitziet als een grote dode krab. Ik hoop tenminste dat hij dood is, want Alfie tilt hem op en als het beest nog leeft, krijgt hij zo een flinke beet in zijn vinger.

'Over een vriendin van me, van pilates.'

'De reclasseringsambtenaar?'

'Nee, een andere.'

O god. Waar gaat ze nu weer mee komen? Was ik maar uitgeweken, dan was ze gewoon langs me heen gelopen.

'Ze koopt het huis van mijn buren. Het wordt verkocht door Pegton, dus je kent het waarschijnlijk. Ik was zelfs degene die tegen haar heeft gezegd dat het te koop stond.'

'Welk adres?'

'Maple Drive 24.'

Dus Anne Wilson is een vriendin van Maddie. 'Ik was vergeten dat je daar woont.'

'Ja, ik woon ernaast op nummer 22. Het probleem is...' Ze zucht. 'Ik wou dat ik niks had gezegd. Ik bedoel, ze had het huis ook op het internet kunnen vinden natuurlijk, maar als ik mijn mond had gehouden, was een ander misschien eerder geweest en had die voordat ze het had kunnen bezichtigen al een bod uitgebracht.'

'Je wilt niet dat ze naast je komt wonen?'

'Niet echt, nee. Niet meer. Ik heb iets over haar ontdekt, snap je. Iets waardoor ik, eh, hoe zal ik het zeggen, onze vriendschap in een ander licht zie.'

Ik vraag niet wat, want ik weet dat ze me dat toch wel gaat vertellen.

'Ik ken haar al eeuwen. We werkten vroeger op hetzelfde kantoor, daar kennen we elkaar van. Toen heeft Martin eens wat boekhouding gedaan voor haar man, Graham, en daarna gingen we regelmatig uit eten met z'n vieren. We zijn zelfs een keer samen op vakantie geweest. Naar Malta, hoewel dat nou niet echt een succes was. Maar dat is een ander verhaal. Toen kwam Anne erachter dat Graham iets met een ander had en zijn ze gescheiden. Ik heb haar daarna lang niet gezien omdat ze nogal raar ging doen. Je weet hoe sommige vrouwen zijn als hun man hen in de steek laat voor een ander. Heel bitter en wraaklustig. Ik bedoel, ik zeg niet dat ik niet woedend op Martin zou zijn als hij me zoiets flikte, maar ik zou die andere vrouw niet gaan stalken en haar het leven zuur maken. Ik zou het niet zover laten komen dat ik volkomen door haar werd geobsedeerd en er zelf bijna aan onderdoor ging. Of dat hoop ik in ieder geval.' Ze snuift. 'Wat ik wel of niet met Martin zou doen, is een ander verhaal natuurlijk.'

Ik werp een blik over Maddies schouder. Alfie gooit nu een stok in de ondiepe plas water die midden op het strand is achtergebleven en Sol rent er plichtsgetrouw achteraan.

'Maar toen kwam ik haar weer tegen bij pilates en had ze het er niet meer over. Ze leek echt een nieuwe bladzijde omgeslagen te hebben, ze was weer de oude en we werden weer bevriend. En bovendien heeft ze een nieuwe vriend. Een advocaat. Hoewel hij, tussen ons gezegd, ook het een en ander achter de rug heeft.' Ze brengt haar hand naar haar mond en doet alsof ze een slok neemt. 'Wel een heel ander soort zwakheid, natuurlijk. En hij is er gelukkig vanaf.'

'Ja, de eerste keer dat ze het huis bezichtigde, was ze met een lange man met grijs haar.'

'Dat is hem. Nieuwe man, nieuw huis.' Maddie giechelt. 'En een nieuw gezicht. Ze is altijd ijdel geweest.'

'Dus waarom wil je niet dat ze naast je komt wonen?'

'Omdat een van onze wederzijdse kennissen me net heeft verteld dat de vrouw voor wie Graham haar heeft verlaten de eigenaresse van die newagewinkel is, over wie ik het had. Sonia Martins.'

Ik staar haar aan, de gedachten razen door mijn hoofd na deze nieuwe informatie. 'De vrouw van wie jij dacht dat ze Sally McGowan was,' zeg ik.

Maddie bloost. 'Ze is het niet. Sonia Martins is hier in Flinstead geboren. Haar moeder woont hier al eeuwen. Dat wist ik niet toen ik het jou vertelde.' Ze schudt haar hoofd. 'Wat ik wil zeggen is dat ik, sinds ik weet dat zíj het is met wie Graham vreemdging, bijna zeker weet dat Anne achter die afschuwelijke haatacties tegen haar zit. En erger nog: het is allemaal míjn schuld. Ík heb haar verteld over dat gerucht en dit is echt iets wat Anne zou doen. Ik dacht dat ze klaar was met al die wraakacties, maar dat is duidelijk niet zo.'

Maddie strekt haar handen en staart over de zee uit. 'Ik kan niet bewijzen dat zij het is, maar ik weet het bijna zeker! En ik wil echt niet dat ze naast me komt wonen. Niet na vannacht...' Ze kijkt me aan. 'Je weet dat de ruit van de winkel is ingegooid?'

'O mijn god! Nee!'

'Toen ik erlangs kwam net, waren ze bezig hem dicht te timmeren. Het kan natuurlijk zijn dat Anne die ruit níét heeft ingegooid, maar dit soort dingen gaan een eigen leven leiden, toch? Ze heeft de lont aangestoken en staat nu waarschijnlijk vanaf de zijlijn toe te kijken.' Maddie zucht. 'Ik hoor dit niet te zeggen, je werkt tenslotte bij Pegton, maar ik hoop echt dat de verkoop niet doorgaat. Elke keer dat ik Susan Marchant tegenkom, zeg ik dat ze zo'n fantastisch huis heeft en dat ze gek is om het te verkopen, maar ze kijkt me alleen maar aan alsof ík gek ben. Ik kan het haar niet kwalijk nemen natuurlijk. Ze zal wel om het geld verlegen zitten...'

'Nou, nee, dat niet. Ze wil het zelfs weg–' Ik schraap mijn keel.

Wat sta ik hier nou weer te kletsen over wat Susan Marchant met het geld wil doen. Ik heb al genoeg moeilijkheden veroorzaakt door de roddel over McGowan door te vertellen – dit zou allemaal niet gebeurd zijn als ik mijn mond had gehouden.

Maddie kijkt me vragend aan, maar gelukkig begint Sol op dat moment te blaffen, het perfecte excuus om me om te draaien om te kijken wat Alfie en hij uitspoken.

Maar Sol staat in zijn eentje bij het water en ik zie Alfie nergens. Mijn hart staat stil. Gejaagd zoek ik met mijn ogen het strand af. Daarnet gooide hij nog een stok in het water…

'Wat is er?' vraagt Maddie.

'Ik zie Alfie nergens. Ik zie hem niet.' Mijn borst krampt samen van angst.

'Rustig! Hij kan niet ver zijn.'

We keren ons allebei tegelijkertijd naar de zee, maar hij is nergens te zien. Alfie zou de zee niet in gaan. Niet in dit kille weer. Ik weet gewoon dat hij dat niet doet en al had hij het wel gedaan, dan was hij terug komen rennen zodra hij had gemerkt hoe koud het water is. En het is ook nog eens heel ondiep bij dit deel van het strand.

Er flitst iets uit het nieuws van jaren geleden door mijn hoofd: twee kleine kinderen die op vakantie gingen in Norfolk en toen ze op het strand aankwamen enthousiast de zee in renden. En nooit meer terugkwamen. Niet levend, in ieder geval. Maar Alfie zou dat nooit doen. Niet met zulk weer als vandaag.

'Alfie? Alfie?' schreeuw ik zo hard ik kan, maar mijn stem gaat verloren in de wind. Ik begin te rennen naar de houten golfbrekers en het volgende deel van het strand, maar er is niemand. Niemand, behalve Maddie, Sol en ik.

'Ik ga de andere kant op,' roept Maddie en ze draaft in de richting van Mistden Pier, Alfies naam schreeuwend.

Sol blaft nog steeds. 'Waar is hij, Sol? Waar is hij?'

Ik kijk dezelfde kant op als hij en zie een vrouw in een lichtblauw jack vastberaden langs de boulevard lopen. Ze lijkt iets vast te houden.

En dan zie ik het: een dot haar, die steeds achter de muur langs de boulevard uit het zicht verdwijnt en dan weer opduikt. Mijn maag maakt een duikeling. Het is Alfie.

# 25

Het is als zo'n nachtmerrie waarin iemand je achtervolgt en je niet snel genoeg kunt rennen. Behalve dat dit geen droom is. Dit is echt en ík ben degene die iemand achtervolgt. Mijn voeten zinken weg in het natte zand en de spieren in mijn kuiten branden van de inspanning. Ik moet bij de trap naar de boulevard komen, maar het zand wordt steeds droger en muller en ik kom bijna niet vooruit. Ik heb het gevoel dat ik in slow motion ga.

Degene die Alfie heeft, kan nu al wel halverwege het klifpad zijn. Als ik haar niet snel inhaal, is ze het grasveld over en is ze op de parkeerplaats. Ze kan al in de auto zitten. Mijn hart bonkt tegen mijn ribben. Hoe kom ik er verdomme bij om hem niet constant in het oog te houden, maar die stomme roddelpraatjes van Maddie aan te horen…

Eindelijk ben ik bij de houten trap. Ik sleur mezelf langs de metalen leuning met twee treden tegelijk naar boven. Ik kan ze nog net zien, ze lopen langs de rij strandhuisjes. De vrouw in het lichtblauwe jack met Alfie naast haar. Ik kan niet geloven dat hij zomaar met haar meegaat. Ik heb hem wel duizend keer verteld dat hij nooit met vreemden mee mag gaan. Ik schreeuw zijn naam, maar het klinkt zo ijl als een fluistering in de wind.

Inmiddels draaf ik over asfalt. Ik sprint, of dat probeer ik in ieder geval en de gekleurde strandhuisjes schieten voorbij in mijn ooghoeken. Eén angstige seconde verlies ik bijna mijn evenwicht en dreig ik plat op mijn gezicht op straat te belanden, maar gelukkig lukt het me op de been te blijven. Ik heb in jaren niet zo lang en hard gerend en het doet pijn. Het doet verdomd veel pijn.

De afstand tussen Alfie en mij wordt steeds kleiner. Ik heb ze bijna ingehaald, maar hij hoort me nog steeds niet als ik zijn naam schreeuw. Die rotwind. De vrouw in het lichtblauwe jack is lang en slank. Ik weet zeker dat ik dat lange steile zwarte haar ergens van ken. Het is iemand van mijn leeftijd. Dat zie ik aan haar kleding en de manier waarop ze loopt. Af en toe zie ik vaag haar profiel als ze omlaagkijkt naar Alfie. Wie is het? Hoe durft ze mijn zoon mee te nemen? En lijkt het zo of is ze nu harder gaan lopen?

'Alfie!' schreeuw ik weer zo hard ik kan en deze keer, godzijdank, draait hij zijn hoofd om en breekt er een brede, opgeluchte glimlach door op zijn betraande gezicht. Hij laat de hand van de vrouw los en komt keihard op me afrennen, hij botst zelfs tegen mijn knieën op zodat ik bijna omval.

Ik laat me op mijn hurken zakken, sluit hem in mijn armen en klem hem dicht tegen me aan. Als ik opkijk, staat Karen met een bezorgd gezicht voor me. Ze ziet er op de een of andere manier anders uit dan anders.

'Ik vond hem helemaal alleen op het strand,' zegt ze. 'Hij huilde de ogen uit zijn hoofd.'

'Hij wás helemaal niet in zijn eentje! Hij was met mij en Sol. Waar wilde je met hem naartoe?'

Haar kaken verstrakken. 'Naar school. Ik heb je telefoonnummer niet en ik wist niet wat ik anders kon doen. Ik wilde niet meteen de politie bellen... en...'

'Heb je me niet gezien op het strand? Dat ik stond te praten met Maddie?' Mijn stem hapert van het rennen en de blinde paniek. 'We waren vlakbij. Het kán niet anders dan dat je ons gezien hebt...' Ik pak Alfie bij zijn schouders en kijk hem aan. 'Alfie, schatje, zag je mammie niet? Ik was vlak bij je. De hele tijd. Terwijl jij met Sol aan het spelen was...'

Zijn onderlip trilt. 'Ik gooide zijn bal, maar toen pakte een andere hond die opeens en moest ik erachteraan rennen.' Zijn gezicht betrekt en hij begint weer te snikken. 'En toen zag ik je niet meer. En Sol ook niet. En het strand zag er heel anders uit.'

Hij begint te jammeren en ik trek hem weer tegen me aan. Hij is nog zo jong en kwetsbaar en het strand is enorm als het eb is. Hoeveel groter moet het wel niet lijken voor zo'n kleintje?

'Ach, Alfie toch. Wat heb ik nou gezegd over zomaar wegrennen?'

'We hebben je overal gezocht,' zegt Karen ontdaan. 'Je was vergeten dat mammie een muts op had, hè Alfie?'

'Ze had geen muts op,' zegt hij gesmoord met zijn gezicht verborgen in mijn jas.

'O schat, ik heb een muts opgezet omdat ik koude oren kreeg.' Ik kijk omhoog naar Karen. 'Die muts is nieuw. Hij heeft me er nooit eerder mee gezien. Ik dacht er niet bij na.'

Nu ik Alfie veilig in mijn armen heb en mijn ademhaling weer vrijwel normaal is, springen er tranen in mijn ogen. Hoe heb ik dit kunnen laten gebeuren? Ik was zo verdiept in wat Maddie te vertellen had over Anne Wilson, dat ik vergeten moet zijn om te kijken of ik Alfie en Sol nog zag. Waar is Sol trouwens? Die moet helemaal uit zijn dak gaan nu. Ma vergeeft het me nooit als hij kwijt is. Ze is ongeveer even dol op die hond als op Alfie. Ik ren naar de muur van de boulevard en zoek het strand af.

Dan zie ik ze: Sol loopt naast Maddie. Ze zijn nog een eind weg, maar ik herken Sols manier van lopen en Maddies slanke, in lycra gehulde gestalte. Ik had niet in de gaten hoe ver ik heb gerend. Maddie zwaait naar me. Ze brengt Sol naar ons toe. Mijn borstkas schokt van emotie en Karen raakt mijn arm zachtjes aan.

'Ik ben Hayley ook een keer kwijt geweest. In Marks & Spencer. Ik verloor haar heel even uit het oog en toen ik me weer omdraaide, was ze weg. Een verkoopster vond haar bij de kassa, op zoek naar snoepjes.' Ze slaakt een zucht. 'Joanna, het spijt me enorm dat ik je niet heb gezien. Mijn bril is kapot en wordt nu gerepareerd en ik heb geen reserve.'

Daarom ziet ze er anders uit. Ze is nu ook bijna in tranen. 'We hebben ik weet niet hoelang op en neer gelopen. Ik had langer moeten wachten, maar ik moet over tien minuten bij de dokter zijn met mijn moeder. Ik wist niet wat ik anders moest doen. Als het zomer was geweest zou de strandwacht er natuurlijk zijn, maar…'

'Het is goed, Karen. Eerlijk. Ik ben je heel dankbaar dat je voor hem hebt gezorgd.'

Ze knijpt in mijn handen en een paar seconden kijken we elkaar in de ogen. Twee vrouwen verenigd door het feit dat we allebei moeder zijn en de angst om het enige in de wereld wat écht belangrijk is, te verliezen. Ons kind.

# 26

Mevrouw Haynes is het toonbeeld van vriendelijkheid als ik Alfie terugbreng naar school. Ze is vast bang dat ik een klacht ga indienen over die foto, wat ik, om eerlijk te zijn, ook niet helemaal uitsluit. Alleen bij de gedachte aan die foto voel ik me al misselijk worden. Wie doet er nou zoiets?

Maar meester Matthews heeft zijn excuses al gemaakt en de foto hangt niet meer op het mededelingenbord. Bovendien zou ik eigenlijk niet weten wat voor goeds het zou doen als ik een klacht indien. Dan zou ik weleens de reputatie kunnen krijgen dat ik een lastpak ben en met fluwelen handschoentjes moet worden aangepakt.

Of misschien is het de aanwezigheid van Sol die haar vriendelijker maakt. Honden hebben dat effect soms op mensen en Flinstead zit vol met hondenliefhebbers. Toen Alfie in Londen op school zat, waren honden op het hele terrein streng verboden.

'Ik ken jou hè?' zegt ze, terwijl ze Sol achter zijn oren krabt. 'Je bent een goeie ouwe lobbes, hè jongen?'

Getver. Ze laat hem haar gezicht likken. Ik snap niet dat mensen dat toelaten. Denken ze er niet over na waar die tong allemaal is geweest? Ik heb Sol een keer moeten tegenhouden anders had hij hondenpoep gegeten!

Ma lachte alleen maar toen ik dat vertelde en begon me de verschillende soorten coprofagie uit te leggen, zoals dat wordt genoemd. 'Autocoprofagie' als ze hun eigen poep eten, 'intraspecifieke coprofagie' als ze poep eten van een andere hond en 'interspecifieke coprofagie' als ze poep van een heel ander dier eten. Raar wat je onthoudt soms. Ik zou best durven wedden dat Sol zich schuldig maakt aan alle drie.

'Goed, Alfie. Zullen we nu mama gedag zeggen?' zegt mevrouw Haynes.

Ik geef hem een knuffel en een zoen op zijn hoofd. 'Tot vanmiddag, lieverdje.'

'Mammie, straks is Liams partijtje!' roept hij over zijn schouder terwijl mevrouw Haynes hem meeneemt.

Ik zwaai naar hem. 'Ja, tuurlijk!' Maar het was me, na het stranddrama, totaal ontschoten. In ieder geval is hij gelukkig niet meer van streek.

Ik kijk ze na tot hij met mevrouw Haynes door de deur van de hal naar het speelplein verdwijnt, naar het gedeelte waar zijn klaslokaal ligt. Ik vind het niet prettig om hem hier achter te laten na wat er net is gebeurd, maar dit is een goede school. Een veilige school. Ik hoef het laatste inspectierapport er niet op na te slaan om dat te weten. En het is natuurlijk logisch dat ze zo iemand als Sally McGowan nooit aannemen op een school. Wat Kay zei ligt voor de hand: er moeten systemen zijn die dat voorkomen.

Ma is er nog steeds slecht aan toe als ik Sol terugbreng. Ze ziet zo wit als een doek en de punt van haar neus is helemaal rood omdat ze hem zo vaak heeft moeten snuiten.

'Blijf maar uit mijn buurt,' zegt ze schor. 'Ik wil Alfie en jou niet aansteken. Ik voel me echt vreselijk. En gisteren was er nog niks aan de hand.' Ze pakt haar glas water en neemt een flinke slok.

'Geef maar, dan vul ik het met vers water,' zeg ik. 'Weet je zeker dat je niets wilt eten?'

Ze trekt een vies gezicht.

'Ik kan vanavond nog een keer langskomen, na het partijtje, als je wilt.'

'Partijtje?'

'O, heb ik dat niet verteld? Ik dacht van wel... Het is een feestje van een van de jongens uit de klas. Voor zijn verjaardag, na school. Iedereen moet verkleed.'

Ma kreunt. 'Toch niet voor Halloween, hoop ik?'

'Ik vrees van wel. Ik heb je raad opgevolgd en met een paar andere moeders aangepapt.'

Ze knikt. 'Nou, dan hoop ik dat je een goed kostuum voor hem hebt. Je wilt toch niet dat hij het gevoel heeft dat hij er niet bij hoort.'

Ik staar haar ongelovig aan. Dit is de vrouw die me vroeger vertelde dat mooie jurken louter geldverspilling waren en modieuze schoenen slecht waren voor mijn groeiende voeten. 'Als je een bepaalde schoen moet hebben om bij de groep te horen, Joanna, kun je er maar beter niet bij horen,' zei ze altijd.

'Dat gezicht!' zegt ze lachend. 'Ik weet wat je denkt, maar het is anders als je oma bent. Daar kom je nog wel achter op een dag. Of dat hoop ik, tenminste.'

Ik vraag me af of dit een goed moment is om te vertellen dat Michael bij ons komt wonen. Als ik haar dat niet snel vertel, zegt Alfie er iets over en dan voel ik me natuurlijk rot dat ik het heb achtergehouden voor haar. Ik ga op de rand van haar bed zitten. Misschien word ik nu ook ziek, maar dat is dan maar zo. Ik moet eerlijk tegen haar zijn.

'Ma, ik moet je iets vertellen. Michael heeft gevraagd of hij bij ons kan intrekken en ik heb "ja" gezegd.'

Ik kijk naar mezelf in de spiegel van haar kledingkast en dan, schuin, naar haar.

Ze is met een peinzend gezicht bezig haar zakdoek op te vouwen tot een klein rechthoekje. 'Tja,' zegt ze uiteindelijk. 'Als dat is wat je hart je ingeeft, als je er zeker van bent dat je dat wilt...' Ze snuift. 'Het enige wat ik altijd heb gewild, is dat je gelukkig bent, Jo. Dat weet je, hè?'

Haar ogen zijn vochtig en hoewel dat kan komen door haar verkoudheid, denk ik dat dat niet zo is.

‘Natúúrlijk weet ik dat! En ik weet ook dat je altijd hebt gedacht dat hij moeite had zich te binden.’ Ik staar naar mijn knieën. ‘Ik heb het je nooit verteld, ma, maar hij heeft me ooit gevraagd met hem te trouwen.’

Ze hapt naar adem. ‘En jij hebt hem afgewezen?’

‘Ja.’

‘Waarom?’

‘Omdat ik niet wilde dat hij dat alleen voor Alfie deed.’ Ik slaak een zucht. ‘En misschien had het ook wel iets te maken met papa. Het lijkt me echt vreselijk als Michael net zo blijkt te zijn en ons in de steek laat.’

Ma vouwt haar zakdoek open en snuit haar neus.

‘Ik weet wat een klap dat is geweest voor je zelfvertrouwen, ma, en ik wil niet–’

‘Net zo’n verbitterde oude vrouw worden als ik?’

‘Dat wilde ik helemáál niet zeggen!’

Ze lacht. ‘Maar je hebt gelijk. Het wás een klap voor mijn zelfvertrouwen en het spijt me als ik mijn onzekerheden over mannen op jou heb overgebracht. Dat is niet eerlijk.’

‘Ik wou dat hij niet zo’n klootzak was geweest.’

‘Dat zouden we allebei graag willen, schat.’

Ik knijp in haar pols. ‘Maar ik beloof je dat ik er definitief een punt achter zet als Michael níét voor ons blijkt te gaan, als hij zich niet echt bindt, zoals hij heeft beloofd.’

Ma knikt goedkeurend. Zíj is het nooit te boven gekomen, maar ik ben sterker dan zij. Mij lukt dat wel…

Ik hoop alleen dat dat niet zal hoeven.

# 27

Sartre, of eigenlijk een personage uit een van zijn toneelstukken, heeft de beroemde uitspraak gedaan: 'De hel, dat zijn de anderen.' Ik weet dat die uitspraak niet zo eenvoudig is als het lijkt en ik heb ook de benodigde filosofische kennis niet om hem echt te duiden. Maar op dit moment vind ik dat het precies beschrijft wat ik voel: andere mensen zijn inderdaad een hel, vooral de mensen die hier in Debbie Bartons serre aan de prosecco zitten. En specifieker: hun kinderen, die nu in de kamer hiernaast worden geëntertaind door een ballonkunstenaar en zoveel herrie maken dat mijn kop zowat uit elkaar barst.

Mijn ogen glijden van de gezichten om me heen naar de eetkamer die aan de serre grenst. Er hangt een enorme met nepdiamanten bezette spiegel die de tuin reflecteert en aan het plafond schittert een glazen kroonluchter. Debbies echtgenoot, Colin – loodgieter, geloof ik dat ze zei – zit aan de tafel een biertje te drinken met Rob, de man van Karen. Ze zien eruit alsof ze totaal niet thuishoren in dit blingbling-barbiehuis, met alleen maar rozetinten, bontkussens, glimmende hebbedingetjes en 'leuke' spreuken aan de wand. Ik vraag me af hoeveel inbreng Colin hierin heeft gehad. Weinig, zo te zien.

Ik richt mijn aandacht weer op de gesprekken om me heen. De situatie begint steeds meer te lijken op een aflevering van zo'n reality-tv-show, *De echte huisvrouwen van Flinstead aan Zee*. Tash zal zich kapotlachen als ik haar hier verslag van doe.

Om eerlijk te zijn zei Debbie wel dat ik naar huis kon gaan en Alfie later kon ophalen, maar na de dag van vandaag laat ik hem absoluut niet zomaar achter. Hoe goed ken ik deze mensen nou eigenlijk? Ze lijken misschien best aardig, maar na wat Kay me vanmorgen vertelde…

Karen is er natuurlijk ook en zo nu en dan kruisen onze blikken elkaar. Zo te zien vindt ze het hier net zo vreselijk als ik. Ik buig me naar haar toe. 'Hoe gaat het met je moeder?' vraag ik.

Ze fronst verrast haar voorhoofd.

'Je zei vanmorgen dat je met haar naar de dokter moest. Ik hoop dat je niet te laat was?'

'O, nee hoor,' zegt ze. 'Nou ja, een beetje, maar dat maakte niks uit. Het loopt altijd een minuut of twintig uit. Maar het… het gaat wel goed met haar.'

Karen nipt aan haar prosecco en staart voor zich uit. Haar gezichtsuitdrukking is veranderd. Ik herinner me haar moeder, hoe haar gezicht eruitzag toen ze over haar schouder naar me omkeek, die keer dat ze voor het raam van Pegton hadden gestaan en naar me hadden gezwaaid. Ze zag er helemaal niet goed uit. O god, had ik maar niks gezegd.

Om ons heen is het gesprek beland op de gebeurtenissen bij Stones & Crones. De steen door de etalageruit en wat dat betekent. Of er iets waar is van alle beschuldigingen.

Karen sluit haar ogen en slaakt een zucht. Als ze ze weer opendoet, ziet ze dat ik naar haar kijk. 'Hoe vorder jij met het leesclubboek van deze maand?' vraagt ze. 'Ik vind het nogal een opgave, om eerlijk te zijn. Al die verhalen binnen verhalen.'

'Welk boek is het?' vraagt Debbie, voor ik de kans heb te antwoorden.

'*Frankenstein* van Mary Shelley,' zegt Karen.

Debbie trekt een gezicht alsof ze wil zeggen: jeetje, wat saai. 'Het verbaast me dat er niemand op Liams partijtje is die zich als Frankenstein heeft verkleed.'

Karen en ik wisselen een licht geamuseerde blik. Een kort moment van verstandhouding. Ik heb haar verkeerd ingeschat, zie ik nu. Ze is dan misschien een beetje opdringerig geweest toen op de leesclub, maar misschien probeerde ze gewoon aardig te zijn. Ik heb in ieder geval meer gemeenschappelijk met haar, dan met de andere mensen hier en na vanmorgen lijken we een nieuw soort begrip voor elkaar te hebben.

'Frankenstein is de naam van de wetenschapper die het monster creëert,' zeg ik tegen Debbie en ik heb er onmiddellijk spijt van. Niemand vindt het leuk om gecorrigeerd te worden. 'Maar iedereen denkt altijd dat híj het monster is.'

'En je zou kunnen zeggen dat hij dat ook ís, omdat hij zijn creatie in de steek laat,' zegt Karen.

Ik knik. 'Of omdat hij hem überhaupt heeft gecreëerd.'

Debbie trekt een gezicht. 'Nou stoppen jullie twee, je zit hier niet op de leesclub.'

Er barst gelach uit in de kamer naast ons.

'Hij is zijn geld wel waard, die ballonnenman,' zegt Debbie. 'En hij ziet er nog goed uit ook.'

Er gaan instemmende geluiden op. Iemand maakt een grap dat hij goed met latex is en ze gillen allemaal van de pret.

'Over knappe mannen gesproken,' zegt Cathy op gedempte toon tegen mij, zodat Colin en Rob het niet horen, 'ik vroeg me af wie die mooie man was met wie je vlak voor de vakantie op het schoolplein was, Joanna.' Ze glimlacht. 'Is hij de man met wie je Alfie hebt gemaakt?'

Mijn stekels gaan overeind staan door de manier waarop ze het formuleert. Ik vind de vraag erachter niet erg, ik heb er geen problemen mee om te bevestigen dat Michael Alfies vader is. Maar 'met wie je Alfie hebt gemaakt' klinkt me veel te steriel, alsof zijn enige rol een biologische was. En ook de toon waarop ze het zei: alsof ze 'gemaakt' tussen twee aanhalingstekens zette. Ze gaat er duidelijk vanuit dat hij alleen zijn sperma heeft gedoneerd en verder geen rol heeft – zou ze dat ook gedacht hebben als Michael niet zwart was?

Ik merk dat iedereen om ons heen wat zachter begint te praten, alsof ze niet openlijk willen laten blijken dat ze allemaal met grote oren zitten te luisteren.

'Ja, hij is Alfies vader. En mijn partner.' Het voelt vreemd om het zo te zeggen. Meestal zeg ik zoiets als: en mijn beste vriend. Maar als ik dat nu zo formuleer, help ik wat ze denken niet uit de wereld en roep ik alleen maar meer vragen op. In situaties als deze snijd ik de nieuwsgierigen meestal intuïtief zo beleefd en definitief mogelijk de pas af. En bovendien: de situatie ís nu ook anders. Michael ís mijn partner.

'O, ik dacht dat je single was,' zegt Cathy.

Ik glimlach. Er valt een korte stilte om me heen, als een witregel op een pagina, en dan gaan de gesprekken, terwijl ik zwijgend blijf glimlachen, weer verder. De ongemakkelijkheid wordt al babbelend over onbenulligheden weggewist.

'Oké,' zegt Debbie. 'Ik geloof dat het tijd wordt de boel daar een beetje te kalmeren.' Ze staat op en pakt een grote, in glimmend zilverpapier ingepakte doos uit de kast. 'Vrijwilligers voor de muziek bij het "pakje doorgeven"?'

Karens hand schiet zo snel omhoog dat ze bijna Teri's prosecco tegen de vloer slaat.

Debbie wijst naar de iPad op de salontafel. 'Ik heb een playlist gemaakt op Spotify. Klik maar op "Spooky Tunes".'

We drommen met z'n allen naar de kamer ernaast, waar de jongens elkaar met ballonbeesten te lijf gaan en de meisjes, Hayley en Ruby, de dochters van Karen en Teri, zich met z'n tweetjes hebben teruggetrokken in een rustig hoekje en een heel ander spel spelen, waarbij ze de ballondieren in een soort dansje over de rug van de bank bewegen. Frappant om die verschillen te zien...

Alfies haar is nat van het zweet en zijn ogen hebben een maniakale glinstering. Ik ga op de rand van de bank zitten, terwijl veel te veel moeders proberen de kinderen in een kring op de grond te laten zitten. Colin en Rob zijn wijselijk in de eetkamer achtergebleven. Dan schalt de melodie van *Ghostbusters* eindelijk uit de luidsprekers en gaat het pak van de een naar de ander.

Twee uur later, na een troosteloos halfuur door donkere natte straten te zijn getrokken met een troep hyperactieve kinderen die bij vreemden aanbellen en vragen om snoep, wil ik niets liever dan meteen naar huis. Maar als Karen en Rob – Karen eigenlijk – me meevragen voor een kop thee en het tot me doordringt dat ze in The Regal wonen, kan ik hun aanbod niet weerstaan. The Regal was vroeger een chic hotel en ik wil al tijden zien hoe het er vanbinnen uitziet nu.

Pasgeleden kwam er een van de appartementen op de bovenste verdieping met een veranda en een prachtig uitzicht in de verkoop, maar de eigenaar haalde het al van de markt voordat ik de kans had er een kijkje te nemen. Tot mijn teleurstelling blijkt het appartement van Karen en Rob in de nieuwe aanbouw te liggen, maar ik kan nu moeilijk nog van gedachten veranderen. En bovendien heeft ze Alfie laten winnen bij het 'pakje doorgeven'.

Karen laat me binnen in een gezellige woonkamer. Hij is misschien niet zo chic als ik verwachtte, maar er hangt wel een prettige sfeer. Hayley klimt meteen naast een oudere vrouw met een laptop op haar schoot op de bank. De vrouw met wie ik Karen op straat voor Pegton zag. Ze verdrinkt zowat in een grote witte badjas, heeft een roze mutsje op haar hoofd en warme bontslippers aan haar voeten.

'Dit is mijn moeder,' zegt Karen. 'Zo ziet ze er normaal niet uit hoor, maar het is Halloween tenslotte, hè ma?'

Ik loop met uitgestoken hand op haar af. Ze kan niet opstaan omdat Hayley inmiddels op haar schoot zit. Ze schudt me de hand. Ze heeft smalle polsen en een ingevallen gezicht.

'Wat is ze toch leuk, hè, die dochter van me, met die charmante opmerkingen van haar,' zegt ze. Haar stem klinkt verrassend laag en bars. Het roze mutsje en de donzige slippers gaven me een andere indruk en ik verwachtte iets vrouwelijkers, iets zachters.

'Allemaal van jou geleerd, moedertjelief,' zegt Karen. Het is gewoon moeder-dochter geplaag, maar ik voel toch een lichte spanning tussen hen. Het moet ook wel een last zijn voor Karen en

Rob dat haar moeder bij hen in dit kleine appartement logeert. Ik vind het ook een beetje vreemd dat Rob meteen in de slaapkamer is verdwenen en de deur achter zich dicht heeft gedaan.

Karen pakt een dvd uit een mand op de vloer en even later zitten Alfie en Hayley in kleermakerszit voor de televisie, helemaal opgaand in de eerste scènes van *Frozen*.

Karen wenkt me mee naar de keuken. 'Kom, dan nemen we een kop thee. Mijn moeder houdt wel een oogje op ze. Ze is dol op *Frozen*.'

Als ik achter Karen aan de keuken in loop, kijk ik nog even naar ze om: een ietwat gehavende Darth Vader met zijn spookachtige bruid en de magere vrouw in de te grote badjas, druk typend op haar laptop.

Later die avond lig ik thuis languit op de bank een beetje naar de tv te staren en overdenk ik de dag. Al die angst vanmorgen toen ik die afschuwelijke foto zag en daarna de paniek toen ik Alfie kwijt was op het strand… Het is allemaal naar de achtergrond verdwenen. Wat mij betreft hoor ik de woorden 'Halloween' en 'Je snoep of je leven' nooit meer, maar Alfie vond het gelukkig allemaal super en ik ben ook blij dat ik ben meegegaan naar Karens appartement. Ik heb het gevoel dat we toch vriendinnen gaan worden.

Ik pak mijn telefoon om te kijken of Michael nog iets heeft gestuurd en ja, er is een berichtje: 'Hoe was het feestje? Ik wed dat Alfie zich heeft volgepropt met snoep.'

De paar minuten daarna vliegen de appjes heen en weer, we willen geen van tweeën degene zijn die het gesprek beëindigt. Ik weet dat ik hem moet vertellen over de foto en dat ik Alfie kwijt was op het strand, maar dat is veel te veel om te appen en bovendien vertel ik hem dat liever in het echt. Uiteindelijk wensen we elkaar welterusten. Ik gooi mijn telefoon op het kussen naast me. Maar dan pak ik hem vrijwel meteen weer op om mijn Twitteraccount te openen. Ik wil nog één keer kijken bij Sally Mac en dan verwijder ik mijn account, neem ik me voor. Nu Michael hier komt wonen, worden de avonden natuurlijk veel minder saai.

Ze zit er nog steeds op en… O! Ze heeft een nieuwe tweet gepost.

Ik staar ernaar, niet in staat in me op te nemen wat ik lees. Het geluid van de tv vervaagt en er gaat een koude rilling door me heen. Ik moet het verkeerd lezen. Alsjeblieft, laat me het verkeerd hebben gelezen.

Maar dat is niet zo; het staat er echt!

En de boodschap is duidelijk:

Zie wat je hebt teweeggebracht. Jij met je grote mond. Ik hou je in de gaten. Ik #HouAlfieInDeGaten.

*Ik heb mijn sportschoenen met die verende zolen aan, zodat ik geen geluid maak. Vannacht wacht ik tot de laatste van de angstaanjagende clowns en opgestane doden van de straten zijn verdwenen en de late wandelaars die hun hond uitlaten allang in bed liggen, voor ik de duisternis in glip. Het voelt als een koude omhelzing op mijn huid. Ik adem de lucht diep in.*

*Op avonden als deze, zonder wind, een gladde zee, is de stilte peilloos diep in een dorp als Flinstead. Zelfs na zoveel jaar blijf ik het heerlijk vinden om de straten voor mezelf te hebben. Dit is míjn tijd – Sally's tijd.*

*Zoals altijd word ik aangetrokken door het strand. Daar is het zelfs nog donkerder, tenzij het een heldere nacht is en de maan schijnt. De vrijheid die ik voel op het zand, niemand die me ziet, geeft me energie. Ik ben niet bang voor het donker of de immense zee. Ik ben nergens bang voor daar. Het is alsof ik door een droomlandschap beweeg, één met de wereld.*

*Gewichtloos. Onsterfelijk.*

*Onkwetsbaar.*

*Vannacht hou ik het echter bij de straten. De meeste huizen zijn volkomen donker als ik erlangs loop, heel soms brandt er nog licht. Ik bedenk tafereeltjes achter die gordijnen. Een jong stel dat op de bank ligt te vrijen en in giechelen uitbarst als de vering piept; een oude man die in slaap is gesukkeld voor de tv; een moeder zit te knikkebollen terwijl ze haar kind voedt, haar man ligt boven te snurken.*

*Ik ben zo jaloers op hun gewone levens dat ik het wel uit kan gillen, dat ik een losse steen op wil rapen en die door de ruit wil smijten. Hun rust wil verstoren en ze net zo bang wil maken als ik ben. Even maar, zodat ze weten hoe dat voelt.*

*Maar ze zullen nooit weten hoe het is om mijn leven te leiden.*

*Bij haar thuis zie ik een zacht oranje gloed achter het slaapkamerraam.*

# 28

Het is al na middernacht als ik naar bed durf te gaan. Ik heb alle sloten van de ramen wel drie keer gecontroleerd en de grendels van de voor- en achterdeur dichtgeschoven, wat ik meestal niet doe omdat ik ze al op slot heb gedraaid. Ik kan het idee dat iemand me vanaf de straat in de gaten houdt niet van me afzetten. *HouAlfieIn-DeGaten*. Er gaat een huivering door me heen.

Als ik de keuken in loop om een glas water te pakken, maakt het zwarte raam boven de gootsteen me bang. Ik sta in het volle zicht voor iemand die buiten staat terwijl ik de kraan opendraai en wacht tot het water koud genoeg is. Waarom heb ik daar nog geen gordijnen?

Ik doe idioot, ik weet het, maar het messenblok op het aanrecht maakt me nerveus. Ik herinner me dat ma me ooit eens vertelde dat ze in de krant had gelezen dat een indringer een mes uit iemands eigen messenblok had gebruikt om de eigenaar van het huis mee te bedreigen. Vanaf dat moment verstopt ze haar messenblok in een kastje. Dat vond ik altijd nogal belachelijk, maar nu haal ik de messen er een voor een uit en leg ze onder de theedoeken in de la.

Boven in mijn slaapkamer probeer ik Michael nog een keer te bellen, maar zijn telefoon blijft overschakelen op voicemail. Na het lezen van die tweet, heb ik hem geappt en berichten ingesproken. 'Bel me zodra je dit bericht krijgt. Er is iets afschuwelijks gebeurd. Ik moet je spreken.'

Misschien slaapt hij al. Of misschien is hij nog iets gaan drinken met een van zijn vrienden en heeft hij zijn telefoon niet gezien.

Ik weet wat ma ervan zou denken dat hij niet reageert.

Nadat ik, ik weet niet hoelang, heb liggen draaien in mijn bed, sta ik op en ga naar Alfies slaapkamer. Ik til zijn dekbed zo zachtjes mogelijk op en kruip naast hem in bed, sla mijn armen om zijn warme, slapende lijfje heen en adem diep in. Mijn hart bonkt in mijn oren.

Ik weet, diep in mijn hart, dat degene die die tweet heeft gestuurd me alleen bang wil maken, net zoals ik weet dat Michael niet bij een ander in bed ligt. Maar toch zal ik vannacht geen oog dichtdoen.

Het duurt een tijdje voordat ik doorheb dat dat verre belgerinkel niet bij mijn droom hoort, maar afkomstig is van mijn telefoon in de kamer ernaast. Ik glijd voorzichtig Alfies bed uit om hem niet wakker te maken. Het waterige grijze licht dat door de kier in de gordijnen valt, betekent dat het vroeg in de ochtend is. Dus ik moet toch een paar uur hebben geslapen.

Het is Michael. 'Ik sta buiten, maar ik wil Alfie niet wakker maken, dus bel ik niet aan.'

Wat ben ik opgelucht dat hij voor de deur staat, met zijn grote leren weekendtas in zijn handen en een assortiment dozen, tasjes en nog meer dozen op het tuinpad achter hem. Het is balsem voor mijn gespannen zenuwen. Hij sluit me in zijn armen en geeft me een lange knuffel. Hij moet vroeg wakker zijn geworden, mijn berichten hebben gezien en zo snel mogelijk hierheen zijn gekomen.

Ik begin met vertellen over de foto op het mededelingenbord van de school en zie aan de sceptische uitdrukking op zijn gezicht dat hij denkt dat ik overdreven reageer.

'Maar je zegt dat andere kinderen eruitzagen als zombies?'

'Ja.'

'En hoe wist je dan dat het zombies waren?'

'Jezus, Michael. Ik weet heus wel hoe een zombie eruitziet. Grijze gezichten en rare, bloeddoorlopen ogen. En bloedende wonden. Gewoon, het normale zombiewerk.'

'Dan zie ik niet waarom Alfie met een mes in zijn borst erger is dan zo'n zombie. Bovendien is een mes in je borst net zo'n klassiek Halloweending als een zombie.'

'Nou, meester Matthews vond het anders wel ongepast. Hij was het met me eens dat Alfie de enige was die er zo uitzag.'

Michael trekt zijn wenkbrauwen op. 'Dat zei hij waarschijnlijk alleen maar om de angel uit de situatie te halen. Kom op, Joey. Je kunt toch niet écht denken dat er meer achter zit?'

Ik pak mijn telefoon en ga naar Twitter. 'Wacht dan maar tot je dit ziet.'

Maar als ik op mijn volgers klik, is het Sally Mac-account weg. Ze volgt me niet meer. Ik zoek naar haar gebruiksnaam, maar er is nergens meer een spoor van haar te vinden.

'Dat is raar. Ze is weg.'

'Wie is weg?'

Ik vertel hem over Sally Mac (@geruchtenmolen7) en de tweets die ze heeft gepost. Zijn ogen vernauwen zich. Dan vertel ik hem over de HouAlfieInDeGaten-hashtag en vernauwen zijn ogen zich nog verder.

'Dat is een smerige streek,' zegt hij.

'Denk je dat zíj het is? Nee, hè? Dat ze er op de een of andere manier lucht van heeft gekregen dat ik dat gerucht heb verspreid?'

Te laat besef ik wat ik heb gezegd.

Michael staart me aan. 'Wat bedoel je, dat jíj dat gerucht hebt verspreid?'

Mijn wangen branden van schaamte. Schaamte en schuldgevoel. 'Toen ik het voor het eerst hoorde, voordat ik het zelfs aan jou vertelde, heb ik het erover gehad op de leesclub.'

Michael rolt met zijn ogen.

'Ik probeerde de aandacht van Jenny af te leiden, een van de andere leden, omdat Karen haar zat uit te vragen over haar liefdesleven en ze daar heel ongemakkelijk onder was. Dus zei ik het eerste wat er in me opkwam. Waar ik sindsdien ongelofelijk veel spijt van heb.'

'Maar je hebt niemand verteld wat ik heb ontdekt, toch? Niemand weet dat ik van plan ben een boek over haar te schrijven?'

'Niemand weet iets van het boek, maar–'

'Maar?'

'De week na de leesclub vertelde een van de andere leden, Maddie heet ze, dat ze een vriendin van haar van pilates had gesproken die haar allerlei dingen had verteld over getuigenbescherming. Ze telde één en één op en maakte er drie van. Ze was ervan overtuigd dat Sonia Martins van de winkel Stones & Crones Sally McGowan was.'

Michael schudt zijn hoofd van ongeloof. 'Dus dat komt allemaal óók door jou.'

'O, dus ik ben verantwoordelijk voor het feit dat Maddie er met haar vriendin over kletst?'

Hij zucht. 'Nee, natuurlijk niet. Maar dat is hoe dit soort dingen uit de hand lopen. Ze verspreiden zich als een lopend vuurtje.'

'In ieder geval: ze denkt niet meer dat zij het is. Het schijnt dat de man van een andere vriendin van pilates er ooit met Sonia Martins vandoor is gegaan, dus denkt Maddie nu dat die vrouw uit wraak het gerucht heeft verspreid dat zíj Sally McGowan is.'

'Jezus,' mompelt Michael.

'Ik weet het. Het is allemaal volslagen idioot.'

'Nog meer wat je moet bekennen?' Hij kijkt me recht aan. Hij weet dat er nog iets is wat ik niet heb verteld.

Ik adem diep in. Ik beken het liever niet, maar als ik wil dat onze relatie werkt, zal ik eerlijk tegen hem moeten zijn. 'Ik heb gezegd dat ze is geplaatst in een dorp zonder kroeg.'

Hij zucht diep en draait zijn hoofd af. 'Waarom?' zegt hij na een tijdje. 'Waarom moest je dat vertellen? Ik had je niet ingeschat als een roddelaar.'

'Dat bén ik ook niet! Het is gewoon omdat... Alfie had problemen om vriendjes te maken. Hij zat elke lunch in zijn eentje, er ging niemand naast hem zitten. Ik wilde niet dat hij ongelukkig was. Niet dat hij weer het pispaaltje werd, na alles wat er op de vorige school is gebeurd. Al die verschrikkelijke bijnamen die ze voor hem bedachten. En ik vind het zelf ook moeilijk. De andere moeders kennen elkaar al lang. Ik voel me als het nieuwe kind in de klas.'

'Dus je dacht dat een beetje roddelen met hen zou helpen.'

'Het hééft geholpen! Ze hebben me gevraagd om bij de oppaskring te komen, Alfie is uitgenodigd op Liams verjaardagspartijtje. Sindsdien doe ik mijn uiterste best om het hele verhaal de kop in te drukken.'

Ik heb strak naar mijn handen gestaard terwijl ik het hem vertelde, maar nu til ik mijn hoofd op en dwing mezelf hem recht aan te kijken. 'Je gelooft niet dat het Sally McGowan is, hè? Die Sally Mac op Twitter?' vraag ik.

'Lijkt me stug,' zegt hij. 'Een Twitteraccount is toch het laatste wat ze zou doen. Het is waarschijnlijk iemand van de malendemoedersclub.'

Hij veegt met zijn duim een verdwaalde traan van mijn wang. Het is een teder gebaar waardoor ik nog harder moet huilen.

'Het kan geen toeval zijn dat het account een dag na Halloween is verwijderd,' zegt hij. 'Het was een gemene grap, dat is alles.'

'Ik hoop het. Ik hoop het echt.'

Hij neemt me in zijn armen. Ik ben zo blij dat ik het hem eindelijk heb verteld. Er is een last van mijn schouders.

'Twitter zit vol idioten,' zegt hij. 'Idioten en trollen en mensen die iets willen verkopen.'

'Dus ik neem aan dat ik in de categorie "idioten" val?'

Hij lacht. 'Jíj zegt het.'

# 29

Die avond, nadat Michael Alfie naar bed heeft gebracht, zoeken we online naar de documentaire waar ik een tijdje geleden over heb gelezen – *Identiteit als een gevangenis* – maar we kunnen er alleen korte stukjes van vinden op YouTube. Flarden van interviews met deelnemers van het getuigenbeschermingsprogramma, opnames waarin hun stemmen zijn vervormd en alleen het silhouet van hun profiel te zien is of hun gezicht vaag is gemaakt.

Terwijl er een paar blij zijn met hun nieuwe identiteit, is er ook een aantal dat wenst dat ze er nooit mee hadden ingestemd hun vroegere leven achter zich te laten. De stress van in een leugen te moeten leven en continu op je hoede te moeten zijn, eist zijn tol van je geestelijke gezondheid.

Een van de geïnterviewden, Peter – niet zijn echte naam, natuurlijk – legt uit hoe moeilijk het is je niet te verspreken als je pas een nieuwe identiteit hebt. Wat voor hem werkte, vertelt hij, is een klein element dat wáár is te betrekken bij elke leugen, iets wat het authentiek maakt.

Daarna komt er een psycholoog aan het woord die het over de 'illusie van de waarheid' heeft: de neiging om te geloven dat valse informatie correct is, als die maar vaak genoeg wordt herhaald. Net zoals bij geruchten, denk ik. Wat dus uiteindelijk gebeurt, is dat mensen in een getuigenbeschermingsprogramma gaan geloven in hun eigen leugens en hun oude leven steeds onwerkelijker wordt.

Logisch eigenlijk. Ik heb ooit, toen ik puber was, een grote leugen verteld. Ik verzon dat ik was ontmaagd door een van de jongens die de rupsbaan bemanden op Mistden Pier, terwijl we alleen maar hadden zitten zoenen en voelen. Maar het gaf me de status die ik nodig had om bij de vriendinnengroep te horen waar ik bij wilde horen – hoewel dat natuurlijk geen echte vriendinnen waren, maar dat had ik toen nog niet door. We hadden het er zo vaak over, tot in de kleinste details, dat het oprecht voelde alsof het echt was gebeurd. De fantasie leek veel echter dan het onhandige gefrummel uit de werkelijkheid.

Alle mensen die in deze YouTubefilmpjes worden geïnterviewd zijn personen van wie de getuigenissen ertoe hebben geleid dat bendeleden uit de georganiseerde misdaad achter slot en grendel kwamen te zitten. Het zijn ofwel slachtoffers van een geweldsdelict, ofwel vroegere bendeleden die informanten zijn geworden. Geen van hen heeft zélf iemand vermoord. Uiteindelijk eindigen we bij een oude documentaire over Sally McGowan uit eind jaren zeventig die toen misschien spraakmakend was, maar er nu echt ouderwets uitziet en ook zo klinkt.

We zitten dicht naast elkaar op de bank met Michaels laptop op onze knieën en kijken naar zwart-witbeelden van Salford in de jaren zestig, doorspekt met interviews met mensen die Sally als kind hebben gekend. Leraren en medeleerlingen van de school waar ze op zat. Buren en belangrijke figuren die betrokken waren bij het onderzoek en de rechtszaak. De publieke mening is dat ze een koppig en intelligent kind was. Een leider, geen volger. Volgens een van de ondervraagden had ze de neiging een beetje een pestkop te zijn. Niet erg verbazend, gezien haar achtergrond.

De muziek verandert van somber naar dreigend en de sonore mannelijke voice-over klinkt beladen met verdoemenis. Ik weet zeker dat ik sommige van deze beelden al eerder heb gezien, waarschijnlijk in de historische documentaires waar ik af en toe naar kijk – van die documentaires die een bepaalde straat of een huis nemen en laten zien wat daar met het verstrijken van de tijd allemaal aan is veranderd. Eindeloze rijen rijtjeshuizen. Ongewassen kinderen die zonder enig ouderlijk toezicht op straat spelen. Huisvrouwen die hun stoepjes op handen en voeten schoonschrobben of leunend op hun bezems staan te kletsen. Dichtgetimmerde winkels en verwaarloosde, leegstaande huizen. De standaard 'het leven in het noorden was grimmig'-beelden.

En dan zijn er, natuurlijk, de lange close-ups van Sally McGowans jonge gezicht.

'Wat zie je als je in die ogen kijkt?' vraagt Michael terwijl hij het beeld even stilzet.

'Dat weet ik niet zo goed,' zeg ik. 'Ik bedoel, ik weet wat ik dénk dat ik zie.'

'En dat is?'

Ik hou mijn hoofd scheef en denk erover na. 'Eerst dacht ik dat ze uitdagend keek. Nergens bang voor. Ze heeft iets ongelofelijk zelfverzekerds, vind je niet? Iets alwetends. Ze kijkt of ze het allemaal al eerder heeft meegemaakt. Mijn moeder zou zeggen dat ze een oude ziel is in het lichaam van een kind.'

Michael rimpelt zijn neus. 'Ik denk juist dat ze bang is en dat probeert te verbergen. Maar eigenlijk betwijfel ik wat je uit zo'n foto kunt afleiden. Ze kan een milliseconde ná deze foto al helemaal anders hebben gekeken.'

'Ja, je hebt gelijk. We projecteren wat we over haar weten op één bevroren beeld.'

'Ik heb laatst foto's van mezelf als kind zitten bekijken,' zegt Michael, 'en ik vroeg me af of iemand die me alleen als kind heeft gekend, me nu zou herkennen.' Hij lacht. 'Om eerlijk te zijn geloof ik niet dat ik heel erg ben veranderd.'

'Fysiek bedoel je?'

Hij knijpt in mijn bovenbeen.

'Het schijnt zo te zijn dat voor vrouwen de meeste veranderingen plaatsvinden tot ze van middelbare leeftijd zijn, terwijl dat voor een man juist tussen de middelbare leeftijd en echt oud zijn, is,' zegt hij.

Hij gaat rechtop zitten, pakt mijn gezicht tussen zijn handen en laat zijn vingertoppen over mijn jukbeenderen en slapen glijden – alsof hij een plastisch chirurg is die me bekijkt voor de volgende operatie.

'En dan hebben we het niet alleen over de huid, de botten in het gezicht veranderen ook. De oogkassen worden groter, de hoek van de onderkaak gaat omlaag en met de neuspunt gebeurt hetzelfde.'

'Goh, ik verheug me er nu al op,' zeg ik.

'De onderliggende vetlagen in je wangen verdwijnen en je oogleden zakken omlaag zodat je ogen kleiner lijken.' Hij grijnst. 'Je hebt nog een jaar of tien, denk ik.'

'Hé, niet zo brutaal jij!' zeg ik en ik grijp zijn hand en sla ermee op zijn wang. De laptop glijdt bijna van zijn schoot, maar we kunnen hem nog net opvangen.

'Je hebt je er echt in verdiept, hè?' vraag ik lachend.

'Gewoon een beetje googelen, dat is alles.'

'En al die dingen gebeuren eerder bij vrouwen dan bij mannen? Typisch. Wij trekken altijd aan het kortste eind.'

We bekijken het gezicht op het scherm nog eens. Het gezicht dat ik in de afgelopen weken zo goed heb leren kennen. En hoe meer ik het bestudeer, hoe meer het wordt wat het is: gewoon het gezicht van een meisje van tien dat in de camera kijkt, zoals haar ongetwijfeld is opgedragen. Een kind dat door de politiemolen gaat.

Maar dit was geen gewoon kind. Dit was een kind dat een monsterlijke misdaad had begaan.

Zou Sally McGowan anders zijn geworden als ze was opgegroeid in een liefdevol gezin, als ze niet was mishandeld door haar vader en getraumatiseerd was door haar opvoeding? Als je het opvoeding kunt noemen. Het klinkt of het meer neersabelen was. Ik vermoed dat we het antwoord op die vraag nooit zullen weten. Maar ze heeft het nooit opnieuw gedaan. Ondanks haar afgrijselijke verleden en haar afschuwelijke daad, hebben deskundigen erin geloofd dat ze kon veranderen en de gruwelijkheden van haar jeugd achter zich kon laten.

En nu, ergens, misschien in ons eigen dorp als Michaels bronnen het bij het rechte eind hebben, dreigt haar anonimiteit te worden doorbroken. Vanwege mensen zoals ik. En mensen zoals Michael, die zich, ondanks zijn veroordeling van mijn geroddel, zelf ook schuldig heeft gemaakt aan het aanwakkeren van allerlei soorten onware en op niets gebaseerde verhalen. Daar leeft hij tenslotte van.

Hij drukt op PLAY en de video gaat verder. We zien een foto van haar ouders, Jean en Kenny McGowan, hun gezichten blijven nogal vaag, maar de angst in Jeans ogen is onmiskenbaar. Net zoals de dreigende houding van Kenny terwijl hij op de fotograaf afstevent. Ik wed dat er na die foto een vervelende confrontatie heeft plaatsgevonden. Kenny's handen zijn enorm. Eén ervan is tot een vuist gebald. Een vuist die klaar lijkt om op iemand in te beuken.

'Híj had natuurlijk ook vervolgd moeten worden,' zeg ik. 'Hij heeft dan misschien Robbie Harris niet vermoord, maar hij heeft Sally voor het grootste deel van haar jonge leventje mishandelt. En alles wat ik heb gelezen wijst erop dat hij tegen de moeder ook gewelddadig was. Waarom hebben ze hém geloofd toen hij beweerde dat het Sally zélf was die die brandwonden en sneeën op haar huid had gemaakt? Het was algemeen bekend dat hij een agressieve zuiplap was.'

'Het was een andere tijd,' zegt Michael. 'Er werd niet openlijk gepraat over dat soort dingen. Misschien konden ze gewoon niet erkennen dat zoiets gebeurde.'

Ik denk aan wat Susan Marchant me vertelde over haar vader en er gaat een rilling door me heen. Zelfs als het misbruik ophoudt, laat het een leven lang sporen na. De herinneringen vervagen nooit. Ik zie haar gezicht voor me op het strand, de pijn in haar ogen. Er knaagt iets in mijn achterhoofd dat zich naar boven wringt. Stel dat ze doet wat die Peter van het filmpje deed en een stukje waarheid in een leugen inbedt? McGowan werd tenslotte ook mishandeld door haar vader. En zoals Maddie het zou zeggen: je vraagt het je toch af, hè?

De documentaire is afgelopen. Michael klapt zijn laptop dicht en staat op. Hij doet wat hij altijd doet als hij diep over iets nadenkt: hij duwt zijn tong tegen de huid onder zijn onderlip. Hij ziet er dommig uit zo, maar dat vertel ik hem niet want ik vind het eigenlijk wel schattig.

'Jezus, wat heb ik trek in een borrel,' zegt hij. 'Ik denk dat ik even iets ga halen.'

'Dat hoeft niet. Ik heb een fles rode wijn in de kast staan en volgens mij is er ook nog ergens cognac.'

'Waar ik echt zin in heb, is whisky,' zegt hij. 'De Co-op is toch tot tien uur open? Dan loop ik er even heen, het is toch vlakbij.'

Als de voordeur achter hem dichtgaat, ren ik naar boven, naar het raam van de slaapkamer, zonder daar het licht aan te doen. Michael is niet zo'n drinker. En sinds wanneer drinkt hij whisky? Ik weet zeker dat hij dat alleen maar zei omdat hij weet dat ik die niet in huis heb en een excuus te hebben even weg te gaan.

Ik kijk naar hem terwijl hij naar de winkel slentert. Als hij bij de lantaarn de straat oversteekt, haalt hij zijn telefoon uit zijn zak en aan de overkant heeft hij al iemand aan de lijn. Een van zijn bronnen, misschien? Hij wil niet dat ik het gesprek hoor omdat hij weet dat ik anderen heb verteld over het 'dorp zonder kroeg'. Hij vertrouwt me niet meer.

Ik laat het gordijn terugvallen. Ik kan het hem nauwelijks kwalijk nemen natuurlijk dat hij dingen geheim wil houden. Ik ga weer naar beneden en bel Liz. Ze moet toch thuis zijn nu. Ze zegt altijd dat ze een echte huismus is en er een hekel aan heeft om er 's avonds nog uit te gaan. Als ik haar kan overhalen om een goed woordje bij Sonia Martins te doen, krijgt Michael misschien, heel misschien, toch een interview. Ik moet proberen in ieder geval een deel van de schade die ik heb aangericht goed te maken.

# 30

Ik voel dat ze er is, voordat ik haar zie. Een aanwezigheid aan de voet van het bed. Een onweerstaanbare kracht die mijn ogen aantrekt als een magneet. Eerst is het gezicht vaag, vluchtig, als een impressionistisch portret. Dan wordt het beeld scherp en staat mijn hart stil. Het is Sally McGowan!

Ze gooit haar hoofd naar achteren en haar gezicht splijt open in een krijsende maniakale lach. Ik ben gehypnotiseerd door haar keel en het kleine roze stukje vlees dat daar trilt. Als haar armen zich naar me uitstrekken, zijn ze akelig wit. Maar haar handen niet. Er gaat een golf van misselijkheid door me heen. Haar handen zitten onder het bloed en ik weet, met een angstwekkende zekerheid, dat het Alfies bloed is.

Ze heeft mijn kleine jongen vermoord.

Als ik wakker schrik, zit ik rechtovereind in bed en schudt Michael aan mijn schouders.

'Het is maar een droom, Joey. Het is goed. Je bent veilig. Alles is goed. Ik ben er.'

Ik gooi het dekbed van me af. Mijn huid is koud en klam en mijn ledematen lijken verlamd. 'Alfie! Waar is Alfie?'

'Sst! Alfie ligt te slapen. Veilig in zijn bedje.'

'Heb je gekeken?'

'Nee, maar waar zou hij anders moeten zijn?'

Ik ben nu klaarwakker en hoewel ik weet dat het een nachtmerrie was – natuurlijk was het een nachtmerrie – hangt de angst nog als een deken om me heen. Ik moet het met eigen ogen zien.

Ik duw de deur van zijn slaapkamer open en daar ligt hij, opgekruld in zijn Star Wars-pyjama, zijn lippen op elkaar, zijn borstkas gaat op en neer. Ik buig me over hem heen en inhaleer zijn bekende kindergeur. Zijn vochtige haar krult tegen zijn wang. Ik strijk het zachtjes weg met mijn vingers en doe het achter zijn oor. Hij rimpelt zijn neus en maakt een paar smakgeluiden, maar slechts heel even. Ik heb hem niet wakker gemaakt. Ik blijf op de grond naast zijn bed zitten, ik wil nog even bij hem zijn en wil me nog niet van hem losmaken. Nee, het is geen kwestie van niet willen, ik kán het niet. Ik ben fysiek niet in staat om op te staan en de kamer uit te gaan. Alsof hij weer een pasgeboren baby'tje is en misschien ophoudt met ademen als ik er niet bij blijf om over hem te waken.

Michael verschijnt in de deuropening, helemaal naakt. Hij ziet eruit als een bronzen beeld, zo roerloos als hij daar staat.

'Kom mee, jij,' fluistert hij. 'Terug naar bed. Ik geef je een massage.'

'Ik heb in jaren niet meer zo'n akelige nachtmerrie gehad.'

'Sst,' zegt Michael, zijn adem warm in mijn nek omdat hij op zijn zij naast me ligt. Ik voel zijn warmte. Hij draait cirkeltjes op mijn schouderbladen met zijn vingers en laat ze dan langs mijn ruggengraat glijden. Zijn aanraking is vederlicht.

'Denk aan iets leuks,' zegt hij. Zijn stem klinkt zacht en een beetje schor. Zijn lippen raken mijn oor heel zacht. Er gaat een huivering door me heen. Flarden van de droom hangen nog in mijn hoofd, maar als zijn vingers hun reis over elke knobbel van mijn ruggengraat voortzetten, trekken de beelden langzaam weg en hebben we langzame, tedere seks die naadloos overgaat in iets snellers, begerigs. Ik herinner me niet eens dat ik van positie ben veranderd, maar opeens lig ik op mijn knieën met mijn linkerwang in het kussen gedrukt, met het gewicht van zijn handen op mijn heupen, zijn vingers graven zich in mijn vlees, ik voel de opwindende scherpte van zijn nagels.

Pas als we klaar zijn, merken we dat Alfie naast het bed staat, zijn pyjamabroek zit verdraaid en hij bekijkt ons verbaasd.

'Wat doen jullie, mammie?' vraagt hij.

Dat roept de herinnering in me op aan die keer toen ik ongeveer even oud was als hij nu en ik ook binnenliep in de slaapkamer van mijn ouders. Hoe overdreven vrolijk en verrast ze waren me te zien. Ma had knalrode wangen en papa droeg me terug naar bed. Daar bleef hij heel zachtjes een liedje voor me fluiten totdat ik sliep. Het is een bitterzoete herinnering, bitter door wat erna is gebeurd. Zou hij zijn andere kinderen ook zo in slaap hebben gefloten, vraag ik me af.

Later, als we Alfie hebben verteld dat we van plaats wilden wisselen en dat papa geen zin had om uit bed te stappen en dus gewoon over me heen klom en dat we het zo warm hadden dat we onze pyjama's hadden uitgetrokken, en Alfie, de onschuldige schat, die uitleg gelooft, een slokje water heeft genomen, een plas heeft gedaan en weer in bed ligt, barsten Michael en ik onder het dekbed in onderdrukt gegiechel uit en bijten we op onze vuisten om ons in te houden.

Maar nog later, als we gaan slapen – Michael op zijn rug, ik opgekruld aan zijn linkerkant met de punt van mijn kussen onder mijn schouder – komen de beelden uit mijn nachtmerrie weer terug, om me het grootste deel van de nacht te blijven belagen.

Ik word wakker van het klaterende geluid van de douche en het gemurmel van de radio. Michaels kant van het bed is al koud. *Michaels kant.* Hoe snel is het zíjn kant geworden, in mijn hoofd.

Ik rek me uitgebreid uit en geeuw luidruchtig. De kraan van de douche is inmiddels dicht en Michael komt de slaapkamer in met één handdoek om zijn heupen en een andere als een sjaal om zijn hals.

'Je klinkt als zo'n Star Wars-wookiee,' zegt hij en dan: 'Zijn dit de grootste handdoeken die je hebt?'

'Ja.' Ik buig me voorover en probeer zijn handdoekrokje weg te trekken, maar hij is te snel en grijpt me bij mijn polsen.

Eenmaal beneden voel ik me zo'n modern gezinnetje uit de reclame: donkere papa die thuis werkt, witte mama helemaal opgetut om naar haar werk te gaan en lichtbruine zoon die melk in zijn cornflakeskom giet. Zelfs de zon schijnt. De angst die de laatste dagen om me heen hing is niet helemaal weg, maar heeft zich teruggetrokken in een klein zwart kastje in mijn hoofd waarvan ik het deurtje stevig heb dichtgeslagen.

'Ik heb vanmorgen een paar bezichtigingen. Eentje vlak bij het huis van Liz, dus ik ben van plan erna even bij haar langs te gaan om te zien of ik het met haar over Sonia Martins kan hebben. Ik heb haar gisteravond weer geprobeerd te bellen toen jij even naar de Co-op was, maar ze was in gesprek.'

Michael knikt. 'Zal ik Alfie naar school brengen?'

'Jááá!' roep Alfie.

Ik glimlach. 'Hm, ik geloof dat ik wel aan dit leven kan wennen.'

Michael knipoogt. Die langzame, luie knipoog van hem. Ik vraag me af of hij wel weet wat dat met me doet. Fysiek. Ik wil niet dat hij ooit zo naar iemand anders knipoogt.

Ik probeer er niet aan te denken dat hij gisteren het huis uit ging en meteen iemand belde. Als ik wil dat dit werkt, zal ik hem moeten vertrouwen. En dat doe ik ook. Ik kan niet klagen dat hij me in het verleden heeft bedrogen, want dat heeft hij niet. We hadden een open relatie en dat hebben we samen besloten, al meteen bij de start. Het was zoals ik ma heb verteld, niemand heeft me gedwongen ermee in te stemmen en onze afspraken kwamen mij net zo goed uit als hem. Als een man je geen beloftes doet, kan hij ze ook niet verbreken.

Maar nu is het anders. Hij heeft tegen me gezegd dat het anders is en dat is het ook. Dat moet gewoon.

# 31

## DICHTE DEUREN EN STRENGE REGELS: HET LEVEN IN GREY WILLOW GRANGE

Door Susan Percy
Zondag 21 augustus 2016
*The Observer*

**Nu de twaalf jaar oude Carl Bargiel een veroordeling te wachten staat wegens een gewelddadige en niet-uitgelokte aanval op een leraar, vragen we ons af hoe het eraan toegaat binnen de muren van een gesloten instelling voor kinderen.**

Grey Willow Grange is een internaat, maar met een belangrijk verschil: de leerlingen mogen niet naar huis in de weekenden en de vakanties, in ieder geval niet totdat ze hun straf bijna hebben uitgezeten en de reclassering ervan is overtuigd dat ze niet langer een bedreiging voor de maatschappij vormen.

Dit is de plek waar Sally McGowan naartoe werd gestuurd nadat ze de vijfjarige Robbie Harris had vermoord. De plek waar andere beruchte jeugddelinquenten zijn opgesloten: kinderen over wie we hebben gehoord en kinderen van wie we het bestaan niet eens weten. Kinderen die gedood hebben of gemarteld. Kinderen, kortom, die de afgrijselijkste misdaden hebben begaan.

Winifred Quilter, criminoloog en directeur van de Malcolm J. Cottee Foundation, een organisatie die zich bezighoudt met de rehabilitatie van veroordeelde kinderen, legt uit dat kinderen

die gewelddadige delicten plegen, vrijwel altijd dezelfde reeks risicofactoren delen: laag opgeleide, werkeloze ouders, vaak verslaafd aan drank of drugs of lijdend aan diverse psychische problemen; gebroken gezinnen; slachtoffer van emotioneel en/of lichamelijk geweld of verwaarlozing; getuigen van huiselijk geweld en seksueel misbruik vanaf jonge leeftijd.
'Het zijn kinderen die de grenzen van acceptabel gedrag nooit hebben geleerd,' vertelt Quilter, 'en van wie de dysfunctionele ouders een onvoorspelbaar wisselende houding hebben ten aanzien van discipline, variërend van complete onverschilligheid tot de zwaarste lichamelijke straffen en geestelijke vernederingen.'
Nigel Gildersleeve, werkzaam bij Grey Willow Grange, beaamt dat. 'We moeten echt vanaf nul beginnen met deze kinderen. Ten eerste hebben ze vaak zo slecht gegeten dat ze vitaminetekorten hebben. Ze weten niet eens wat "aan tafel eten" of "bestek gebruiken" is. Ze hebben geen idee wat het betekent om iets "om de beurt" te doen. Ze kunnen zich niet verplaatsen in anderen, communiceren met een ander, omdat ze daar nooit voorbeelden van hebben gehad. Niemand heeft ooit empathie gehad voor hén, gecommuniceerd met hén. Ze zijn achteropgeraakt op school omdat leraren niets kunnen met hun destructieve gedrag. Als je deze kinderen wilt rehabiliteren, moet je eerst de schade die ze in alle jaren daarvoor hebben opgelopen proberen te repareren, voordat je zelfs maar een begín kunt maken met de vraag hoe het mogelijk is dat ze zo'n misdaad kunnen begaan. Harde straffen zijn niet het antwoord: daarmee wordt de gewelddadigheid die al in hen is ontkiemd slechts versterkt. Structuur en verzorging, is wat ze nodig hebben. *Though love* – liefdevolle grenzen. En ja, dat betekent soms beloningen voor goed gedrag.'
'Kinderhersens ontwikkelen en veranderen, vooral in de puberteit,' zegt psychiater Laviana Molyneux, die werkt met kinderen en adolescenten. 'Daarom kunnen we regelmatig duidelijke veranderingen in het gedrag van deze kinderen bewerkstelligen, waar-

door velen van hen uitgroeien tot verantwoordelijke, fatsoenlijke burgers.'

Er zijn natuurlijk altijd uitzonderingen: kinderen die zich ontwikkelen tot psychopaat en misdaden blijven plegen als volwassene.

'Maar het zou contraproductief zijn,' zegt Gildersleeve, 'om de methoden die we na jaren ervaring en onderzoek hebben ontwikkeld zomaar aan de kant te schuiven, louter omdat het publiek naar aanleiding van een paar uitzonderlijke gevallen roept om gerechtigheid en vergelding.'

## CREATIEVE THERAPIE EN TAFELTENNIS, JUKEBOXEN EN BILJART, TOCHTJES NAAR HET STRAND: DIT KRIJG JE ALS JE EEN KIND HEBT VERMOORD

Door Katie Hamlin
Zaterdag, 12 juni 1976
*Daily Express*

Foto's van Sally McGowan, lachend in het zwembad in haar detentiecentrum, hebben de woede opgewekt van de nog altijd rouwende familie van Robbie Harris, die zeven jaar geleden zo gewelddadig en wreed werd vermoord door McGowan.

'Mijn bloed kookt als ik haar zo zorgeloos plezier zie maken, terwijl mijn engeltje koud in zijn grafje ligt,' zegt Sylvia Harris in tranen in haar kleine woonkamer.

Volgens Deirdre MaSonia, voormalig kantinemedewerkster in Grey Willow, mogen de gedetineerden regelmatig spelletjes doen en televisiekijken. 'En het eten is veel beter dan mijn eigen kinderen op school krijgen,' zegt ze.

'Ze worden helemaal niet gestraft voor de afgrijselijke dingen die ze hebben gedaan,' vertelt ze verder. 'Het lijkt er eerder op dat ze van alles krijgen wat ze totaal niet verdienen. Sommige kinderen krijgen zelfs privéles en allerlei andere dingen die de meeste hardwerkende ouders zich niet eens kunnen veroorloven.'

Sylvia Harris kan alleen maar radeloos haar hoofd schudden.

'Waar is de gerechtigheid voor mijn kleine Robbie?' vraagt ze zich af.

Ik sta geparkeerd voor een flatgebouw aan de boulevard. Het heet, nogal fantasieloos, Sea Breeze Court, en ik moet twee cliënten nummer 33 laten zien, een appartement waarvan de eigenaar kortgeleden is overleden.

Artikelen zoeken over Sally McGowan is al een automatisme geworden. Vooral in situaties waarin ik ergens op moet wachten en niet veel anders te doen heb, typ ik haar naam in de zoekbalk om daarna naar beneden te scrollen totdat ik iets tegenkom wat ik nog niet heb gelezen.

Ik vraag me af wat Michael op dit moment uitspookt. Ik maak me af en toe zorgen over zijn methoden. Hoe hij dingen te weten komt. Ik ben niet zo naïef om te denken dat het allemaal precies volgens de regels gaat, ik hoop alleen dat het niet zo illegaal is dat hij in de problemen komt als iemand erachter zou komen. Ik heb eens een uitspraak van de een of andere Russische journalist gelezen dat de Britse roddelpers volgens hem effectiever personen kan traceren dan de KGB. Maar Michael doet het niet om Sally McGowans identiteit te onthullen – hij zou in de gevangenis belanden als hij het verbod daarop overtreedt. Hij wil alleen een boek over haar schrijven. Zichzelf als serieuze auteur op de kaart zetten. En tegelijkertijd ook wat geld verdienen, natuurlijk.

Ik durf er niet aan te denken wat de familie Harris daarvan zal vinden. De tragedie gebruiken voor zijn eigen gewin, zo zullen ze dat zien. Hun privéverdriet weer publiek bezit maken. En Sally McGowan is opnieuw het middelpunt van de aandacht, terwijl het eigenlijk Robbie Harris zou moeten zijn die we onthouden. De kleine Robbie Harris. Het jongetje dat zijn leven verloor.

Sea Breeze Court 33 is hokkerig en saai. De meubels van de vorige eigenaar komen waarschijnlijk uit een veel groter, chiquer huis. Ze zijn volkomen ongeschikt voor zo'n kleine flat als deze. Maar het uitzicht blijft doorslaggevend en het keurige balkonnetje met ruimte voor twee stoelen, een tafeltje en een paar potten met planten ook. Niet dat je ooit iemand op z'n balkon ziet zitten. Niet eens in de zomer. Of ík tenminste niet.

Ik doe de balkondeur open en zet een stap opzij zodat meneer en mevrouw Frankis naar buiten kunnen stappen als ze willen. Meneer Frankis doet keurig wat ik voorstel en buigt zich over de balustrade naar het gemaaide grasveld beneden.

'Mooie tuin,' zegt hij.

Mevrouw Frankis blijft staan waar ze staat. Ik weet zeker dat ze zich niet over zal laten halen om deze flat te kopen, wát meneer Frankis ook zegt. Dat staat duidelijk op haar gezicht te lezen.

'Zoals u ziet is het een perfect plekje om 's morgens koffie te drinken of een glas wijn bij zonsondergang.'

'Hoeveel vragen ze hiervoor?' vraagt ze terwijl ze eindelijk het balkon op stapt en naar het appartement ernaast tuurt; het huis dat is dichtgetimmerd. Het valt me nu pas op dat iemand de houten planken van de voordeur heeft gesloopt en een ruitje heeft ingeslagen. Waarschijnlijk een stelletje verveelde pubers die elkaar hebben uitgedaagd. Nou, dat doet de deur natuurlijk dicht voor haar. Ik weet het gewoon.

'Het staat te koop voor £350.000,' zeg ik. 'Er is veel interesse, dus ik denk dat het vrij snel verkocht is.'

Ze reageert niet, hoewel het genoeg zegt dat haar linker wenkbrauw omhooggaat. Ik verspil mijn tijd aan hen. Hoe sneller we de twee slaapkamers hebben gehad, hoe beter. Ik heb mijn volgende kijkers buiten al gezien. Met een beetje geluk zijn beide bezichtigingen over een minuut of tien achter de rug en kan ik snel even langs Liz voordat Dave zich afvraagt waar ik blijf.

Als meneer en mevrouw Frankis weg zijn, ga ik naar beneden om meneer en mevrouw Enright te ontvangen, of Steve en Fiona, zoals ze willen dat ik hen noem. Steve en Fiona vinden het een geweldige flat. Fiona is in staat door de zware mahoniehouten meubels en de oerlelijke gordijnen heen te kijken en iets cleans en straks voor zich te zien. De keuken moet eruit, zegt ze, maar voor de rest is het perfect. Ze leunen samen met hun ellebogen op de balustrade van het balkon en genieten van het uitzicht.

'Ik zie ons hier wel aan een gin-tonic zitten op een mooie zomeravond,' zegt Steve.

Goeie ouwe Steve. Hij doet mijn werk voor me.

Ze zijn zo enthousiast over de zee dat ze geen van tweeën het vervallen huis ernaast opmerken. Maar aan de andere kant doen ze wel irritant lang over de tweede slaapkamer. Ze blijven maar dooremmeren of ze daar nou een bed of een bedbank zullen neerzetten. Of misschien een futon? Het is een goed teken als mensen beginnen over hoe ze iets willen inrichten, alsof de flat al van hen is, maar ik ben er vandaag niet voor in de stemming.

Eindelijk vertrekken ze met de belofte om vóór het einde van de dag nog iets te laten weten. Ik kijk op mijn horloge. Als ik haast maak, heb ik net nog de tijd om langs Liz te gaan.

# 32

Deze keer kijk ik niet naar de ramen van de eerste verdieping, maar loop doelgericht het pad op en bel aan. Ik doe een stap terug en wacht, maar, net als eerder, doet ze niet open. De gordijnen in de voorkamer zijn nog steeds dicht en als ik door het glazen gedeelte van de deur kijk, zie ik, geloof ik, post op de mat liggen.

Er is iets mis. Ik voel het in mijn botten. Er gaat een huivering door me heen. Misschien is ze gevallen en heeft ze iets gebroken. Misschien kan ze niet bij de telefoon komen en ligt ze daar al dagen. Ze kan wel dood zijn!

Ik moet bij de huizen aan beide kanten aanbellen, haar buren. Misschien weten zíj waar ze is en kunnen ze me geruststellen. Maar net als ik me wil omdraaien om te gaan, zie ik dat het hek naar de achtertuin op een kier staat. Dat was dicht de laatste keer dat ik hier was. Dat weet ik zeker.

Ik loop erheen en wil het hek verder openduwen, maar het loopt vast op de tegels. Het is een oud hek: het hangt scheef in de scharnieren en is op verschillende plekken doorgerot. 'Hallo!' roep ik. 'Liz, ben je daar?'

Stilte.

Met één hand op de grendel, pak ik de zijkant van het hek beet en til het op. Nu zwaait het open. Ik roep nog een keer haar naam en loop het pad langs het huis op.

Geen reactie.

Haar tuin is diep, minstens dertig meter. Net zoals haar huis, is het een aparte tuin die bij haar persoonlijkheid past: creatief en eigenzinnig. Een beetje hippieachtig met windgongs en tuinboeddha's, heel veel terracotta potten en weelderige borders die half over het tuinpad hangen dat ertussendoor kronkelt. Geen gemaaid gazonnetje en keurige bloemperken voor Liz.

Er staat een gammele kruiwagen met zakken compost erin en een paar tuinhandschoenen erbovenop. Aan het einde van de tuin zie ik een schuurtje dat overwoekerd is met klimop. Daar zal ze wel aan het rondscharrelen zijn. Geen wonder dat ze me niet hoort.

Maar als ik naast het schuurtje sta, zie ik dat het op slot zit. Ik kijk om naar het huis. Ze moet even naar binnen zijn gegaan voor iets. Als ze nu uit het raam kijkt, schrikt ze zich natuurlijk rot omdat er iemand in haar tuin rondsluipt.

Snel loop ik terug naar het huis, waar ik hard op de achterdeur klop en haar naam roep. Waar zit ze in godsnaam?

Ik probeer de deurklink. De deur gaat open, dus steek ik mijn hoofd naar binnen en roep: 'Liz? Liz? Ben je er?'

Het huis voelt akelig stil, bijna alsof er niemand thuis is, maar dat kan niet kloppen. Ze gaat niet weg zonder de achterdeur op slot te doen en het hekje laat ze ook niet openstaan, lijkt me. Ze moet in de tuin bezig zijn geweest en toen naar binnen zijn gegaan omdat ze naar de wc moest. Daarom hoort ze me niet.

Ik kan niet zomaar het huis in gaan en naar boven lopen. Dat is ongepast. Ik wacht bij het hek totdat ze weer naar beneden komt. Ik wil haar niet laten schrikken, maar ik moet haar wel even spreken. Niet alleen over Sonia Martins, maar ook over de leesclub en of alles goed met haar is. Die e-mail van haar speelt nog steeds door mijn hoofd en de indruk die ze maakte toen ik haar laatst op straat zag ook. Zo verstrooid.

Er verstrijken een paar minuten en ze komt niet naar buiten. Misschien is ze dat voorlopig ook niet van plan. Misschien is ze met iets anders bezig en het geopende tuinhek en de kruiwagen vergeten. Ik loop terug naar de voordeur en bel opnieuw aan. Maar er doet nog steeds niemand open. Dit is belachelijk. Ik haal mijn telefoon tevoorschijn en bel haar en ik hoor haar telefoon binnen overgaan. Hij blijft eindeloos rinkelen en schakelt niet over op voicemail. Ik hang op en ga weer terug naar de achterkant van het huis.

Misschien had ik toch gelijk en ligt ze ergens binnen. Het huis kan best al dagenlang niet afgesloten zijn geweest, misschien heb ik alleen aangenomen dat het hek de laatste keer op slot zat, omdat het dicht was. Nu ik er goed over nadenk, heb ik misschien niet eens naar het hek gekéken.

In de keuken raak ik de waterkoker aan. IJskoud. Ik loop door naar de gang en de openstaande deur van de eetkamer, waar we kortgeleden nog gezellig aan de wijn zaten.

Opeens word ik overvallen door een onheilspellend gevoel; het was hier dat ik het gerucht over Sally McGowan vertelde. Er zoemt een akelige gedachte als een bromvlieg door mijn hoofd. Ik wil hem wegslaan maar hij blijft terugkomen. Ik roep Liz weer, maar krijg opnieuw geen antwoord, dus loop ik naar de woonkamer waar ik eerder aan voorbij ben gelopen. Maar die blijkt ook verlaten.

Ik sta aan de voet van de trap en kijk omhoog. 'Liz, ben je boven? Ik ben het, Joanna!'

Ik hoor niemand rondscharrelen. De trap kraakt als ik naar boven loop, voorzichtig, behoedzaam. Zonlicht stroomt door de ruit van de voordeur en de trapspijlen maken strepen op het glas van de zwart-witfoto's aan de muur.

De stilte is benauwend en ik tril van de zenuwen. Ik hoor niet zo rond te lopen in Liz' huis. Ik ken haar nauwelijks, amper eigenlijk. Misschien kan ik beter weggaan en de politie bellen? Ja, dat kan ik beter doen. Maar mijn voeten lopen door naar boven. Waarom? Wat verwacht ik daar te vinden?

Boven op de overloop ben ik er helemaal van overtuigd dat er iets is gebeurd. Ik ben nooit eerder in een van de slaapkamers geweest, omdat de deuren altijd dicht zijn als ik naar de wc moet op een leesclubavond. Nu zijn ze ook dicht. Ik doe ze een voor een open en zet me steeds schrap voor wat ik er misschien zal aantreffen. Liz gewond op de vloer. Bewusteloos. Misschien wel…

De badkamer is leeg en de twee slaapkamers aan de voorkant van het huis ook. Mijn spieren spannen zich. Er is nu nog maar één plek waar ze kan zijn. De slaapkamer aan de achterkant.

Met ingehouden adem druk ik de klink omlaag en duw de deur open. Mijn ogen vliegen door de kamer. Het is geen slaapkamer, het is een atelier. Er staan enkele schilderijen die nog niet af zijn tegen de muur, een oude eiken tafel die ze blijkbaar als bureau gebruikt, die vol staat met potjes met pennen en potloden, grote kokers met kwasten en penselen en scharen in alle soorten en maten, geordend naar grootte met een bol kleefgum op de punt. Verder liggen er stapels kranten, knipsels en kopietjes van artikelen en zijn zowel de tafel als de vloer eronder bezaaid met snippers en repen papier.

Ik laat me tegen de deurpost aan zakken. Dit is geen aflevering van *Midsummer Murders* en Liz ligt niet in een plas bloed op de vloer. Ze hangt ook niet aan een hanenbalk te bungelen. Ze is gewoon even snel een boodschap doen of iets dergelijks en vergeten de achterdeur en het tuinhek af te sluiten. Ze is kunstenares tenslotte, een creatieve geest, en dat soort mensen zijn vaak verstrooid. Ik moet bijna lachen om mezelf.

En dan besef ik dat ik hier weg moet! En snel! Ik schaam me dood als ze thuiskomt en ze mij in haar atelier aantreft. Zou ze me geloven als ik zeg dat ik bang was dat ze ergens lag, gewond of erger?

Ik sta op het punt me om te draaien als mijn aandacht wordt getrokken door een ongewoon schilderij tegen de wand. Het is heel anders dan haar andere werk, een onafgemaakt zelfportret. Het is absoluut geen vleiend portret van haar, ze is er eerder lelijk op. Ik moet er wel naar kijken, naar deze wrede, eerlijke afbeelding van een Liz zoals ik haar niet ken, maar die ik er toch meteen in herken, zelfs in dit ruwe beginstadium. Er is iets vreemds aan. Het ziet eruit alsof het niet geschilderd is, maar op een andere manier is gemaakt.

Ik doe er een stap naartoe en zie dat ik gelijk heb. Natuurlijk. Vandaar al die snippers op de vloer. Het is uit kleine stukjes papier gemaakt, witte en zwarte. De zwarte stukken zijn voor de donkere delen van haar gezicht, de kringen onder haar ogen, de pupillen, de neusgaten en de ingevallen wangen. Wat een arbeidsintensief proces! Het moet haar al ik weet niet hoelang hebben gekost om zover te komen.

Dan blijven mijn ogen hangen bij de kop van de krantenknipsels op de tafel en slaat de schrik me plotseling om het hart. "'Ik herinner me al het bloed nog goed,' zegt Margaret Cole, buurmeisje en vriendinnetje van kindermoordenaar Sally McGowan." Het is het artikel dat ik online heb gelezen, van de *Daily Mail*, van 3 augustus 1999. Het is op een A4'tje geprint vanaf het internet en middenin, waar de foto van Sally McGowans gezicht stond, zit nu een gat.

Het bloed bonkt in mijn oren. Zijn die snippers papier waaruit Liz' gezicht bestaat wat ik denk? Zijn ze uit foto's van Sally McGowans gezicht geknipt?

De vloer achter me kraakt en ik draai me met een ruk om.

Liz staat in de deuropening met een vleesmes in haar hand.

# 33

Het mes klettert op de vloer.

Liz staart me aan. 'Joanna!' zegt ze. 'Wat doe je in mijn huis?'

Ik open mijn mond om het uit te leggen, maar ik kan alleen maar denken aan het zelfportret achter me en hoe het is gemaakt. Ik slik, mijn ogen strak gericht op het mes op de vloer.

'Ik dacht dat je een inbreker was,' zegt ze terwijl ze bukt om het op te rapen.

Mijn hele lichaam verstijft.

'Ik dacht dat er iemand had ingebroken.'

'Ik probeer je al dagen te bellen,' zeg ik. 'Ik heb je e-mails gestuurd. Ik maakte me ongerust over je, dus kwam ik langs en...'

Ze knijpt haar ogen tot spleetjes en kijkt me aan, het mes losjes in haar hand.

'Je deed niet open, dus ben ik achterlangs gegaan. Het hek stond open. Ik heb je geroepen. Je was niet in de tuin en het schuurtje zat op slot. En de achterdeur was open. Ik dacht dat je misschien... dat je misschien ergens in elkaar was gezakt of zoiets.'

Haar schouders gaan omlaag als ze diep uitademt.

'O jee, ik was achter het schuurtje onkruid aan het wieden.' Ze raakt haar oorlel aan met haar vingertoppen. 'En ik heb mijn gehoorapparaat niet in.'

'Ik wist niet dat je doof was?'

Ze fronst haar voorhoofd. 'Ik ben niet dóóf, alleen een beetje slechthorend. Kom,' zegt ze. Ze keert zich om en loopt de kamer uit. 'Dan zet ik koffie. We mogen van geluk spreken dat we elkaar geen hartaanval hebben bezorgd.'

Ik loop achter haar aan naar beneden. Waarom zegt ze niets over het zelfportret? Ze moet weten dat ik het heb gezien. Ik stond er zowat met mijn neus bovenop toen ze binnenkwam. En ze moet ook weten dat ik die knipsels op de tafel heb gezien.

De gedachten razen door mijn hoofd. Betekent dit wat ik denk dat het betekent? Is Liz Blackthorne Sally McGowan? Waarom zou ze anders een zelfportret maken van de foto van een kindermoordenaar? Is het Liz die me die enge tweets heeft gestuurd? Heeft zij de klassenfoto bewerkt?

Mijn knieën voelen week. Ik zoek steun bij de leuning, mijn handpalm is klam, hij plakt, en ik concentreer me op het stevig neerzetten van mijn voeten. Mijn ogen gaan naar de zwart-witfoto's aan de muur en het lijkt of ik ze nu pas voor het eerst zie. Er is er een van een gedrongen man in een gestreepte schort voor een slagerswinkel, hij staat wijdbeens met zijn armen over elkaar geslagen. En een klein meisje in een katoenen jurkje met een gebreid vestje eroverheen, achter een poppenwagen in een armoedige straat.

Mijn maag krampt samen. Er zijn foto's van kinderen die op een stoeprand hurken of op een uitgebrande auto klimmen. Een andere van daken, een hele zee, dicht op elkaar, die allemaal de lucht in priemen, met in de verte enorme, rook uitbrakende fabrieksschoorstenen. Een groepje kinderen bij een dichtgetimmerd huis.

Dezelfde sfeer als in de documentaire die Michael en ik hebben gezien. Waarom zijn deze me niet eerder opgevallen?

Liz staat nu onderaan de trap en ik loop maar een paar treden achter haar. Als ze zich nu omdraait en me aanvalt met dat mes, maak ik geen schijn van kans. Ze loopt naar de keuken.

Ik kan de voordeur opendoen en vertrekken. Zeggen dat ik me net bedenk dat ik nu ergens heen moet. Dat ik haar later wel bel. Maar ik doe het niet. Ik loop achter haar aan de keuken in en kijk toe terwijl ze een la opentrekt, het mes erin laat vallen en de la weer dichtduwt.

Ik adem uit.

Ze zet de waterkoker aan en haalt het deksel van een cafetière. Ze trekt de la weer open. Ik doe een stap naar achteren, maar ze pakt er alleen een lepel uit, waarmee ze drie flinke lepels koffie in de kan schept. Dan pakt ze twee mokken van de plank boven het aanrecht.

Dit is Liz! Liz van de leesclub! Slimme, grappige Liz, met haar liefde voor boeken, kunst en discussiëren. Dit is Sally McGowan niet. Dat kan niet. Maar toch... Ik weet dat er straks iets komt. Dit gedoe met de koffie is een inleiding. Ik merk het aan de manier waarop ze beweegt. Langzaam. Welbewust. Ze rekt tijd. Bereidt zich voor.

Ze zet de cafetière en de twee mokken op een blad. 'Wil je melk en suiker?'

'Alleen melk, graag.'

Ze is bijna bij de koelkast, als ze verstijft. 'O!' Ze trekt een verontschuldigend gezicht. 'Ik geloof niet dat ik melk heb. Sorry.'

'Geen punt. Dan drink ik het zwart.'

'Weet je het zeker?'

'Ja, hoor.'

'Ik heb mezelf toen ik op de academie zat, aangeleerd zwarte koffie te drinken,' zegt ze. Haar stem klinkt warm en vriendelijk, alsof dit zomaar een dag is en we gewoon twee vriendinnen zijn die koffiedrinken.

Ik probeer mezelf voor te houden dat dit ook zomaar een dag *ís* en dat we ook twee vriendinnen *zíjn* die koffiedrinken. Als ik dat onrustbarende zelfportret en die krantenknipsels over Sally McGowan niet had gevonden...

'Dat hoorde erbij,' gaat ze verder. 'Plus enorme hoeveelheden rode wijn en van het ene in het andere bed belanden.' Ze glimlacht en geeft me het blad in handen. 'Als jij vast naar de eetkamer gaat, kom ik zo met de cake.'

Ik draai me om en voel haar blik in mijn rug. Waarom ben ik hier nog? Ik moet terug naar mijn werk. Dave zal zich afvragen waar ik blijf.

Als ik het blad op de tafel in de eetkamer heb gezet, haal ik mijn telefoon tevoorschijn en bel naar kantoor. 'Sorry, Dave, ik ben opgehouden in Sea Breeze Court. Ik denk dat ik over een minuut of twintig terug kan zijn.'

'Maak je niet druk,' zegt Dave, 'Het is lekker rustig vanmorgen. Tot straks.'

Terwijl ik wacht tot Liz met de cake binnenkomt, bekijk ik de schilderijen aan de wand. Haar schilderijen. Ze zijn fel en abstract. Caleidoscopische wervelingen van kleuren en vormen. Wat het realistische van het zelfportret boven nog frappanter maakt.

'Er zijn mensen die niets begrijpen van mijn werk.'

Ik heb haar niet horen binnenkomen. Ze staat naast me. Zó dichtbij dat onze schouders elkaar bijna raken.

'Ik weet maar weinig van kunst,' zeg ik, bezorgd dat ze mijn hart zal horen bonken. Het rare is dat ik niet weet of ik nou echt bang ben voor háár of dat het gewoon een verhoogd bewustzijn is dat ik bang hóór te zijn en dat dat fysiek hetzelfde voelt. Het voelt alsof ik in een film zit. Alsof dit allemaal niet echt gebeurt. Maar dat is wel zo. Het gebeurt echt! 'Maar deze fascineren me. Ik heb geen idee wat je ermee bedoelt, maar ik vind ze boeiend.'

'Dat is nou precies waarom ik mijn werk geen titels geef,' zegt ze. 'Als je de titel van een schilderij leest, worden je gedachten al meteen in een bepaalde richting gestuurd en ik heb liever dat mensen er hun eigen gedachten over hebben.'

Ze drukt de plunjer van de cafetière langzaam omlaag. 'Maar ik geef ze wel een eigen titel. Een persoonlijke titel.'

Wat, vraag ik me af, is haar persoonlijke titel voor het nog onvoltooide zelfportret boven? Zou ze me dat vertellen? Zou ze er überhaupt iets over willen zeggen? We kunnen hier niet alleen maar koffiedrinken met een plakje cake erbij en om de hete brij heen blijven draaien.

Ik waag het erop. 'Je hebt wel gehoord wat er is gebeurd bij Stones & Crones, neem ik aan?'

Liz neemt een hap cake en een slok koffie. 'Ja. Walgelijk. Die arme Sonia.'

Ik schuif heen en weer op mijn stoel. Houdt ze mij verantwoordelijk voor wat haar vriendin is overkomen? Ik wil haar vertellen dat het hoogstwaarschijnlijk Maddies vriendin Anne Wilson is geweest die die foto heeft opgehangen, maar dan lijkt het natuurlijk alsof ik de schuld op háár wil schuiven, terwijl Maddie het gerucht niet zou hebben gehoord, als ik het niet naar buiten had gebracht.

En hoe weet ik dat Maddie de waarheid vertelt? Misschien haat Maddie Anne Wilson om een totaal andere reden. Misschien flirt Anne met de man van Maddie en is Maddie de wraaklustige. Hoe goed ken ik haar tenslotte? Hoe goed kennen we überhaupt iemand?

Had ik mijn mond maar gehouden op de leesclub. Had ik Cathy en Debbie maar niet verteld wat Michael had gezegd over 'een dorp met niet eens een kroeg', dan had Cathy me tijdens de bijeenkomst van de oppaskring niet voor het blok kunnen zetten om het te vertellen en was dit allemaal niet gebeurd. Zonder verse roddels was het gerucht allang uitgedoofd.

'Michael en ik hebben geprobeerd haar te helpen,' zeg ik.

Liz' ogen sperren open. 'Michael?'

'Ja, mijn partner, de vader van Alfie. Hij woont nu ook in Flinstead. Bij Alfie en mij.'

Liz zit doodstil. 'Hoe denkt hij haar te kunnen helpen?'

'Door een artikel te publiceren over valse beschuldigingen en daarin duidelijk te maken dat ze McGowan níét is.'

'Bedoel je dat hij journalist is?'

'Ja.'

Liz perst haar lippen op elkaar en verstart. Iets in haar houding verandert. Ik heb een raar gevoel in mijn maag.

'We vroegen ons af of jij… misschien met Sonia zou kunnen praten. Haar duidelijk kunt maken dat het zinvol is om haar verhaal aan Michael te doen. Ze werd woedend toen ze begreep dat Michael journalist is en dat neem ik haar zeker niet kwalijk, maar Michael zegt dat het alleen maar erger zal worden voor haar als ze er niets aan doet. Er zijn zelfs gevallen bekend van mensen die op basis van valse geruchten hun huis zijn uitgejaagd.'

'Dat weet ik.' Haar stem is afgemeten. Ze kijkt me niet aan.

Ik wil tegen haar zeggen dat ik me rot voel omdat ik dat gerucht heb doorverteld. Ik wil tegen haar zeggen dat ik dat maar één keer heb gedaan. Op de leesclub. Maar ik ken mezelf en weet dat ik knalrood zal worden als ik dat zeg. Mijn gezicht verraadt me altijd als ik lieg en dan ziet ze dat ik me schuldig voel. Ik kan maar beter niets zeggen. Anders werk ik me alleen maar verder in de nesten. En bovendien brandt er een andere vraag in mijn hoofd.

De vraag die ik haar niet durf te stellen.

# 34

'Je moet iets over me weten,' zegt Liz.

Ik zet me schrap. Nu komt het. Ze gaat me vertellen wie ze is. Onze ogen ontmoeten elkaar even, maar dan kijken we allebei weer omlaag naar onze koffies. Deels wil ik eigenlijk helemaal niet horen wat ze gaat zeggen. Ik wil weg. Van haar. Uit dit huis. Terug naar Dave, naar kantoor. Terug naar normaliteit. Maar ik weet dat ik blijf. Ik moet de waarheid weten. Niet alleen om Michael en zijn boek – mijn god, wat zou hij er niet voor over hebben om nu hier te zijn! – maar omdat ik nieuwsgierig ben. Ik móét het weten.

'Ik ben niet zoals de meeste mensen,' zegt Liz. 'Ik hou ervan alleen te zijn. Dat is de enige manier waarop ik kan werken.' Ze schuift haar mok weg en leunt met haar armen op de tafel. 'Het is niet dat ik geen andere mensen wíl zien. Dat wil ik wel. Maar alleen als mijn hoofd daarnaar staat. Als ik eraan toe ben. Het klinkt pretentieus om te zeggen dat dat komt omdat ik kunstenaar ben, maar...' haar mond vertrekt in een vreemd lachje, '...het komt omdat ik kunstenaar ben.'

Ik wacht zwijgend af. Ik heb het gevoel dat ik de sfeer verpest als ik nu iets zeg en dat ze dan niet verdergaat met haar bekentenis. Als het dat is.

'Als ik bezig ben aan een project, neemt het me totaal in beslag,' zegt ze. 'Dan is niets anders belangrijk. Niets. De normale sociale gebeurtenissen niet, zoals de leesclub.' Ze wijst op haar slonzige haar en glimlacht. 'Persoonlijke verzorging niet. Het wordt allemaal onbelangrijk. Vanmorgen is de eerste keer dat ik iets anders heb gedaan. Ik moest frisse lucht hebben, iets fysieks doen. En ik vergeet altijd mijn achterdeur op slot te doen.'

Ze neemt een slok koffie. 'Het is fijn te weten dat je je ongerust over me maakte, Jo,' zegt ze. 'En sorry dat ik je heb laten schrikken met dat mes.'

Ik dwing mezelf tot een glimlachje en knik. Wanneer begint ze nou over dat portret? Het is toch niet zo dat ze het hierbij laat?

'Ik zal met Sonia praten,' belooft ze. 'Maar ik betwijfel of ze een interview met Michael zal willen. Ze is erg op zichzelf. Net zoals ik.' Haar ogen vernauwen zich. 'Soms is het beter om niets te doen. De mensen zullen er gauw genoeg van hebben, als ze zien dat ze gewoon doorgaat met haar leven en weigert zich op de kast te laten jagen. Een artikel in de krant pookt alles juist weer op, vrees ik. Volgens mij kan ze beter doen alsof er niets is gebeurd.'

Ik kan mijn mond niet langer dichthouden. Ik moet haar iets vragen over het portret.

'Het project waar je op dit moment aan werkt...' begin ik. De woorden blijven tussen ons in de lucht hangen.

Liz kijkt me scherp aan.

'Is dat het zelfportret dat ik in je atelier zag?'

Ze gaat rechtop zitten. 'Ik praat nooit over dingen waar ik aan werk. Pas als ze af zijn,' zegt ze terwijl ze onze bordjes en mokken opstapelt en daarmee duidelijk maakt dat het gesprek ten einde is. Of dit onderwerp in ieder geval.

'Mag ik je nog iets vragen voor ik ga?'

Ik bevind me op verboden terrein. Ik heb geen idee waar ik in vredesnaam mee bezig ben, maar nu ik erover ben begonnen, kan ik het niet hierbij laten.

Liz leunt naar achteren op haar stoel en neemt me aandachtig op. Ze knippert een paar keer met haar ogen.

'Ik heb gezien waaruit je die snippers knipt,' zeg ik. 'Ik weet waar die artikelen over gaan.' Mijn adem stokt in mijn keel en de woorden komen bijna onhoorbaar uit mijn mond. 'Je bent... Je bent háár toch niet, hè?'

Er speelt een klein lachje om Liz' mondhoeken. Ik kan niet geloven dat ik dat echt heb gezegd. Ik kan niet geloven dat ik Liz van de leesclub heb gevraagd of ze Sally McGowan is! Ik bal mijn vuisten tussen mijn bovenbenen.

'Heb je ooit het schilderij *Myra* gezien, van Marcus Harvey?' vraagt ze.

'Nee, maar ik herinner me vaag dat ik er wel iets over heb gelezen. Had iemand er geen verf overheen gegooid?'

'Ja, het is beschadigd. Het heeft een enorme controverse veroorzaakt toen het in de Royal Academy hing. Niet alleen vanwege het onderwerp, maar omdat het was gemaakt door middel van gipsafdrukken van een kinderhandje. Veel mensen vonden het een schande. De families van de slachtoffertjes wilden dat het werd weggehaald omdat het hun gevoelens kwetste. Zelfs Myra Hindley zélf wilde dat het werd weggehaald, maar dat is niet gebeurd. Het heeft er de hele expositie gehangen en dat is naar mijn mening terecht. Kunst hoort uit te dagen, emoties op te roepen en ons aan het denken zetten. Toen jij vertelde over dat gerucht, was ik geïnteresseerd in hoe verschillend iedereen reageerde. Ik begon na te denken over de rechtszaak. Ik kon niet ophouden erover na te denken. En dan weet ik dat een idee iets waard is, als het me niet loslaat.'

'Maar... maar waarom is het een zélfportret?'

'Weet je nog wat Nietzsche zei?' vraagt Liz. 'Wie met monsters vecht, moet oppassen niet zelf in een monster te veranderen, en als je lang in een afgrond kijkt, opent de afgrond zich ook in jou.'

Ze kijkt me strak aan en hoewel ik mijn ogen wil afwenden, kan ik dat niet.

'Elke ziel heeft zijn duistere kant,' zegt ze. 'Daar gaat mijn portret over. Onder bepaalde omstandigheden zijn we allemaal in staat tot gruwelijke gedachten of gruwelijke daden. Ik ben kunstenares, Jo. Dit is wat ik doe.'

'Ik wilde je niet beschuldigen, ik...'

'Je hebt me niet beschuldigd. Je hebt een vraag gesteld.'

'Dat is hetzelfde, toch?'

Ze zet haar ellebogen op tafel en vouwt haar handen onder haar kin. Haar ogen staan fel. 'En als ik nou "ja" had gezegd?' vraagt ze.

Ik lach, maar het klinkt meer als een soort zielig gejammer.

Pas als ik de voordeur uit ben en over het tuinpad naar mijn auto loop, besef ik dat ze niet echt 'nee' heeft gezegd.

# 35

Als ik terugkom op kantoor, is Dave met een cliënt bezig. Ik schuif achter mijn bureau, zet mijn pc aan en dompel me onder in routinewerkjes. Het afgelopen halfuur wil ik zo snel mogelijk uit mijn hoofd zetten.

Geloof ik wat Liz me net vertelde? Gaat haar portret daar werkelijk over? Een verkenning van het monster in ons allen? Het klinkt geloofwaardig. Kunstenaars raken geobsedeerd door bepaalde onderwerpen. Ik heb eens een programma gezien op BBC 4, *Wat doen kunstenaars de hele dag?*, dat een fascinerend inkijkje gaf in het creatieve proces. Maar de manier waarop ze reageerde toen ik zei dat Michael journalist is, dat heb ik me niet ingebeeld. Dat weet ik zeker. Toen veranderde er iets in haar houding.

Als de cliënt weg is, leunt Dave naar achteren op zijn stoel en vlecht zijn handen in elkaar achter zijn hoofd.

'Steve Enright heeft gebeld. Ik denk dat ze een bod gaan uitbrengen op Sea Breeze Court, maar ze willen het graag nog een keer zien. Ik heb een afspraak gemaakt voor twee uur vanmiddag. Is dat goed?'

Ik moet echt ophouden met piekeren over Liz en me op iets anders richten. Ik zie vlekken in Daves overhemd, onder zijn oksels, zijn die van deodorant of zijn het oude zweetplekken? Jezus, kan ik me niet op iets smakelijkers richten?

'Prima,' zeg ik en ik noteer het in mijn agenda. 'Hebben de andere kijkers nog iets laten horen?'

'Ja, mevrouw Frankis maakt zich zorgen over het pand ernaast.

Je weet wel, dat al zo lang leegstaat. Ze is bang dat het krakers zal aantrekken.'

'Om eerlijk te zijn verbaast het me dat die er nog niet in zitten. Ik zag dat iemand al heeft geprobeerd binnen te komen.'

'Ja, ik ben al een tijdje van plan om contact op te nemen met de gemeente en te vragen hoe het zit met dat huis. Misschien kan er een verplichte aankooporder worden afgeven, zodat het verkocht kan worden zonder toestemming van de eigenaar. O ja, tussen twee haakjes, die vrouw is nog langsgekomen. Die laatst om een baan vroeg.'

'Kay?'

'Iets over een feestje en hoe dat was gegaan. Of het kostuum een succes was...'

Shit. Ik was van plan bij haar langs te gaan om haar te vertellen hoe goed het allemaal was gegaan en haar nogmaals te bedanken. Maar ik ben zo bezig met andere dingen dat ik het ben vergeten. En ze heeft zoveel moeite voor ons gedaan. Het minste wat ik kan doen is een bedankkaartje en een doos chocola voor haar kopen of iets dergelijks.

De uren daarna kruipen niet voorbij, het lijkt of de tijd stilstaat. Het wordt steeds lastiger de gebeurtenissen van die ochtend achter het scherm te houden dat ik heb opgetrokken in mijn hoofd. Ze priemen er steeds doorheen, met kleine, hardnekkige steekjes die ik niet kan buitensluiten, hoe hard ik dat ook probeer.

Daves vrouw Carol komt om halftwee langs met een doos chocoladesoesjes.

'Ik dacht dat jullie twee wel iets lekkers konden gebruiken,' zegt ze.

Ze komt heel vaak langs. Dave zegt dat ze doodsbang is dat hij er met een ander vandoor gaat en sinds hij haar heeft verteld dat Alfie en ik alleen wonen, lijkt ze altijd op weg naar de kapper of de tandarts even langs te wippen of tijd over te hebben voor een afspraak met een vriendin. Misschien wordt ze wat relaxter, nu ik

Dave heb verteld dat Michael bij me intrekt. Áls hij het haar vertelt. Ik vermoed dat hij het stiekem fantastisch vindt dat hij de focus is van haar misplaatste jaloezie. En chocoladesoesjes zijn altijd welkom natuurlijk.

Ik laat mijn tanden in de chocola zinken en geniet van de verse slagroom op mijn tong. Carol Pegton zit aan het bureau van haar man en leunt helemaal naar hem over terwijl ze op gedempte toon een privégesprekje met hem voert. Dat doet ze vaak. Een van de manieren om haar territorium te markeren en meestal let ik er niet op, maar vandaag hoor ik haar 'Stones & Crones' zeggen en vlak daarna 'politie', dus ik spits mijn oren.

'Ze zijn al ik weet niet hoelang in haar winkel,' zegt ze.

Ik doe net of ik druk bezig ben op de computer, maar in werkelijkheid beweeg ik de cursor alleen maar wat heen en weer en luister ik naar wat ze zeggen.

'Ik kan niet geloven dat ze die kindermoordenaar is, jij? Maar aan de andere kant, wat weten wij er nou van?'

Ze praat nu op normale toon, haar verdenkingen over wat Dave en ik uitvoeren als ze niet in de buurt is, heeft ze even laten varen, nu ze opgaat in het laatste nieuws uit het dorp. Ik denk aan wat Liz eerder vandaag zei; dat de mensen er wel genoeg van zouden krijgen als ze zagen dat Sonia Martins zich niet op de kast liet jagen en gewoon doorging met haar leven. Dat is op dit moment in ieder geval niet zo.

Dave slaakt een zucht. 'Ik hoop van niet, want anders worden we belaagd door de pers en allerlei ramptoeristen.'

'Misschien heeft ze zelf de politie wel gebeld,' zeg ik. 'Om een klacht in te dienen over de valse beschuldiging.'

Carol draait zich met een ruk naar me om. 'Maar het maakt geen goede indruk, hè? De politie in de winkel en iedereen die het ziet. De mensen zullen hun eigen conclusies trekken. Ik geloof niet dat het haar winkel goed zal doen...'

'Je weet het nooit, het kan de loop juist verbeteren.'

Carol kijkt me niet-begrijpend aan.

'Ze bedoelt dat er misschien juist meer mensen de winkel binnengaan om haar te zien.'

'En een setje geneeskrachtige stenen aanschaffen als ze er toch zijn,' grap ik.

Dave grinnikt, maar Carol tuit haar lippen.

'Wat ik me afvraag is hoe jij weet dat het een valse beschuldiging is?'

Opgelucht dat het bijna tijd is om naar mijn bezichtigingsafspraak te vertrekken, sta ik op en trek mijn jas aan. 'Als er iets wáár was van dat gerucht, was ze hier allang weg. Dan hadden ze haar overgeplaatst naar een andere plek, want hier is ze dan niet veilig meer.' Ik hang mijn tas over mijn schouder. 'Oké, ik ga even een flatje verkopen.'

'En zeg maar niks over de kindermoordenaar die we hier misschien in ons midden hebben,' zegt Dave droogjes.

Carol werpt hem een boze blik toe.

Mijn auto staat met de neus naar de zee geparkeerd, wat betekent dat ik langs Stones & Crones moet rijden. Er staat inderdaad een politieauto, een paar deuren bij de winkel vandaan, aan de linkerkant van de straat, maar hoewel er niemand achter me zit en ik vrij langzaam rijd, kan ik niet zien wat er binnen gebeurt omdat het raam nog steeds is dichtgetimmerd.

Maar Kay zie ik wél. Ze wacht een stukje verderop tussen twee geparkeerde auto's om de straat over te steken. Ik stop en gebaar dat ze door kan lopen, maar ze ziet me niet. Haar ogen zijn strak op Stones & Crones gericht. Dan ziet ze me opeens door de autoruit, maakt een verschrikt gebaar en steekt haar hand groetend op.

Er staat intussen een busje achter me en ik moet doorrijden. Als ik een blik in mijn achteruitkijkspiegel werp, zie ik haar staan staren naar de politieauto. Haar gezicht is nietszeggend. Onbewogen. Als een masker.

# 36

'Het is zo anders dan haar andere schilderijen. Daarom viel het me op.'

Michael giet olie in de koekenpan en begint de uien te bruinen. Hij heeft nog niets gezegd, maar luistert aandachtig. Hij is bezig curry te maken. Het is heerlijk als er voor je wordt gekookt, om 's avonds een behoorlijke maaltijd te krijgen in plaats van om vijf uur samen met Alfie te eten, zoals ik gewend was. Het verandert alles, een andere volwassene in huis. Vooral als dat er een is die van koken houdt.

'Ik kon het niet geloven toen ik zag dat het uit papiersnippers was opgebouwd. En toen ik zag waar die snippers vandaan kwamen...'

Michael snijdt een knoflookteentje klein en gooit de stukjes bij de uien in de pan.

'Hoe reageerde ze toen je haar vroeg of ze Sally McGowan was?'

'Kalm.'

Ik vertel hem wat ze zei over het portret van Myra Hindley en hij knikt.

'Dat herinner ik me nog uit mijn tienertijd,' zegt hij.

'Ze zei iets over de duisternis die in iedereens ziel zit en dat we allemaal in staat zijn tot slechte dingen. Dat is het idee achter dat portret, de boodschap die ze probeert over te brengen.'

Michael draait het schoteltje met kruiden om boven de pan en de keuken vult zich met een heerlijk aroma. 'Ik weet niet zeker of we allemaal in staat zijn een mes in de borst van een kleine jongen te steken,' zegt hij. 'Maar ik begrijp wel wat ze bedoelt, denk ik.'

De kipblokjes en de gesneden tomaten gaan nu in de pan. Ik vind het knap dat hij dit allemaal doet en tegelijkertijd een serieus gesprek kan voeren.

'Maar té kalm,' zeg ik. 'Ik bedoel, hoe zou jij reageren als iemand je er min of meer van beschuldigt een beruchte moordenaar te zijn? Ze verbergt iets. En ze verstrakte duidelijk toen ze hoorde dat jij journalist bent.'

Michael stopt even met roeren. Eén tel maar, maar het geeft wel aan dat hij dat veelbetekenend vindt.

'Hoe reageerde ze dan?'

'Dat is moeilijk te omschrijven, maar het was alsof de luiken dichtgingen en ze even helemaal ergens anders was. Onbereikbaar. En toen zei ze dat ze niet verwachtte dat Sonia met je zou willen praten.'

'Dat is geen ongewone reactie. De meeste mensen wantrouwen journalisten. Én makelaars trouwens. Journalisten en makelaars worden het meest gehaat in dit land.' Hij lacht. 'We worden een populair stel, jij en ik.'

Ik maak de fles wijn open die we die dag hebben gekocht en schenk twee glazen in. Michael legt het deksel op de pan en draait het vuur laag. Dan nemen we onze glazen mee naar de woonkamer.

'En dan zijn er de foto's op de muur bij de trap nog.'

'Wat voor foto's?'

Ik beschrijf ze en zeg hoe ze me deden denken aan de documentaire die we samen zagen.

'Hoe oud is Liz?'

'Geen idee. Dat heb ik nooit gevraagd en zij heeft het nooit verteld. Ik denk ergens achter in de vijftig. Moeilijk te zeggen. Haar haar is helemaal wit, dus kan ze denk ik ook ouder zijn.'

Michael heeft zijn glas al half naar zijn mond gebracht als hij zegt: 'Ik ken iemand die op z'n veertigste in één nacht helemaal grijs werd.' Een paar seconden later vraagt hij: 'Wat is haar achternaam? En heeft ze weleens geëxposeerd?'

'Dat weet ik niet, maar ik denk van wel. Dat zal toch wel? In ieder geval vind ik dat ze het verdient om te exposeren. Ze is goed.'

Hij pakt zijn laptop die op tafel ligt. 'We zoeken haar op. Kijken of we foto's van haar werk kunnen vinden.'

'Blackthorne,' zeg ik. 'Ze heet Liz Blackthorne.'

Zijn vingers blijven even boven het toetsenbord hangen. Hij fronst zijn voorhoofd.

'Wat is er?'

'Niks. Gewoon... niks. Laten we eens kijken of ze te vinden is.'

Hij typt haar naam in de zoekbalk en vindt verschillende Liz Blackthornes, maar niet degene die we zoeken. Hij probeert Elizabeth Blackthorne en E. Blackthorne en uiteindelijk vinden we haar op een paar kunstgerelateerde websites als E.K. Blackthorne. Op één ervan staat ook een klein fotootje van haar, met voorbeelden van haar werk met een korte omschrijving ernaast. Geen ervan heeft een titel. Dan stuiten we op een blog van haar dat 'Kunst aan de kust' heet.

'Kijk,' zeg ik. 'Er staat dat ze in Manchester op de kunstacademie heeft gezeten. Maar helaas niet in welk jaar ze haar diploma heeft gehaald. Maar nu weten we in ieder geval dat ze McGowan niet kan zijn, want zij zou nooit in de buurt van Manchester mogen blijven wonen, toch?'

'Nee, dat lijkt me niet.' Michael kijkt alsof hij een onmogelijke puzzel probeert op te lossen.

'En haar verblijf in Manchester verklaart die foto's.'

'Misschien.'

Hij klapt zijn laptop dicht en keert terug in het hier en nu. Maar er is iets veranderd in zijn houding. Hij denkt dat ze het is! Ik weet het gewoon!

Hij loopt naar de deur. 'Ik ga kijken hoe het met de curry is en de rijst opzetten.' Hij grijnst. 'Moet wel fijn zijn om zo bediend te worden. Ik ben benieuwd wanneer het míjn beurt is!'

Ik lach, maar zodra hij de kamer uit is, zie ik in gedachten die afschuwelijke foto van Alfie met dat mes in zijn borst weer voor me. Die wacht altijd vlak achter mijn ogen, om me, als ik even niet oplet, te belagen. Kan Liz degene zijn die die foto heeft bewerkt? Maar hoe is ze dan aan dat digitale beeld gekomen? Nee, Kay en Michael hebben gelijk. Het is een Halloweengrap geweest van een van de andere moeders en heeft níéts met McGowan te maken – of in ieder geval niet rechtstreeks.

Maar het Twitteraccount? Al die literaire citaten. Dat kan Liz wél zijn geweest. Om me bang te maken en me de mond te snoeren over dat gerucht.

# 37

Het is 2.37 uur. Ik ben klaarwakker. En ik lig alleen in bed.

Na het eten zijn we begonnen aan een film, maar we konden er ons geen van tweeën op concentreren, dus hebben we de wijn opgemaakt en zijn er vroeg ingekropen. We hebben zo zachtjes mogelijk gevreeën om Alfie niet wakker te maken en daarna moet ik heel snel in slaap zijn gevallen. Ik herinner me verder in ieder geval niets. Al die seks is uitputtend.

Ik sta op en loop de gang op. Misschien is hij alleen even naar de wc. Maar daar is hij niet, dus loop ik zachtjes naar beneden om te zien wat hij aan het doen is. Het licht in de woonkamer is aan en de deur is dicht.

Ik ga naar binnen en Michaels hoofd schiet omhoog.

'Hé!' zegt hij. 'Ik heb je toch niet wakker gemaakt?'

Ik schud mijn hoofd. 'Wat is er? Kun je niet slapen?'

'Het is altijd hetzelfde als ik midden in een nieuw project zit,' zegt hij. 'Ik kan mezelf nooit uitschakelen.'

Hij opent zijn armen.

Ik laat me op zijn schoot zakken en leg mijn gezicht in zijn hals. 'Dat is min of meer hetzelfde als wat Liz gisteren tegen me zei,' zeg ik.

Hij verstijft een klein beetje en ik ga rechtop zitten. De blik die ik in zijn ogen zie is vluchtig, maar onmiskenbaar. Alleen het noemen van haar naam doet hem iets.

'Je denkt dat zij het is, ja?'

'Ik weet op dit moment niet meer wat ik moet denken,' zegt hij.

'Mijn hoofd voelt als een puzzel waaruit een stukje ontbreekt.'

Hij gebaart naar de papieren die over de tafel liggen uitgespreid. Pagina's en pagina's volgekrabbeld met aantekeningen. Rapporten met gele post-its ertussen.

'Maar dat stukje móét ergens zijn. Ik moet het alleen zien te vinden.' Hij knikt naar zijn laptop. 'Ik heb eerder vandaag met de *Flinstead and Mistden Gazette* gesproken. Kijk hier eens naar en zeg me wat je vindt. Het komt morgen op hun website.' Hij knijpt zijn ogen tot spleetjes en zegt: 'Nee, vandaag om precies te zijn. Het is een veel kortere versie van het artikel dat ik eigenlijk wilde schrijven. Misschien kan ik iets over valse aantijgingen slijten aan een landelijke krant.'

**PLAATSELIJKE WINKELEIGENAAR GEKWELD DOOR DORPSBEWONERS**

Een vals gerucht bedreigt plaatselijke winkeleigenaar Sonia Martins.

Op woensdag 18 oktober werd er een foto geplakt op de etalage van haar populaire newagecadeauwinkel Stones & Crones, waarin onterecht werd gesuggereerd dat zij de kindermoordenaar Sally McGowan is.

Op 31 oktober, tussen 0.30 en 6.30 uur, was haar winkel opnieuw het doelwit toen er een steen door het raam werd gegooid. De politie roept getuigen van dit incident op zich te melden.

Inspecteur Bob Sanderson zegt: 'Alle nodige achtergrondcontroles zijn uitgevoerd en ik kan bevestigen dat dit gerucht volkomen onwaar is. Sonia Martins is een respectabel lid van deze gemeenschap. Ze is in Flinstead geboren en haar moeder heeft hier haar hele leven gewoond.'

'We zijn een klein dorp,' zegt hij. 'En geruchten als deze verspreiden zich razendsnel. Ik wil degene die hiervoor verantwoordelijk is met klem verzoeken heel goed na te denken over zijn of haar handelen, omdat de consequenties ervan zeer ernstig kunnen zijn.'

Sonia Martins is dermate van streek door de recente gebeurtenissen dat ze zelfs overweegt uit Flinstead te vertrekken: 'Ik weet dat de meeste mensen het niet geloven, maar andere geloven het duidelijk wél en ik voel me niet langer veilig hier; thuis niet en op mijn werk niet. Ik wil alleen maar dat degene die dit doet, ermee ophoudt.'

Er zijn vier eerdere gevallen bekend van vrouwen die vals werden beschuldigd McGowan te zijn. Eén van die beschuldigingen is tragisch geëindigd in een zelfmoord.

Iedereen die informatie kan verstrekken over het incident in Flinstead wordt verzocht de politie te bellen.

'Dus je hebt haar gesproken? Waarom heb je dat niet gezegd?'

Hij haalt zijn schouders op. 'Vergeten. Sorry. Ze veranderde van gedachten na die steen door de ruit.'

'Dat verbaast me niets, het arme mens. Laten we hopen dat het nu afgelopen is.'

'Kom,' zegt Michael, terwijl hij zijn papieren bij elkaar raapt en ze in zijn koffertje opbergt. 'Laten we proberen nog wat slaap te pakken.'

De volgende ochtend voel ik me verschrikkelijk. Het is maar goed dat het mijn vrije dag is en Dave absoluut niet wilde dat ik kwam om mijn gemiste tijd van dinsdag in te halen. Maar ik heb allerlei dingen te doen vandaag: boodschappen doen voor ma die nog steeds niet lekker is, een bedankkaart en een cadeautje voor Kay kopen, de was doen, strijken en de bedden verschonen. Maar het enige wat ik echt wil, is terug naar bed gaan en slapen. Een week lang.

'Weet je wat?' zegt Michael. 'Ga jij maar lekker uitgebreid in bad, dan breng ik Alfie naar school.'

Ik geef hem een knuffel. 'Ik wist dat er een reden was dat ik het goed vond dat je hier kwam wonen.'

'Wat? Naast de geweldige seks en mijn fantastische kookkunsten?'

'Hm, kan er ook iets mee te maken hebben... Wat vind je ervan om straks mee te gaan naar mijn moeder?'

Hij lacht. 'Nu ben je misschien iets te enthousiast.'

'Sol vindt het zeker leuk je weer te zien. Ik dacht dat we misschien een stuk met hem konden gaan wandelen,' opper ik.

Hij zoent me op mijn neus, mijn voorhoofd en dan, eindelijk, op mijn mond. Hij smaakt naar tandenpasta.

'Misschien vindt je moeder het wel leuk om me te zien,' zegt hij.

'Hm... Wie is er nou iets te enthousiast?'

Ma zit naar *Homes Under the Hammer* te kijken als we arriveren met haar boodschappen. Ze is helemaal ingepakt in truien en vesten en heeft zelfs een wollen muts op haar hoofd.

'De verwarming doet het niet,' zegt ze, terwijl ze de tas van Michael aanpakt. 'Geen van de radiators wordt echt heet.'

Michael raakt de radiator in de gang aan. 'Misschien hoeven ze alleen ontlucht te worden.'

'Ja, dat weet ik,' zegt ze. 'Maar ik kan het sleuteltje niet vinden.'

Ik loop achter haar aan naar de keuken terwijl Michael in de woonkamer druk is met Sol.

'Moet je nou echt zo kortaf tegen hem zijn?' vraag ik als we buiten gehoorsafstand zijn. 'Ik dacht dat je wel wat milder zou worden na ons gesprek van laatst.'

'Sorry, ik had niet in de gaten dat ik kortaf deed,' zegt ze, kortaf.

Michael staat in de deuropening. 'Ik kan het misschien met een schroevendraaier doen als je die hebt,' oppert hij.

Ma kijkt hem verrast aan. 'O, daar had ik niet aan gedacht!' Ze rommelt in een la en vraagt: 'Welke denk je dat het beste is?'

Michael kiest er een uit en gaat terug naar de gang. Dan komt hij weer binnen voor een doekje. 'Anders druppelt er misschien vuil water op de vloerbedekking.'

Ik help ma met het opbergen van de boodschappen terwijl

Michael het huis rondgaat op ontluchtingstocht. We horen hem zingen terwijl hij bezig is.

'Dank je wel dat je dat hebt gedaan,' zegt ze stijfjes als hij terugkomt.

Michael zet zijn denkbeeldige pet met een zwaai af. 'Altijd tot uw dienst, mevrouw,' zegt hij en ma glimlacht bijna naar hem. Ze probeert het in ieder geval.

Vlak voor we weggaan, roept ze vanuit de woonkamer: 'Michael, ik neem aan dat je niet wilt overwegen bij het Flinstead kerkkoor te komen?'

Hij spert zijn ogen wijd open van afgrijzen en ik moet mijn best doen om niet in lachen uit te barsten.

'Het viel me op dat je best een goede bariton bent en we hebben maar drie mannen in het koor, waarvan er één niet kan zingen.'

Michael blaast zijn wangen op. 'Ik geloof niet dat een kerkkoor echt iets voor mij is, maar ik zal erover nadenken.'

Aan het einde van het tuinpad, met Sol aangelijnd voor ons uit dravend, kunnen we ons lachen niet meer inhouden.

'Maar het is een stap vooruit, dat moet je toegeven,' zeg ik.

'Hm,' zegt Michael. 'Dat soort stappen sla ik liever over, als je het niet erg vindt.'

# 38

Kay doet de deur open na de tweede keer dat ik aanbel. Ze ziet er een beetje geagiteerd uit, maar ze herstelt zich snel.

'Hoi Jo,' zegt ze. 'Sorry dat je moest wachten, ik zat te skypen en was net welterusten aan het zeggen tegen Marcus en Callie. Het is negen uur 's avonds in Melbourne.'

'Ik heb je niet gestoord, hoop ik?'

'Helemaal niet. We zaten al een hele tijd te kletsen en het is bedtijd. Gillian laat ze veel te lang opblijven, vind ik. Kom binnen, dan drinken we een kop thee. Ik heb een heerlijke worteltaart die op moet.'

'Dat is heel lief van je Kay, maar ik wilde je alleen dit komen brengen.'

Ze neemt het cadeautasje van me aan en kijkt wat erin zit. 'Chocolaatjes, heerlijk. Dat had je nou niet moeten doen.' Ze zwaait quasibestraffend met haar vinger naar me, maar ik zie dat ze er blij mee is.

'Sorry dat ik er niet was toen je langskwam bij Pegton. Sinds het feestje ben ik al van plan je te komen bedanken. Alfie zag er geweldig uit als Darth Vader.'

'Graag gedaan, lieverd. Weet je zeker dat je niet even binnenkomt voor een kop thee?'

Ik ben niet echt in de stemming voor de waterige thee van Kay, maar ze doet al een stap opzij voor me en ik vind het vervelend om 'nee' te zeggen.

'Goed dan. Maar ik kan niet lang blijven.'

Kays woonkamer ziet er precies hetzelfde uit als vorige keer. Brandschoon, alles spiegelt. En het ruikt er ook hetzelfde – naar boenwas met citroengeur.

Ik sta naar de tropische vissen te kijken als ze een paar minuten later met een blad in haar handen uit de keuken komt. 'Als jij de taart vast snijdt, kom ik zo met de thee,' zegt ze.

Terwijl ik het mes voorzichtig door het glazuur van de worteltaart duw, vang ik een glimp van mezelf op in het spiegelende scherm van Kays laptop die nog opengeklapt op de salontafel staat. Het is een oud model, maar ze heeft waarschijnlijk geen geld om een nieuwe te kopen. Niet als ze een baantje probeert te vinden.

Ik zie dat er een pluk haar omhoog staat en ik haal mijn vingers erdoorheen. Dan valt me iets merkwaardigs op: haar laptop heeft geen ingebouwde webcam. Maar ze zei net dat ze aan het skypen was met haar kleinkinderen? Dan zal ze wel zo'n externe hebben en ik kijk om me heen of ze die misschien net heeft losgekoppeld, maar ik zie niets liggen.

Wat raar. Misschien skypet ze gewoon zonder beeld, omdat het een manier is om gratis te bellen?

Kay komt weer binnen met de thee. 'Het is zo heerlijk om die koppies van hen te zien,' zegt ze. 'Marcus kent net de tafel van drie. Hij is echt slim voor zijn leeftijd. En Callie kan al tot twintig tellen. Nou ja, bijna.'

'Gebruik je zo'n losse webcam?'

Er flitst iets vreemds op in haar ogen. Ze wordt een beetje rood en haalt haastig het deksel van de theepot om te roeren.

'Inderdaad.' Ze glimlacht. 'Het is hier van alle moderne gemakken voorzien.'

Ik zie een ader kloppen in haar hals. Ze liegt. Er is helemaal geen externe webcam. Ze kan helemaal niet met Callie en Marcus hebben zitten skypen. Maar waarom zou ze om zoiets liegen?

'Raad eens!' zegt ze. 'Ik heb een baantje gevonden. In het tuincentrum in Mistden. Ik begin volgende week.'

Waarom heb ik het gevoel dat ze opzettelijk van onderwerp verandert?

'Wat fijn! Geweldig!'

Ze schenkt thee in. Haar hand beeft.

'Gaat het wel?'

'Ja hoor, prima.'

Maar dat is niet zo, dat is duidelijk.

'Ik zag Alfies papa vanmorgen nog,' zegt ze opgewekt. Te opgewekt. 'Knappe man, vind ik. Hij lijkt op die acteur die Luther speelt.'

'Idris Elba?' Ik lach. 'Nou, dat ga ik hem niet vertellen. Daar krijgt hij alleen maar kapsones van.'

'Wat doet hij eigenlijk voor werk?'

'Hij is freelancejournalist.'

Kay zet haar kopje neer. Het rammelt tegen het schoteltje. 'Logeert hij bij je op het moment?'

'Ja. Om precies te zijn is hij bij me ingetrokken.'

'Ik dacht dat je zei dat je het prettig vond om apart te wonen.' Ze klinkt bijna boos, alsof ik haar op de een of andere manier heb voorgelogen.

'Dat was ook zo. Maar ja, dat is veranderd. Hij wil met z'n drietjes bij elkaar wonen en het echt een kans geven.'

'Dat is fantastisch, lieverd.' Ze glimlacht, maar niet van harte. Ze kijkt afwezig, alsof ze heel ergens anders is met haar gedachten. Het is hetzelfde maskerachtige gezicht als waarmee ik haar kortgeleden naar de politieauto aan de overkant van de straat zag kijken.

'Ja. Ja, zeker.' Ik neem een hap van mijn worteltaart. Die is verrukkelijk en ik besef dat ik helemaal niet heb ontbeten. Geen wonder dat ik zo'n trek heb.

'Nog wat thee, lieverd?'

'Nee, dank je, ik moet echt gaan. Ik heb een hoop te doen vandaag.'

'Natuurlijk. Ik ook.'

Als ik aan het einde van het pad ben, staat de postbode op het punt naar haar voordeur te lopen. Hij lijkt nogal haast te hebben, dus bied ik aan het stapeltje brieven van hem over te nemen en even terug te gaan om dat aan Kay te geven, maar als ik me omdraai is ze al naar binnen gegaan. Dat is raar. De vorige keer bleef ze op de stoep staan om me uit te zwaaien.

Ik stop de brieven in de brievenbus en kan niet anders dan opmerken dat het allemaal dezelfde enveloppen zijn, waarop 'retour afzender' is geschreven en het adres met een dikke zwarte stift is doorgestreept. Een adres in Melbourne, Australië.

# 39

Als ik thuiskom, verwacht ik Michael aan te treffen op de plek waar hij zat toen ik wegging; gebogen over de eettafel met al zijn papieren om zich heen. Maar het huis is verlaten en de tafel opgeruimd. Rechtop tegen de waterkoker staat een briefje in zijn grote, zelfverzekerde handschrift.

'Iets onverwachts. Moet terug naar Londen. Bel je. Michael xx'

Ik lees het nog een keer, alsof het op miraculeuze wijze veranderd kan zijn van deze drie korte zinnetjes in een boodschap die me duidelijk maakt wat er aan de hand is. Bijvoorbeeld wat dat onverwachte 'iets' is en waarom hij terug naar Londen moest. En voor hoelang? Hij had toch wel wát meer info kunnen geven. Zoals wanneer hij van plan is terug te komen. Later op de dag? Vanavond? Morgen? Ik hoef niet alle details te weten van waar hij uithangt, maar moet hij zo irritant cryptisch zijn?

Ik bel zijn mobiel, maar die schakelt meteen over op voicemail. Hij zit waarschijnlijk achter het stuur. Ik spreek geen bericht in. Ik weet zeker dat hij me belt als hij er is, hoewel: waarom belde hij dan niet even vóórdat hij vertrok? Hij weet dat ik mijn mobiel altijd bij me heb. Had hij dan zo'n haast? Een paar minuten maakt toch niet zoveel uit?

Ik loop door naar de woonkamer en plof op de bank neer. Hij heeft zijn trui op de achterkant van een fauteuil gegooid en er staan een vuile mok en een bord op de salontafel. Blijkbaar heeft hij voor de tv zitten eten, want er liggen kruimels op het kleed. Niet heel veel, maar genoeg om mijn ergernis op te wekken.

Het probleem is dat ik zoveel jaar in mijn eentje heb gewoond, dat ik niet gewend ben aan een man in huis. Tuurlijk, ik heb Alfie, maar dat is anders. Alfie is een kind. Ik ben onredelijk, ik weet dat dat zo is. Het is heerlijk dat Michael hier de hele tijd is. Lekker tegen hem aan liggen in bed. Samen wandelen met Sol. En die curry gisteren was verrukkelijk. Ik wou alleen dat hij me even had gebeld voordat hij vertrok.

Twee uur later heb ik nog steeds niets van hem gehoord. Ik heb hem intussen minstens zeven keer gebeld en ik weet niet hoeveel berichtjes gestuurd. Vanmorgen heb ik hem Alfie horen beloven dat hij hem van school zou halen, maar daar kan hij nu nooit op tijd voor terug zijn. Wat vertel ik Alfie als hij vraagt waar papa is of wanneer hij terugkomt? Gaat de toekomst zo worden? Met een Michael die zo opgaat in zijn werk dat hij alles vergeet, inclusief Alfie en mij?

Misschien denkt hij dat hij gewoon hetzelfde door kan gaan als altijd. Dat hij alleen rekenschap aan zichzelf hoeft af te leggen en Alfie en mij kan proppen in de tijd die hij overheeft, in de marges van zijn eigen wereld. De wereld die het belangrijkst is voor hem: zijn werk. En de ironie is dat het nu écht een andere vrouw is die hem helemaal in beslag neemt: Sally McGowan.

De telefoon gaat. Nou, daar zal je hem hebben!

‘Hoi, schat. Hoog tijd om weer eens bij te kletsen, dacht ik. Ik zit in de Costa, tussen twee bezichtigingsafspraken in.’

Tash klinkt als een welkome vlaag normaliteit. Een afleiding van alle zorgen die door mijn hoofd malen.

‘Welke?’

‘Greenwich Church Street.’

Ik zie haar voor me op een van de bruinleren banken, met een grote koffie verkeerd en een bosbessenmuffin voor zich, terwijl ze door het raam naar de drukte kijkt. En meer dan ooit zou ik daar nu ook willen zijn, in de middagpauze, even klagen over het werk en bedenken waar we uitgaan dat weekend.

'Hoe gaat het dorpsleven?' vraagt ze.

'Nou, niet al te best op het moment. Hoewel Michael bij me is ingetrokken, dus zó slecht is het nou ook weer niet.'

'Wát? Waarom weet ik daar niets van?'

'Omdat het pas net is gebeurd. Behalve dat-ie nou opeens naar Londen is en me niet heeft verteld wanneer hij terugkomt.'

'Wauw! Wacht effe! Niet zo snel. Begin bij het begin.'

Dus vertel ik haar alles wat er de laatste paar weken is gebeurd, inclusief het geruchtgedoe (maar niks over Liz, voor het geval ze het echt is), tot en met Michaels briefje tegen de waterkoker.

'Shit! En ik maar denken dat het spannendste wat Flinstead te bieden had was dat een vriendin van de buurvrouw van je moeder bijvoorbeeld de Grootste Courgette-prijs had gewonnen bij de wedstrijd van vorig jaar.'

'Ha-ha, grappig hoor.'

'Nee, maar serieus. Laten we beginnen met het makkelijkste. Als Michael zegt dat hij je zal bellen, doet hij dat. De vraag is alleen wanneer. Mannen zijn hopeloos als het op dat soort details aankomt. Tommo is precies zo. Hemeltergend soms. Om eerlijk te zijn schat, zal het flink wennen zijn, voor jullie allebei. Ik bedoel, jullie kennen elkaar natuurlijk al eeuwen, maar samenwonen is iets anders. Eigenlijk meer een nieuwe relatie, zeg maar.'

'Ja, precies!' zeg ik. 'Voor mij voelt het precies zo. Maar stel dat hij er gewoon van uitgaat dat ik alle verantwoordelijkheid voor Alfie heb en de boel wel regel? Omdat we het altijd zo hebben gedaan?'

'Nou, dan moet jij dus met een aantal basisregels komen. Gewoon met hem praten, Jo. Mannen zijn nu eenmaal anders. Ze pikken dingen niet vanzelf op en als ze dat wél doen, is het negen van de tien keer het verkeerde. Je moet het spellen voor ze.' Ze lacht. 'Het liefst in woorden van één lettergreep. En dan nog drie keer herhalen, zodat je zeker weet dat het doordringt.'

Goeie ouwe Tash. Ze weet altijd exact het goede te zeggen. Michael zit duidelijk tot over zijn oren ergens in verwikkeld.

Natuurlijk gaat hij me bellen en dan praten we. En als hij dan geen tijd heeft, als hij een belangrijke aanwijzing aan het natrekken is of druk bezig is met iets anders wat freelancejournalisten tegenwoordig moeten doen om het hoofd boven water te houden, dan komt het binnenkort wel. Ik reageer overdreven. Op slag ergens heen moeten hoort nu eenmaal bij zijn werk. Dat zou ik toch zo onderhand wel moeten weten.

'En wat dat andere, dat gerucht, betreft,' zegt Tash, 'ik heb geen idee wat ik daarvan moet denken. Als enge tweets sturen over een kind iemands idee van een Halloweengrap is, moet dat een gemeen stuk vreten zijn. Wie doet er nou zoiets? Misschien heeft die Kay gelijk en is het dat mens van die oppaskring. Hoe heet ze ook weer?'

'Debbie.'

Ik vertel ook maar niks over Kay. Een telefoongesprek heeft z'n beperkingen en ik wil niet dat Tash denk dat ik in een slangenkuil terecht ben gekomen. En trouwens, ik moet Alfie zo van school halen.

'Nou, ik zou toch overwegen het de volgende keer bij jullie heksensabbat ter sprake te brengen,' zegt Tash. 'Kijken wie er rood wordt. Dan weet je wie het is en kun je voortaan ver uit haar buurt blijven.'

'Het akelige is dat het iederéén kan zijn. Dat is er zo eng aan.'

# 40

Zodra ik ophang, gaat mijn telefoon weer. Deze keer is het Michael. Eindelijk. Hij heeft waarschijnlijk net gekeken hoe laat het was en zich zijn belofte aan Alfie herinnerd.

'Joey, luister. Kun je op de trein stappen en naar Russell Square komen?'

'Dat meen je niet. Waarvoor in godsnaam?'

'Ik wil heel graag dat je iets voor me doet. Dat je met mij meegaat om met Liz te praten.'

'Waarom moet ik daar helemaal voor naar Russell Square komen als ze hier vlakbij woont?'

'Omdat ze nu hier zit, in het Holiday Inn in Bloomsbury. Ze neemt deel aan een kunstenaarsconferentie. Ik heb haar net zien inchecken.'

'Mijn god, Michael. Achtervolg je haar?'

Hij zucht. 'Luister, ik heb het je nog niet verteld, maar we hebben eerder contact met elkaar gehad. Ik heb haar naam gekregen van iemand die ik ken, die voormalig journalist over wie ik je vertelde.'

'Wacht even. Waar héb je het over?'

Hij ademt diep in. 'Ik heb de naam E.K. Blackthorne ooit gekregen als iemand die misschien naar Sally McGowan kon leiden. Ze heeft vroeger als tekentherapeut gewerkt op Grey Willow Grange, de gesloten jeugdzorginstelling waar McGowan als kind naartoe is gestuurd.'

'Waarom heb je dat gisteravond niet gezegd? Waarom heb je dat achter–'

'Alsjeblieft, Joey, luister even. Alsjeblieft. Mijn contactpersoon informeerde me dat Sally McGowan en zij goed met elkaar overweg konden en dat ze contact hebben gehouden. Ik heb begrepen dat ze zelfs... dat ze zelfs een liefdesrelatie hadden.'

'Jezus!'

'Toen jij vertelde over dat zelfportret dat je in Liz' atelier had gezien, dacht ik opeens: het zal toch niet dezelfde Liz zijn als de Elizabeth die ik heb geïnterviewd? En toen je haar achternaam noemde, wist ik het zeker. Ik kende haar alleen als E.K. of Elizabeth Blackthorne. Ik heb een tijdje geleden via haar blog contact met haar opgenomen en ze stemde in met een kort telefonisch interview over haar werk op Grey Willow Grange. Ik heb haar niet verteld dat ik McGowan wilde opsporen. Dat zou haar afgeschrikt hebben. Ik heb alleen gezegd dat ik interesse had om een stuk te schrijven over kinderen die een misdrijf hebben gepleegd en in een gesloten jeugdzorginstelling hebben gezeten en dat ik me afvroeg waarom we altijd horen over de kinderen bij wie de behandeling mislukt en nooit over de geslaagde gevallen. Dat ging erin als zoete koek.'

'Vertel verder,' spoor ik hem aan.

'We konden het goed vinden. Ik had me verdiept in creatieve therapie en het gebruik ervan bij beschadigde kinderen, die de taal of de vaardigheden niet hebben om te praten over de shit die ze hebben meegemaakt en hoe een creatieve therapeut op een andere manier dingen uit hen kan krijgen. We maakten een afspraak om er verder over te praten. Ze stelde een café op Old Kent Road voor, dus heb ik haar daar de afgelopen vakantie ontmoet. Toen ik terugging om mijn spullen in te pakken, weet je nog? Ik vertelde dat ik er graag een boek over zou schijven als ik voldoende materiaal had, nog steeds zonder Sally McGowans naam te noemen. Ik heb andere, recentere gevallen aangehaald.

Maar tot mijn verrassing kwam ze er toen zélf mee. Ze zei dat ze van iemand wist die ze vroeger kende dat McGowan nu misschien wel bereid was te praten. Het blijkt haar altijd dwars te hebben gezeten dat de roddelpers nooit heeft geloofd dat het een spel was dat helemaal fout was gelopen. Ze zei dat McGowan haar verhaal wel wil vertellen om háár kant van de zaak uit te leggen, iets wat ze als kind niet kon. Tijdens het proces is haar mishandeling amper aan bod gekomen. Niet zo gek dus dat de pers haar zo heeft afgeslacht. Maar ze wil er alleen over praten als haar anonimiteit en die van haar familie is gewaarborgd.'

'Haar familie? Heeft ze nog steeds contact met hen dan?'

'Je bedoelt haar ouders? De McGowans? Nee, dat denk ik niet. Ik neem aan dat ze de familie die ze nú heeft bedoelt. Haar man, misschien. En ze heeft een kind. Ik heb Liz niet gevraagd of ze nog steeds contact met haar heeft en dat heeft ze me ook niet verteld, maar ik kreeg het gevoel dat ze wist dat ik het wist. Wat mij betreft hadden we vooruitgang geboekt en was de kans groot dat ze, mettertijd, als ze me genoeg vertrouwde, misschien wel zou willen bemiddelen in het contact.'

'Waarom heb je míj hier niets over verteld?'

'Omdat ik niet besefte dat het jouw Liz was, tot je me gisteren over haar vertelde. Ik wist niet eens dat ze in Flinstead woonde. Maar zodra je zei dat je mijn naam had genoemd in verband met Sonia Martins en had gezegd dat ik haar graag wilde interviewen, wist ik dat mijn kansen verkeken waren. En dat is ook zo, want vanmorgen heeft Liz contact opgenomen om te zeggen dat het haar speet, maar dat ze me toch niet verder kan helpen. Ze zei dat ze zich had vergist en het hele idee van een gesprek met McGowan onhaalbaar was, dat ze geen idee had waar ze tegenwoordig zat en dat ik me beter kon concentreren op de andere, recentere gevallen die ik had genoemd.

'Ze weet wie Sally McGowan is, Joey. Daar ben ik van overtuigd. Het kan zijn dat ze zelfs naar Flinstead is verhuisd om bij haar in de buurt te zijn. Kom alsjeblieft hierheen, Joey. Als Liz me ziet, gaan de schermen meteen omlaag, maar als jij met me meegaat...'

'En Alfie dan? De school gaat zo uit. Waarom heb je me dit

verdomme niet eerder verteld, dan had ik gewoon met je mee kunnen rijden.'

'Omdat ik niet wist of ze echt naar die conferentie zou gaan. Dan was je voor niks meegegaan.'

'Ik kan ma niet vragen hem op te halen want ze voelt zich nog steeds niet goed. Dat weet je.'

Hij zucht. 'Shit. Daar had ik niet aan gedacht. Misschien kun je iemand van de oppaskring vragen? Alsjeblieft, Joey. Als ik McGowan kan vinden en haar kan spreken, weet ik zeker dat ik haar verhaal kan vertellen op de manier die ze wil. En natuurlijk doe ik niets wat haar anonimiteit in gevaar brengt.'

Hij zwijgt. 'Ik kan je ophalen van Liverpool Street. Als je de volgende trein neemt, kun je er om halfvier zijn.'

Hij is radeloos, ik hoor het aan zijn stem. Ik voel dat ik overstag ga, ik kan hem dit niet weigeren.

'Nou, als ik iemand kan vinden aan wie ik Alfie durf toe te vertrouwen. Misschien Fatima of Teri.'

'Of Kay? Je zei dat ze zo goed met hem was.'

'Dat is ze ook, maar... O, ik weet niet. Ik kan niet zo goed hoogte van haar krijgen, ik denk dat ze tegen me heeft gelogen. Tegen iedereen, trouwens. Ik vraag liever een van de anderen, om eerlijk te zijn. Ik regel het wel. Ik bel je zo terug, dan weet ik of het lukt. En anders zul je toch moeten proberen haar over te halen met jóú te praten.'

Ik druk voor de derde keer op de bel. Lang. Fatima is er niet. Ik werp een blik op Kays huis. Ze heeft gezegd dat ze graag op Alfie past als ik in nood zit en ik weet dat ze 'ja' zal zeggen als ik het haar vraag, dus wat houdt me tegen? Vóór vanochtend zou ik geen enkele bedenking hebben gehad om haar te vragen. En Alfie vindt het zeker fantastisch om naar haar en de tropische vissen te gaan. Ze zal hem zeker ongelofelijk verwennen...

Maar iets zegt me dat het geen goed idee is. Een vaag voorgevoel.

Er is iets vreemds aan de hand tussen haar en haar dochter. Dat moet wel. Waarom zijn al Kays brieven anders teruggestuurd? En waarom liegt Kay over skypen met haar kleinkinderen? Het klopt gewoon niet.

Ik zal iemand van de oppaskring moeten bellen, om te zien of iemand daar me uit de brand kan helpen. Niet Debbie, die ga ik echt niet vragen.

Precies op dat moment loopt Karen aan de overkant van de straat langs. Eerst merkt ze me niet op, maar als ze me ziet, steekt ze meteen over.

'Hoi, ben je al bijgekomen van dat verschrikkelijke feestje?'

'Zo ongeveer...'

Waarom vraag ik háár niet? Alfie is al een keer bij haar thuis geweest. Hij leek zich er op zijn gemak te voelen terwijl hij *Frozen* met Haley zat te kijken. Maar Karen heeft haar moeder om voor te zorgen...

'Wat is er?' vraagt Karen.

'Eh... Ik vroeg me af of je me een groot plezier kunt doen en Alfie vanmiddag van school kunt halen? En hem dan een paar uurtjes mee naar jou kunt nemen? Maar ik twijfelde omdat je je moeder al hebt en ik misschien te veel van je vraag. Je hebt je handen al vol, denk ik.'

'Natúúrlijk haal ik hem van school. Het is trouwens juist gemakkelijker als Haley iemand heeft om mee te spelen. Anders vraagt ze nogal veel aandacht en mijn moeder is altijd zo lief om die te geven, ook als ik zie dat ze moe is en liever rust neemt.'

'Ontzettend bedankt! Ik vind het vervelend om het zo op het nippertje te vragen, maar ik moet plotseling naar Londen. Ik ben vóór zevenen terug. Uiterlijk halfacht.'

'Neem de tijd,' zegt Karen. 'Haley zal het prachtig vinden! Heb ik je al verteld dat ze denkt dat Alfie haar vriendje is? Ze is een beetje verliefd op hem, geloof ik, sinds ze samen *Frozen* hebben gekeken.'

Ik schiet in de lach. 'Oeps, ik weet niet of Alfie daar wel van weet.'

'We eten aardappelpuree en een worstje vanavond. Eet hij dat? Ik kan iets anders maken, hoor.'

'Nee, dat is helemaal goed. Bedankt, Karen. Ik bel de school om te laten weten dat hij met jou meegaat. En ik zal je mijn nummer geven.'

Ze haalt haar telefoon tevoorschijn en voegt mijn naam toe aan haar contacten. 'Ik stuur je een appje,' belooft ze, 'dan heb je mijn nummer ook.'

'Heel erg bedankt. Ik ben zo blij dat je dit wilt doen. Ik zal je het nummer van mijn moeder ook sturen, je weet maar nooit, voor noodgevallen. Ze voelt zich niet zo lekker op het moment, anders had ik haar wel gevraagd.'

'Er komen echt geen noodgevallen,' zegt Karen. 'Hoewel Haley waarschijnlijk wéér naar *Frozen* zal willen kijken, dus kan het zijn dat Alfie vindt dat hij gered moet worden.' Ze werpt een blik over mijn schouder en glimlacht. 'Hoi Kay. Hoe gaat het?'

Ik draai me om en zie Kay in de deuropening van haar huis staan. Ze heeft een doekje in haar hand en is aan het schoonmaken. O nee! Haar gezicht! Ze moet het hele gesprek gehoord hebben en zich afvragen waarom ik háár niet heb gevraagd. Dat zal ze opvatten als een pijnlijke afwijzing. Zeker weten.

Ze wappert met haar doekje en groet ons. Ik doe mijn mond open om een of andere uitleg te geven, maar ze gaat al naar binnen en doet de deur achter zich dicht. O, shit, daar kan ik nu niets aan veranderen.

# 41

Het is vreselijk druk op Liverpool Street Station en het is nog niet eens spitsuur. Tot vier maanden geleden heb ik bijna vijftien jaar in Londen gewoond en ik voelde me er thuis. Nu voel ik me een toerist. Ik word overweldigd door de mensenmassa en de haast die iedereen heeft, de kakofonie van stemmen en geluiden die mijn oren teistert en de etensgeuren die uit de afhaaltentjes walmen. Ik voel me een boerentrien, verblind door de hectiek van de grote stad.

Ik schrik even als Michael zijn hand op mijn arm legt. Hij heeft zijn grijze wollen jas aan en ziet er charmant maar ook stoer uit. De opmerking van Kay schiet door mijn hoofd: 'Hij lijkt op Idris Elba' en ik glimlach. Dan herinner ik me dat ongemakkelijke moment van vanmiddag en hoe vervelend ik het vond dat ze me aan iemand anders hoorde vragen om op Alfie te passen.

Michael kust me licht op mijn lippen en pakt dan mijn arm om me door de drukte naar de metro te leiden.

'Waar gaan we naartoe?'

'Coran Street. Daar zit haar Holiday Inn en de conferentie is om vier uur afgelopen. Ik dacht dat we daar een drankje aan de bar konden nemen en haar dan in de foyer kunnen opwachten. Het lijkt me het beste als jij haar als eerste benadert.'

'Wat moet ik dan zeggen?'

'Laten we dat bedenken als we er zijn. Ik wil alleen dat je haar verzekert van mijn bedoelingen. Dat ze me kan vertrouwen en dat Sally dat ook kan.'

'Maar waarom kun je niet gewoon wachten tot ze weer thuis is? Waarom moet je haar stalken?'

'Omdat het, als we bij haar op de stoep staan, gemakkelijker voor haar is om de deur in ons gezicht dicht te slaan. Haar op een publieke plek ontmoeten is beter. Als ze dan wegloopt, kunnen we met haar meelopen en als ze niet met ons wil praten, zal ze in ieder geval moeten luisteren.'

Dit is natuurlijk de journalist in hem die zich ergens in heeft vastgebeten. De vastberadenheid om met iemand te praten. Om het verhaal te horen, koste wat kost.

We nemen de Central Line naar Holborn en lopen dan, ogen knipperend tegen de vroege novemberzon, naar Russell Square. Ik moet moeite doen om Michaels grote stappen bij te houden. Hij kent dit deel van Londen veel beter dan ik en binnen een paar minuten lopen we het Holiday Inn al binnen. Ik kan niet geloven dat ik mezelf in deze situatie heb laten manoeuvreren, hoewel ik moet toegeven dat het spannend is. Ik voel me een privédetective. Geen wonder dat Michael soms zo geheimzinnig doet als hij dit soort acties moet ondernemen om ergens achter te komen.

We lopen door naar de bar en Michael haalt zijn portefeuille uit zijn zak. 'Wat wil je drinken?'

Wat wil ik drinken? Ik sta stijf van de adrenaline en kan nu al niet goed nadenken. Geen alcohol in ieder geval. 'Doe maar een cola.'

Michael bestelt een cola voor mij en een biertje voor zichzelf.

Hij gebaart naar de menukaart. 'Wil je iets eten?'

Ik schud mijn hoofd. Ik voel me misselijk en nerveus nu ik hier eenmaal ben. Michael betaalt voor onze drankjes en we zoeken een tafeltje in een afgelegen hoekje van waaruit we de grote klok aan de wand in de gaten kunnen houden.

'Terwijl ik op Liverpool Street op je stond te wachten,' zegt Michael, 'begon ik me af te vragen waarom Liz me zo abrupt heeft afgepoeierd. Ik was echt goed op weg met haar.'

‘Dat lijkt me duidelijk, toch? Toen ze dacht dat je gewoon een journalist uit Londen was die geïnteresseerd was in de rehabilitatie van kinderen die een zwaar delict hebben gepleegd, was het heel iets anders dan nu. Nu weet ze dat je mijn partner bent en je een interview met Sonia Martins wilde over het feit dat ze vals is beschuldigd, nu komt het allemaal een beetje te dichtbij.’

Michael neemt een slok bier. ‘Maar misschien is er meer aan de hand.’

‘Hoe bedoel je?’

‘Stel dat ik gelijk heb en ze precies weet waar McGowan woont? Stel dat het iemand is die jullie allebei kennen en dat dát de reden is dat ze me niet meer wil spreken? Omdat ze bang is dat je erachter komt?’

Er bonkt iets akeligs in mijn hoofd. Als Michael gelijk heeft, moeten Liz en McGowan doodsbang zijn geweest. Meteen vanaf het begin, toen ik het voor het eerst over het gerucht had. Bang genoeg om het te willen stoppen voordat er onherstelbare schade werd aangericht? Bang genoeg om me bedreigende tweets te sturen als Sally Mac? Om de klassenfoto digitaal te bewerken?

Ik weet niet hoe goed Liz met de computer is, maar ze heeft een blog, dus ze moet er redelijk handig in zijn. Maar hoe is ze in de school gekomen om die foto onder het luikje van het kantoor door te schuiven? Vertelde meester Matthews niet dat mevrouw Haynes de foto daar had gevonden toen ze binnenkwam? Maar wíst Liz überhaupt wel iets van die foto? Ze heeft niets te maken met Perrydale Primary. Nee, degene die die foto daar heeft achtergelaten, moet ’s morgens vroeg ongemerkt de school in kunnen en buiten de mensen die er werken, zijn dat alleen…

Er schiet me iets te binnen: toen Teri me aansprak terwijl ik woedend stond te wachten op meester Matthews, zei ze dat ze een vergadering van de ouderraad had. Kan het iemand van de ouderraad zijn geweest die die foto ongezien heeft achtergelaten?

Michael knijpt zijn ogen halfdicht. ‘Wat? Wat denk je?’

'Ik weet het niet. Ik begin zowat iedereen te verdenken die ik ken. Idioot, natuurlijk.'

Hij haalt zijn telefoon tevoorschijn. 'Hier, kijk hier eens naar. Ik heb een paar foto's van haar weten te krijgen van een van mijn contactpersonen. Van Sally als jonge vrouw.'

Het zijn drie zwart-witfoto's. Foto's van oude foto's, dus de kwaliteit is niet best. Ik bestudeer de eerste. Het is geen foto die ik ken van al mijn gespeur op internet. Ze heeft een kind in haar armen, een peuter, en zegt iets tegen degene die de foto maakt. Haar gezicht is vertrokken van woede. De peuter lijkt bang. Ze klemt haar handjes om de revers van haar moeders jas en verbergt haar gezicht in haar hals.

De tweede foto is van een markt, een plein vol stalletjes met fruit en potten en pannen. Een vrouw met donker haar in een knot bekijkt de appels. Je ziet alleen haar profiel, maar ik neem aan dat dit ook McGowan is. Ze heeft een kinderhandje in een want vast. Hetzelfde kind als op de eerste foto.

De derde is van een huis. 's Nachts. Deze heb ik wel eerder gezien. Het voorraam is ingeslagen en er staat een politieman met zijn rug naar het huis toe. Op de deur staat KINDERMOORDENAAR gekalkt in druipende verf. Er gaat een huivering door me heen.

Ik bekijk ze allemaal nog een keer – de foto van McGowans profiel terwijl ze een appel pakt. Iets aan haar neusbrug komt me vaag bekend voor. Ik heb nooit eerder een foto van haar gezien vanuit deze hoek. Ze doet me aan iemand denken, maar aan wie?

Ik duw mijn vingers tegen mijn slapen alsof het me te binnen zal schieten als ik maar hard genoeg druk. Mijn ogen gaan terug naar de peuter. Er zeurt iets in mijn achterhoofd, maar ik kan er net niet bij. Opeens weet ik wat het is, als een elektrische schok. 'O mijn god, Michael. Misschien is het de dóchter die ik ken. Sally McGowans dochter!'

Michael blaast zijn adem uit. 'Nou, dat maakt de opties alleen maar enorm veel ruimer.'

'En als Liz McGowan kent, kent ze de dochter natuurlijk ook!'

Er flitsen allerlei beelden als een film door mijn hoofd: Liz' gezicht toen ik voor het eerst vertelde over het gerucht. De manier waarop haar ogen groter werden, hoe onderzoekend ze me aankeek en hoe nonchalant ze daarna een olijfje pakte. Te nonchalant, besef ik nu. De verbijsterde uitdrukking op Karens gezicht en de manier waarop ze naar me zat te staren bij de oppaskring toen Cathy zei dat ik iedereen moest vertellen wat ik had gehoord. Nog een beeld: Karen en haar moeder die door het raam van Pegton naar me staan te kijken. Het hoofd van haar moeder dat zich nog een keer naar me omdraait terwijl ze weglopen. Die vreemde manier waarop ze naar me keek. Karen die op Liams feestje opvallend graag de muziek bij het pakjesdoorgeefspel wil doen en Alfie opzettelijk laat winnen. Karen die me daarna uitnodigt bij haar thuis om haar moeder te ontmoeten. Ze heeft een computergraphicsbedrijf met haar man, dus ze weet precies hoe ze een foto moet bewerken. En – o mijn god! – ze is notulist bij de ouderraad. Als er iemand die foto onder het luikje kan hebben geschoven voordat mevrouw Haynes arriveerde, is zij het!

Opeens ben ik doodsbang. Alfie! Alfie is nu bij Karen thuis! Wat zei ze ook alweer toen op de boulevard? Toen ik haar vroeg waarom ze snel met hem wegliep? Dat ze met haar moeder naar de dokter moest. Maar stel dat ze loog? Wat als ze hem inderdaad probeerde te ontvoeren? Stel dat Karens moeder Sally McGowan is en Karen haar heeft verteld dat ík dat gerucht heb verspreid? Dan moeten ze me haten. Omdat ze nu risico lopen door mij!

Dan herinner ik me mijn nachtmerrie. Sally McGowan aan het voeteneind van mijn bed, haar handen onder het bloed. Ze leek… ze leek precies op Karen!

Ik sta zo snel op, dat mijn stoel bijna omvalt. 'O mijn god! Michael! Ze hebben Alfie! We moeten terug!'

'Wie heeft Alfie?'

'Hayleys moeder, Karen. Karen heeft hem net van school

opgehaald. Ik denk dat ze Sally McGowans dochter is. En dat ze mij de schuld geeft van dat gerucht. Alfie is in gevaar, Michael. We moeten terug. Nu!'

# 42

Ik gris mijn tas van de grond. 'We moeten weg. We moeten de politie bellen. En ma. Om te vertellen wat er aan de hand is. En de school.'

Michael staat op en legt beide handen op mijn schouders. 'Wacht even. Laten we even logisch nadenken. Als je gelijk hebt dat Karen inderdaad McGowans dochter is, waarom zou ze Alfie dan kwaad doen?'

'Om me te straffen voor het verspreiden van dat gerucht. O god! Stel dat McGowan hem iets aandoet!'

'Joey, je denkt niet logisch na.'

'Nee, jíj denkt niet logisch na! Waarom zit je hier nog terwijl Alfie misschien gevaar loopt?'

Ik ren de bar uit en de lounge in. Michael holt achter me aan. Ik ben intussen de glazen deuren al door en sta op straat. Het regent en iemand die haastig voorbijloopt steekt me bijna een oog uit met een paraplu. Na de rust in het hotel klinkt het verkeerslawaai hier te luid en te doordringend. Er lopen te veel mensen. Te snel. En ik sta ze in de weg. Ik weet niet wat ik moet doen, waar ik nu heen moet. Ik zoek op de tast in mijn tas naar mijn telefoon. Staat de Uber-app er nog op of heb ik die al verwijderd? Waar ís mijn telefoon verdomme? Die moet er toch in zitten?

Michael pakt mijn arm beet en trekt me mee in de richting van het hotel. Er wordt door voorbijgangers naar ons gekeken; dit lijkt natuurlijk een echtelijke ruzie die misschien gaat ontaarden in geweld. Maar het kan me niks schelen. Het enige wat ik wil is naar huis en Alfie ophalen. Hem in mijn armen houden om nooit meer los te laten.

Michaels stem klinkt in mijn oor. 'Denk je nou echt dat Sally McGowan, na achtendertig jaar vrijheid, iets gaat doen wat haar anonimiteit in gevaar brengt? Ze gaan een klein jongetje echt geen kwaad doen en al helemaal niet in het bijzijn van Hayley. Waarom zóúden ze?'

Als Michaels handen me niet vasthielden en hij mijn blik niet vasthield met zijn ogen, was ik in elkaar gezakt en had ik nu in een hoopje op de stoep gelegen. Ik tril over mijn hele lijf en huil als een klein kind.

'Ze riskeren het niet hun leven in Flinstead en het contact met Hayley op het spel te zetten, alleen om jou een lesje te leren omdat je een gerucht hebt verspreid.' Hij houdt me stevig vast. 'Ze zouden gewoon verdwijnen als ze dachten dat ze gevaar liepen om ontmaskerd te worden. Opbreken en ergens anders opnieuw beginnen.'

Hij heeft gelijk. Karens moeder is stervende. Je hoeft haar alleen maar te zien, om dat te weten. Ze wóónt niet eens in Flinstead. Ze logeert hier alleen zodat Karen voor haar kan zorgen. Liz woont al jarenlang in Flinstead. Dat heeft ze de eerste keer dat ik haar ontmoette verteld. Als ze hierheen is verhuisd om dichter bij Sally te wonen, betekent dat dat Sally hier ook al jaren moet wonen. Karens moeder kán Sally helemaal niet zijn. Ik heb het helemaal mis.

Maar als het Karen niet is, wie dan wel? Wie anders kan die foto hebben bewerkt en hem op school hebben achtergelaten?

Michael neemt me mee terug naar de bar en bestelt een cognac voor me. Hij werpt een snelle blik op de lounge. 'Het is bijna vier uur. Liz komt waarschijnlijk zo uit de conferentie. Laten we hier gaan zitten zodat we haar zien langslopen.'

'Laat me die foto's nog eens zien,' zeg ik, als we aan een ander tafeltje zitten. Ik heb het akelige voorgevoel dat Liz straks na één blik op ons verdwijnt, voordat we de kans hebben haar te spreken. Als Michael gelijk heeft en McGowan iemand is die Liz en ik allebei kennen, moet ik haar toch kunnen herkennen als ik goed genoeg kijk. Die neus zit me nog steeds dwars.

Langzaam scrol ik nog een keer door de foto's heen en bestudeer ze tot in de details. 'Hoe kom je hier ook alweer aan?'

'Van een contact bij de politie. Hij heeft ze uit de archieven weten op te diepen. Ze zijn nooit gepubliceerd, maar... hij is me het een en ander verschuldigd.'

Ik vraag niet wat en of hij in de problemen kan komen als het aan het licht komt. Het is waarschijnlijk het beste als ik het niet weet. 'Weet je echt zeker dat ze nooit zijn gepubliceerd?'

'Ja, honderd procent.'

'Dat is raar. Ik heb die van dat huis echt eerder gezien. Ik zal hem wel ergens online zijn tegengekomen.'

'Dat betwijfel ik. Ze zijn nooit vrijgegeven aan de pers.'

'Maar ik kén die foto. Ik weet het zeker. Het is bijna alsof...'

'Bijna alsof?'

Dit beeld ik me in. Dat moet wel. Maar het is bijna alsof ik dit huis kén. Niet van een foto, maar in het echt. Alsof ik op dezelfde plek heb gestaan als degene die deze foto maakte en het met mijn eigen ogen heb gezien. Maar dat kan niet. Het moet een soort déjà vu zijn. Dat kan. Misschien omdat het huis een beetje op het huis van mijn grootouders lijkt, in Romford.

'Toen die foto is gemaakt, heette ze Sally Holmes,' zegt Michael. 'En ze was getrouwd met ene Benjamin. In Coventry.'

*Benny. Benny en Sal.*

Benny en Sal? Waarom denk ik dat nu opeens? Hoe kom ik daar nou bij?

'Wist hij wie ze was?'

'Daar kom ik maar niet achter. Hij lijkt van de aardbol verdwenen. Waarschijnlijk heeft hij ook een nieuwe identiteit. Joey, gaat het wel? Wat is er?'

Ik adem diep in. Waarom herinner ik me opeens dat ik in die voortuin aan het spelen ben? Ik word gek. Dat kan helemaal niet. Het moet zijn dat ik bij opa en oma in Romford aan het spelen ben, ik haal het door elkaar. Ma heeft volgens mij nog een polaroid van mij met mijn poppen bij een bloembed. Het is een van de weinige foto's die ze nog heeft uit die tijd. De andere zijn verloren gegaan bij de brand.

De brand.

Ik word overvallen door een vreemd, hol gevoel.

'Hoe heette dat dochtertje?'

Hij haalt zijn notitieblokje tevoorschijn en zoekt het op. 'Lucy.'

*Lucy.* Nee. Nee, dat kan niet. Ik doe mijn ogen dicht en ben weer een klein meisje, dat verstijfd van angst en verwarring wegkruipt in haar kussen. Een brandweerman strekt zijn armen naar me uit en tilt me op met zijn grote, gehandschoende handen. Zijn stem in mijn oor is vriendelijk.

'Ik breng je naar papa en mama. Niet bang zijn. Je bent veilig.'

Hij draagt me mijn slaapkamer uit naar de gang. Ik weet niet wat er gebeurt en verberg mijn gezicht jammerend in zijn jack. Hij ruikt naar rook.

Dan ben ik in de slaapkamer van papa en mama, maar ze liggen niet in bed en het raam staat open. Ik voel de nachtelijke kou op mijn blote armen en benen. Ik hoor de klang van iets hards; metaal. Luide stemmen in de verte. Schreeuwende mensen.

Ik begin te huilen, maar de brandweerman fluistert in mijn oor. 'Sst,' zegt hij. 'Huil maar niet, papa en mama wachten op je. Je hoeft niet bang te zijn.'

En dan heb ik het niet koud meer, omdat er iets over me heen wordt gelegd. Het voelt als een grote warme handdoek en het ligt ook over mijn hoofd. Ik klem me vast aan het jack van de brandweerman als hij met me door het raam op een ladder klimt.

Hij rent door de tuin. Ik hoor de sluiting van het hekje en zijn stappen op het pad achter de huizen waar de garages zijn en dan ben ik opeens in de ambulance met papa en mama. Ma slaat haar armen stevig om me heen, terwijl papa zegt dat alles goedkomt. Het komt allemaal goed.

Ik doe mijn ogen open. Michael kijkt me aan, zijn gezicht staat bezorgd. Ik kijk nog een keer naar de foto van het huis. 'Waar is dit?' vraag ik.

'In Canley, aan de rand van Coventry.'

Er stormt iets donkers, iets onheilspellend op me af. Iets wat zo afgrijselijk is, dat ik het niet wíl denken. Maar ik moet wel. Ik moet wel.

Ik dwing mezelf een slokje cognac te nemen en begin bijna te hoesten omdat het zo brandt in mijn keel.

Geen sirenes. Er waren helemaal geen sirenes. En waarom stond de ambulance in het straatje achter het huis te wachten? Normaal zou die toch gewoon vóór het huis staan?

Het was ma's idee van de leesclub. Ma die me Liz' nummer gaf. Ze zei dat ze het van de man van de boekenwinkel had, maar...

O mijn god! Ik denk dat Liz míj probeert te beschermen. Mij en... mij en ma!

Ik heb het gevoel dat ik uit elkaar val. Opeens wordt me van alles duidelijk... Het ene besef volgt het andere op. Een kaartenhuis dat instort. Ik heb niet alleen geen foto's van mezelf als kind, er zijn ook geen foto's van háár. Ze zijn allemaal verloren gegaan bij de brand, samen met onze persoonlijke bezittingen. Maar stel dat dat niet waar is? Stel dat ze opzettelijk zijn vernietigd?

Mijn keel zich potdicht. Als dit waar is... is mijn hele leven een leugen. Opa en oma! Wáren ze wel...

'Joey, wat is er? Wat is er met je?'

*Lucy Locket lost her pocket. Kitty Fisher found it.*

Mijn favoriete kinderliedje. Daarom noemde ik mijn fantasievriendinnetje zo. Of dat is wat ma altijd zegt... Maar als ma een andere naam kreeg, kreeg ik er ook een... Dan moest ze me ervan overtuigen dat ik Joanna heette.

Joanna, niet Lucy. Ik wil het uitgillen, maar ik kan het niet. Ik kan nauwelijks ademhalen.

Dit kan niet. Het is niet waar. Het is belachelijk. Ondenkbaar.

Hoe kan mijn eigen moeder Sally McGowan zijn?

# 43

Ik herinner me niet dat ik de cognac heb opgedronken, maar dat moet wel, want het glas is leeg.

'Ik bestel een nieuwe voor je,' zegt Michael.

'Nee. Ik wil geen nieuwe.' Mijn stem klinkt vreemd. Mechanisch.

Ik probeer het nog een keer. 'De brand was gewoon een verhaal dat ze me hebben verteld. Om een logische draai te geven aan wat er gebeurde. Om uit te leggen waarom we niet terug konden.'

Michael houdt mijn handen in de zijne. Mijn adem hapert in mijn keel en hij omklemt mijn vingers stevig.

'Wat betekent dat mijn hele leven een verhaal is. Alles wat ik weet is gebaseerd op een leugen.'

Michael zegt eindelijk iets. 'Je bedoelt... je bedoelt? O mijn god, Joey!' Zijn mond valt open, hij laat mijn handen los en leunt naar achteren op zijn stoel. 'Het was helemaal geen brandweerman, hè? Het was iemand van getuigenbescherming die je het huis uit droeg!'

Ik verberg mijn gezicht in mijn handen en druk mijn vingertoppen op mijn oogleden, alsof ik op die manier mijn moeders gezicht – Sally McGowans gezicht – kan laten verdwijnen. Maar dat gebeurt niet. Het wordt steeds scherper. Steeds scherper... Hoe kan ik het niet hebben gezien? De gelijkenis. De smalle neusbrug. De vorm van haar mond. Het is nu opeens zo overduidelijk. Het staart me recht in het gezicht. Letterlijk.

'Hoe kon ze zo tegen me liegen? Hoe heeft ze dat al die jaren kunnen volhouden, zo lang kunnen doen alsof?'

Michael pakt mijn handen weer en masseert mijn handpalmen met zijn duimen. 'Omdat ze niet anders kón?'

'Misschien loog ze ook wel tegen papa. Is hij daarom bij ons weggegaan?'

'Dat weet ik niet, Joey. Die vragen kan je moeder alleen zélf beantwoorden.'

'Misschien was hij helemaal niet zo slecht als zij beweert. Misschien kon hij gewoon niet leven met iemand die zoiets had gedaan als zij.' Ik trek mijn hand weg en sla die voor mijn mond, ik begin te kokhalzen. 'Ik moet overgeven.'

Ik haal de dames-wc maar net op tijd. Hangend over een toiletpot ga ik over mijn nek. Eerst een zure golf cola en cognac en dan alleen maar gal. Het blijft komen tot mijn maag volkomen leeg is en ik alleen maar kokhals zonder nog iets op te geven. Ik ben helemaal klam van het koude zweet.

Dan voel ik een hand tussen mijn schouderbladen. Het is Michael die me over mijn rug wrijft. Hij helpt me overeind en leidt me naar de wasbak. Het gezicht dat me aanstaart vanuit de spiegel is grijs, het haar zit tegen mijn voorhoofd geplakt. Het voelt alsof ik kijk naar een onbekende.

Michael wacht naast me, als ik water in mijn gezicht gooi en mijn mond spoel. Hij haalt een stapel papieren handdoekjes uit het apparaat en geeft ze me aan. Er komt een vrouw de toiletruimte binnen die boos naar ons kijkt. Naar Michael. Hij neemt me mee de gang op en terug naar de bar.

Michael vraagt om een glas water en zegt: 'Hier, neem hier maar een paar slokjes van.'

Maar dat durf ik niet. Ik ben bang dat ik dat niet binnenhoud.

'Ik kan het nog steeds niet geloven. Het is allemaal zo onbegrijpelijk. Ik weet niet eens meer wie ik bén.'

Michael buigt zich naar me toe en streelt mijn wang. 'Je bent nog steeds dezelfde persoon, Joey. Je bent nog steeds jíj! Dat is niet veranderd.'

'Jawel. Natuurlijk wel! Snap je dat niet? Ik ben Joanna Critchley niet. Ik ben zelfs Lucy Holmes niet eens. En ik heb geen idee wie ik wél ben.'

Er branden tranen in mijn ogen. Ik wil niet gaan janken in deze onpersoonlijke, snel drukker wordende hotelbar, maar ik kan er niets aan doen. Mijn ogen kunnen de tranen niet langer binnenhouden.

'Mijn moeder heeft een kind vermoord.' Hoewel ik het fluister, voelt het alsof ik de woorden heb uitgeschreeuwd. Alsof iedereen het heeft gehoord.

Iemand komt naar ons tafeltje toe. Ik zie het vanuit mijn ooghoeken: donkerblauwe schoenen met een klein hakje, een wijde, zijden broek die om haar enkels ruist. Ik kan mezelf er niet toe brengen om mijn hoofd op te tillen, omdat ik weet wie dit is en ik haar gezicht niet wil zien. Deze vrouw die het altijd heeft geweten. Mijn moeders beschermer. Haar geliefde, verdomme!

Ze gaat naast me zitten. Ik zie haar magere bovenbenen, de knokige knieën die zich aftekenen door de stof van haar broek. Ze legt haar linkerhand op mijn schouder, heel licht, maar toch krimp ik in elkaar. Michael en zij communiceren zonder woorden, ik voel het, ik ben me bewust van hun ongeruste blikken naar elkaar.

'Je moeder houdt heel erg veel van je, Jo,' zegt Liz.

'Niet genoeg om me de waarheid te vertellen.' Mijn stem klinkt schor. Een kapot blikje dat over beton schraapt.

'Dat wilde ze, echt. En ze wist ook dat ze dat zou moeten doen, maar ze durfde niet. Ze was zo bang je kwijt te raken.'

'Nou, dat is dan nu gebeurd.'

'Nee. Je bent in shock. Je hebt tijd nodig om het te verwerken. Je blijft er niet eeuwig zo over denken. Dat weet ik zeker.'

Ik kijk langzaam omhoog. Mijn hoofd voelt zo zwaar dat het bijna ondraaglijk is. De spieren in mijn nek voelen zo breekbaar als glas dat ieder moment aan scherven kan vallen.

Liz' mond beweegt. Ze vormt woorden met haar lippen maar

ik kan ze niet horen. Mijn oren fluiten en mijn rug is helemaal bezweet. Ik ga flauwvallen. Michael duwt mijn hoofd tussen mijn knieën en zegt dat ik diep moet inademen.

Ik wil eeuwig zo blijven zitten, met mijn gezicht omlaag, het bloed dat naar mijn hoofd stroomt. Ik focus me op mijn laarsjes. Enkellaarsjes. Een beschadiging op de linkerneus. Een klein stukje blad aan de hak geplakt. Op dit moment zijn die laarsjes het enige wat me aardt. De rest is verkruimeld tot niets. Ik ben bang dat ik, als ik overeind kom, ook verkruimel. Dat ik verga tot stof. Alsof ik nooit heb bestaan.

Er zwelt een geroezemoes aan in mijn oren. Ik ben me ervan bewust dat er mensen om ons tafeltje heen staan. Schoenen van andere mensen. Bezorgde stemmen.

Dan Michaels stem: 'Het is in orde. Dank u. Straks gaat het wel beter met haar. Wij redden het wel hier.'

Als hij zijn handen niet op mijn schouders had gelegd en me niet omhoog had getrokken tot ik rechtop zat, hing ik nog steeds boven mijn laarsjes. Alleen mijn laarsjes en ik. De rest van deze vreemde, nieuwe wereld buitensluitend.

Ik til het glas water op en neem een slok. Ik heb opeens zoveel dorst dat ik te snel drink. Het water gutst over de rand en druipt over mijn kin. Ik zet het glas neer, zo onhandig dat het bijna omvalt. Ik veeg met mijn hand over mijn mond.

Liz zoekt in haar tas en haalt wat zakdoekjes tevoorschijn. Ze geeft er een aan mij en dept het tafeltje droog met een tweede. Ze droogt de onderkant van het glas. Ze kijkt geconcentreerd en heeft haar ogen onnatuurlijk wijd opengesperd, alsof ze probeert niet te knipperen.

'Er is zoveel wat ik je zou kunnen vertellen, Jo,' zegt ze. 'Zoveel dat ik je wíl vertellen, maar dit is niet míjn verhaal. Het is het verhaal van je moeder. En je moet het van háár horen, niet van mij.'

Er glijdt een eenzame traan uit haar ooghoek. Heel even blijft hij op haar wang hangen, als gestold glas. Dan rolt hij verder.

'Het spijt me,' zegt ze, 'van de tweets.' Haar stem hapert. 'Ik wilde je niet bang maken, maar ik wist niet wat ik anders moest doen.'

# 44

We zitten in Michaels auto. Ik weet niet hoe we hier gekomen zijn. Ik herinner me vaag dat ik liep – of meer geloodst werd, meegevoerd naar een ondergrondse parkeergarage, over een natte stoep, niet de baas over mijn eigen voeten. Mijn lichaam voelt onbetrouwbaar en fragiel, ik kan alleen overeind blijven met Michaels stevige ondersteuning.

Liz is er niet bij. Ik vraag niet waar ze is. Ik wil het niet weten.

Michael rijdt door de donker wordende straten. Hij remt en trekt op in een eindeloze stroom verkeer. Als ik naar links leun, kan ik mezelf zien in de zijspiegel. Donkere gaten waar mijn ogen waren. Niets zit meer op de juiste plek. Zelfs mijn organen lijken verschoven en uit balans.

We zwijgen. Er valt niets te zeggen.

Er valt te veel te zeggen.

Alfie! Als een donderslag zit hij opeens in mijn hoofd. De schok van het afgelopen uur had hem uit mijn gedachten gewist. Het schuldgevoel slaat zo hard toe dat ik even denk dat we ergens tegenaan zijn gereden.

Michaels hand schiet naar mijn bovenbeen. 'Wat is er?'

'Ik moet Karen bellen. Zeggen dat we later zijn.'

'Wil je dat ik de auto aan de kant zet en ík haar bel?'

'Nee, rij maar door. Ik doe het wel.'

Ik voel om me heen naar mijn tas. Mijn telefoon. Ik staar naar het schermpje. Verward. Ik ben vergeten wat ik nu moet doen. Hoe ik moet zorgen dat ik kan bellen. De schreeuw overvalt ons allebei.

Versplintert de lucht in de auto. Hij komt uit mijn keel, van heel diep in mijn buik. Een tornado van pijn.

De richtingaanwijzer tikt, maar de verkeersstroom links van ons laat ons niet toe.

'Nee, ik kan het, niet naar de kant gaan.' Mijn hersens werken weer. Ze vertellen mijn vingers wat ik moet doen. Ik scrol door mijn contacten tot ik Karen tegenkom.

'Karen, met Jo.' Ik hap naar adem. Dit is belangrijk. Ik moet mezelf herpakken. Normaal praten. Haar laten weten dat we onderweg zijn.

'Hoi, Joanna!' Helemaal opgewekt en vrolijk. Haar toon steekt, als een onverwachte belediging. 'Alfie heeft net gegeten. Hij is een goede eter, hè?'

'Ja. Ja, inderdaad. Ik bel om te zeggen dat we wat later zijn. Het verkeer…'

'O, geen probleem hoor! Echt niet.' Het is even stil. 'Gaat het, Jo? Je klinkt een beetje…'

'Ik heb slecht nieuws gehad.' Ik knijp mijn lippen op elkaar om de woorden te onderdrukken. De woorden die in een oneindige lus door mijn hoofd malen. Ik ben er net achter gekomen dat mijn moeder als kind een ander kind heeft vermoord. Ik ben er net achter gekomen dat mijn hele verleden een verzinsel is, dat er vanaf mijn geboorte tegen me is gelogen.

'Joanna? Ben je er nog?'

'Ja. Ja, ik ben er nog.'

Is dat wel zo? Ben ik er nog wel? Ben *ík* er? *Iémand* is er nog, ja, ineengedoken op de passagiersstoel, als een gewond dier. Iemand die doet alsof ze Joanna Critchley is. Moeder van Alfie Critchley. Dochter van…

'Ik moet eerst mijn… mijn moeder spreken. Ik ben zo snel mogelijk bij je. Het spijt me…'

'Neem zo lang je nodig hebt. Met Alfie gaat alles prima.' Ze weet dat er iets ergs is gebeurd. Dat hoor ik aan haar stem, die van opgewekt en luchtig is veranderd in serieus en bezorgd.

'Als hij slaap krijgt, maak ik een bedje voor hem op de bank. Doe jij maar gewoon wat je moet doen, oké?'

'Oké.' Het is moeilijk te geloven dat ik even geleden nog dacht dat ze Alfie en mij kwaad wilde doen. Dat ik dacht dat ze Sally McGowans dochter was, terwijl het al die tijd… terwijl ík het al die tijd was.

Het is donker en het regent hard. Michael heeft de ruitenwissers op de hoogste stand staan, maar het zicht is slecht. Koplampen schitteren en vervormen op de voorruit. Achterlichten lopen rood uit. Het is het slechtste moment om uit Londen weg te rijden, maar Michael rijdt goed. Kalm en rustig. Als hij gefrustreerd is, laat hij dat niet blijken. Hij reageert niet als iemand ons afsnijdt of als het verkeer vertraagt tot een slakkengang, weer versnelt en opnieuw vertraagt. Hij past zich aan. Hij rijdt gewoon.

Ik ben me er maar vaag van bewust dat de stad achter de regendruppels op de ruiten wegsijpelt in de buitenwijken en vervolgens overgaat in het donkere niets van het platteland. Aan beide kanten komen er enorme zwarte gaten op ons af en we kunnen alleen het korte stukje weg voor ons zien dat wordt verlicht door onze koplampen.

Dat is alles wat ik heb, dat korte stukje weg. Het enige wat echt is. Ik kan mijn ogen er niet van losmaken.

Michael zet de radio aan om de stilte te verbreken en de zoete, rauwe stem van Ed Sheeran vult de auto met 'Castle on the Hill'. Er komt een arm uit het niets om de radio weer uit te zetten. De mijne, mijn vingers al uitgestrekt. Maar Michael is me voor. Het is te veel. Te echt, te veelzeggend. En ode aan de stad waar hij vandaan komt, terwijl ik hier zit, op weg naar de mijne. Maar alles is veranderd nu. Ik ben uit de aarde gerukt als een ongewilde plant en met mijn wortels open en bloot ergens neergesmeten.

Mijn wortels. Ik sluit mijn ogen en probeer er niet over na

te denken. Zieke wortels. Verrot en misvormd. Kenny en Jean McGowan. Het dreigende loopje. De gebalde vuist. De angst en de schaamte. En Sally, hun dochter. Sally, mijn moeder.

Het is warm in de auto, de lucht bedompt. Ik doe het raampje open. Een klein kiertje, zodat ik mijn vingers op de rand kan leggen en mijn vingertoppen naar buiten kan steken. Dat deed ik als kind ook als we een lange autorit voor de boeg hadden. Ma achter het stuur – een voorzichtige chauffeur, haar handen altijd in de tien-voor-tweepositie, haar knokkels wit van het te hard omklemmen van het stuur – en ik ernaast, starend uit het raam, dagdromend.

Voorzichtige chauffeur. Voorzichtige vrouw. Voorzichtig leven. Het is allemaal zo logisch nu. De puzzelstukjes passen. Ze wekt de indruk dat ze allemaal vriendinnen heeft van het koor, maar nu ik erover nadenk, heeft ze iedereen altijd op afstand gehouden. Ze heeft nooit iemand te dichtbij laten komen. Wat zei Michael ook alweer tegen me, toen in het restaurant? Dat ik altijd zo enorm onafhankelijk was, dat hij bang was dat ik zou afhaken als hij méér van me vroeg. Dat heb ik van háár geleerd. Dat moet wel.

'Gaat het een beetje?'

Hij vraagt het precies op het moment dat er een ijzige regenvlaag door het kiertje binnenwaait, recht in mijn gezicht.

Natuurlijk gaat het niet. Ik leun mijn hoofd tegen het raampje en doe mijn ogen dicht. Het zal nooit meer gaan. Die dagen zijn voorgoed voorbij.

'Als je wilt ga ik met je mee naar binnen. Of heb je liever dat ik in de auto blijf zitten?'

Daar heb ik nog niet eens over nagedacht. Over wat er zal gebeuren als we er zijn. Als ik de auto uitstap en dat huis binnenga. Hoe kan ik me in vredesnaam losrukken uit deze warme, veilige cocon? Met Michael kalm en rustig naast me. En de lichtvlek op de weg voor ons.

Wat zal er gebeuren als ik tegenover haar sta? Wat zal ik zeggen? Wat zal zíj zeggen?

Zat Alfie maar bij ons in de auto, dan konden we gewoon doorrijden en nooit meer terugkomen. Ergens opnieuw beginnen. Alles achter ons laten. Het verleden afstropen als een oude slangenhuid. Dat is wat zíj deed, tenslotte. En meer dan eens.

We komen nu in de buurt. Het laatste stukje van de reis. Bekende rotondes en afslagen. Het lint van de weg niet langer recht maar kronkelig. Groot licht aan. Groot licht uit. Dorpen gloeien op als groepjes edelstenen. Pubs en restaurants. Tesco Express. Alles is nog net zoals het altijd is geweest. Het enige wat veranderd is, ben ik. Mijn verleden, mijn heden en mijn toekomst. Verwrongen tot iets onherkenbaars.

Het laatste dorp voor Flinstead knipoogt naar ons vanuit het donker.

*Liz belt alleen diep in de nacht. De meeste mensen schrikken van een telefoontje op dat tijdstip. Dat kan maar één ding betekenen: er is iets ergs gebeurd. Iets dringends.*

*Een ongeluk.*

*Een tragedie.*

*Een overlijden.*

*Dus als ik haar naam om 17.11 zie oplichten op het schermpje van mijn telefoon, weet ik het. Weet ik dat er iets aan de hand is. Dat het spel dat ik al mijn leven lang speel uit is. Het spel dat ik bijna had gewonnen.*

*Ik weet het al voordat ze iets zegt, ik weet wat ze gaat zeggen en als ze het zegt... als ze het zegt, doorboren haar woorden mijn hart. Als vlijmscherpe messen, duizend keer opnieuw.*

*Joanna weet het. Joanna weet het. Joanna weet het.*

*Ik ga vanavond mijn huis niet uit. Ik trek mijn hardloopkleding niet aan, ik ga niet als een geest door de straten rennen. Ik laat me niet aantrekken door de lichtgloed achter haar raam, als een mot door een kaarsvlam. Naar de zoete warmte van haar ogen en haar mond. Naar de warme gelukzaligheid van haar bed.*

*Ze kan me nu niet troosten. Mijn allerliefste. Mijn Liz.*

*Niemand kan me troosten.*

*Het monster is uit zijn kooi.*

# 45

Ik beef over mijn hele lichaam als de auto voor het huis tot stilstand komt. Het huis. Niet ma's huis. Gebeurt het nu al? De verwijdering?

Michael zet de motor uit en verschuift in zijn stoel om me aan te kijken. Hij neemt mijn handen in de zijne en drukt op allebei een kus. Zijn lippen zijn warm en droog. Zijn stoppels schuren over mijn huid.

'Wil dat ik mee naar binnen ga?'

Ik schud mijn hoofd. Dat is gemakkelijker dan praten.

Het licht bij de voordeur is aan. Ze doet het nooit aan, tenzij ze iemand verwacht of als ze pas laat weer thuis zal zijn. Maar ze gaat er 's avonds bijna nooit uit. Ze doet de deuren al vroeg op het nachtslot. Heeft ze altijd gedaan, sinds ik een klein meisje was en papa weg was bij ons. De deuren werden altijd rond het avondeten op slot gedraaid en dan gingen de gordijnen dicht. Nu weet ik waarom.

'Gezellig,' zei ze altijd. 'Gezellig samen, als twee vlooien in een oude jas.'

Mijn vingers trillen als ik op de bel druk. Hij doet het niet. Ik druk er nog een keer op, harder deze keer. Het vrolijke deuntje waar Alfie en ik vaak een paar danspasjes op doen als we bij haar op de stoep staan, snerpt in mijn oren. Het is een melodie uit een gelukkige, onwetende tijd. Het is ongepast dat het zo meedogenloos opgewekt klinkt.

Ik had moeten kloppen. Een sober klop-klop-klop. Te laat.

Zodra ze de deur opendoet en ik haar gezicht zie, weet ik dat ze het weet. Liz moet gebeld hebben om haar te waarschuwen en daar ben ik blij om. Blij dat ze me niet begroet op de gewone manier. De warme glimlach. De zachte kus op de wang. Het kneepje in de schouders. Blij dat ik geen manier hoef te bedenken om zelf het onderwerp ter sprake te brengen.

'Ik verwachtte je al,' zegt ze. Haar ogen glijden langs de mijne naar Michaels auto.

Ze draait om en loopt voor me uit naar de woonkamer. Er staat een glas met iets amberkleurigs op het bijzettafeltje naast haar stoel. Ze drinkt zelden in haar eentje. Of dat was in ieder geval zo. Maar ik weet natuurlijk niet wat ze deed als ik naar bed was. Of wat ze nu doet, als ik thuis ben met Alfie en zij hier zit, alleen met haar afgrijselijke geheim? Hoe kan ik iets weten over deze onbekende die zich mijn moeder noemt?

Ze knikt naar de kast. 'Wil je ook iets drinken?'

Mijn eerste impuls is om te weigeren. Ik heb sinds de lunch niets meer gegeten en na die eerste scherpe slok cognac in het hotel die in mijn keel brandde, gleed de rest te gemakkelijk naar binnen.

'Ik ben bang dat ik alleen amaretto of sherry heb,' zegt ze, terwijl ze voor de kast hurkt om er iets uit te pakken wat achterin staat.

'Doe maar sherry.'

Dit lijkt verkeerd. Samen sherry drinken alsof ik een gast ben, terwijl zij op het punt staat het slechtste nieuws dat ik ooit heb gehad te bevestigen. En ongetwijfeld gaat uitweiden over de gruwelijke details. Uitleg geven.

Maar ik begrijp natuurlijk precies wat ze doet. Ze stelt het moment zo lang mogelijk uit. Ze heeft het nodig een tijdje bezig te zijn met glazen en flessen, nog een onderzetter op de salontafel te leggen, de fles sherry weer op te bergen in de kast. Dit zijn normale dingen. Dingen die je doet als iemand langskomt voor een drankje. Ze probeert de illusie van normaliteit tot de laatst mogelijke seconde te rekken. Misschien doen we dat allebei.

De illusie van normaliteit. Dat is het enige wat het ooit is geweest.

Ik pak het te volle glas sherry van haar aan en zet het met bevende hand op tafel.

Nu, pas nu, durven we elkaar aan te kijken.

'Waar wil je dat ik begin?' vraagt ze terwijl ze mijn blik vasthoudt.

Ik kijk als eerste weg. Ik staar naar mijn handen in mijn schoot, de opgezwollen aderen. 'Bij het begin.'

Ze knikt. 'Maar eerst wil ik zeggen dat Alfie en jij de belangrijkste mensen in mijn leven zijn.'

'Belangrijker dan Liz?'

Ze kijkt geschokt, alsof ik haar net een klap in haar gezicht heb gegeven. 'Hoe kun je dat überhaupt vragen?'

'Misschien omdat zij alles van je weet en ik helemaal niets. Je hebt niet vierendertig jaar lang tegen háár gelogen. Misschien is het daarom.'

Ze brengt haar handen naar haar gezicht – gevouwen als in een gebed, haar vingertoppen raken elkaar boven haar neus. Ze wiegt langzaam op en neer op haar stoel. Als een kind. Ik heb haar pijn gedaan met mijn woorden, dat weet ik, maar ik kan het niet helpen. Er heeft zich iets kils en afgemetens in mijn hart genesteld.

'Ja, ze is de enige die het hele verhaal kent. Maar dat betekent niet dat ze belangrijker voor me is dan jij. Je houdt niet meer van Michael dan van Alfie, toch? Natuurlijk niet!'

Mijn vingers krullen zich in een vuist. Hoe durft ze Michael en Alfie erbij te halen? Hoe durft ze vergelijkingen te trekken tussen haar leven en het mijne?

'Liz geloofde in me. Ze was nog maar nauwelijks volwassen toen ze op Grey Willow Grange kwam werken. Het was haar eerste echte baan na de universiteit. Het moet een vuurdoop zijn geweest om in zoiets terecht te komen.'

Ze sluit haar ogen en leunt achterover in haar stoel.

'Voor ik werd vrijgelaten, overtrad Liz de regels en gaf ze me een postbusadres. Ze zei dat ik altijd contact met haar mocht opnemen als ik haar nodig had. En ik hád haar nodig! Ik stuurde haar brieven.

Het was een risico, haar te schrijven onder mijn nieuwe naam, maar ik vertrouwde haar. Ik heb haar altijd kunnen vertrouwen. Liz was mijn anker. Nog steeds.'

Ze ademt in en haar gezicht verzacht even. 'In die hele angstige tijd dat ik alleen was, alleen in de wereld waar iedereen die ik ontmoette, elke plek waar ik heenging, een gevaar betekende, het gevaar om ontmaskerd te worden, die hele tijd was Liz er voor me. In haar brieven. Alleen daardoor hield ik het vol. Tot ik je vader leerde kennen, natuurlijk.'

Ze buigt naar voren en pakt haar glas. Neemt een slokje. 'Maar ik ben al veel te ver in de tijd. Ik zou het vanaf het begin vertellen. Waar het allemaal begon.'

'Nee, vertel me eerst over papa. Wist hij het? Wist hij wie je was?'

Ze draait haar gezicht af. 'Ik wilde het vertellen, net zoals ik het jou wilde vertellen als je oud genoeg was om het te kunnen begrijpen, maar ik kon het niet. Ik kón het gewoon niet. Elke keer dat ik probeerde de woorden te vinden, verloor ik de moed. Ik wilde hem niet kwijtraken, net zoals ik jou niet wilde kwijtraken. Niet wíl kwijtraken.'

'Maar hij kwam erachter.'

'Ja. Op de allerergste manier. Een steen door de ruit. Haatteksten op de voordeur. De hele buurt die buiten stond te gillen en te krijsen.'

Ik denk aan de foto van het huis. Die moet de dag erna zijn genomen, toen we al waren weggehaald door de ambulance, waarvan ik nu besef dat het een onopvallend busje moet zijn geweest.

'Is dat waarom hij ons verliet? Om wie je was? Die andere vrouw, dat andere gezin, waren dat ook allemaal leugens van je?'

'Nee! Ja. Maar geen echte leugens. We moesten iets verzinnen om het uit te leggen.'

'We?'

'De paar mensen die mij onder hun hoede hebben. Nog steeds. Die zorgen dat ik veilig ben. Zorgen dat jíj veilig bent. En Alfie.'

Ik deins naar achteren. Zijn naam uit haar mond horen, klinkt helemaal fout. Ik wil niet dat hij hier iets mee te maken heeft. Het is te veel. Ik stel hem me voor in Karens appartement. Hij zit waarschijnlijk een dvd te kijken met Hayley of misschien heeft ze hem zover gekregen een scène uit *Frozen* met haar na te spelen. Wat ik er niet voor over zou hebben om nu gewoon thuis te zijn met hem. Hij is het enige wat ik nu nog heb. Hij en Michael. De enige twee personen in mijn leven die echt zijn. Nee, dat is niet waar. Mijn vader was ook echt.

'Had hij de keuze om me nog te zien?'

'Hij is een tijdje gebleven. Ze brachten ons naar een huis in Gravesend. We woonden daar een tijdje, maar het werkte niet. Hij kon er niet mee leven. Hij zei dat hij nog steeds van me hield en natuurlijk hield hij ook van jou, maar het werd nooit meer zoals vroeger. Dat kon natuurlijk ook niet. Maar hij had de keuze. Hij had de keuze om bij ons te blijven en ook een nieuwe identiteit te krijgen of om weg te gaan en ons nooit meer te zien.'

Ze wendt haar blik weer af. 'Hij koos voor weggaan. Naar Amerika. Hij had familie daar.'

Mijn kaken doen pijn omdat ik ze al die tijd op elkaar heb geklemd. Arme papa. Het moet een keuze uit twee kwaden zijn geweest. Om je hele identiteit op te geven – je baan, je familie, al je vrienden – en alleen voor je kind bij een vrouw te blijven die je niet langer kent of vertrouwt, of weggaan en opnieuw beginnen. De hele zielige boel achter je laten. Iets in me haat hem omdat hij niet is gebleven, omdat hij mij niet op de eerste plaats heeft gezet, maar een groter deel van me begrijpt het. Hoe kon hij van haar houden na al die leugens? Hoe kan ík van haar houden?

Mijn telefoon pingt. Ik kijk wie me een berichtje stuurt. Het is Michael.

'Gaat het? Wil je dat ik binnenkom of zal ik Alfie gaan halen?'

Ik tik een antwoord. 'Kun je hem ophalen? Appartement 2A, The Regal. Ga maar naar huis, ik bel je later.'

Ik werp een korte blik op mijn moeder. Haar gezicht is asgrauw en ze heeft haar glas al leeg. Dit gaat veel en veel later worden. We zijn nauwelijks begonnen.

# 46

Ik laat de telefoon terug in mijn tas glijden en zou niets liever willen dan nu bij Michael zijn. Samen Alfie ophalen, samen naar huis. Een gewone avond. In plaats van hier zitten en luisteren hoe mijn moeder mijn hele leven ontmantelt.

'Dus papa ging weg en jij besloot hém in een monster te veranderen. Nou, bedankt. Bedankt dat je me hebt laten geloven dat hij een klootzak was, dat hij niet genoeg van me hield om contact te houden.'

Al die gebroken beloftes. Al die keren dat ik mezelf in slaap heb gehuild omdat papa was weggegaan. Er was gewoon niets van waar. Hij kón geen contact houden. En toen we een nieuwe identiteit hadden, kon hij me niet eens vínden.

'Het was voor mij ook moeilijk,' fluistert ze. 'Hij was mijn mán! Ik hield van hem. En hoe had ik zijn afwezigheid anders aan je moeten uitleggen? Had je liever gehad dat ik tegen je had gezegd dat hij dood was?'

'Dat was misschien beter geweest, ja. Ik weet nu ook niet eens of hij nog leeft.'

'Hij leeft nog.'

Ik forceer mezelf om te slikken. Mijn keel zit dicht. 'Hoe weet je dat?' Ik leun naar voren en staar haar aan. 'Weet je waar hij is?'

Dat heb ik nooit eerder willen weten. Ik heb nooit iets te maken willen hebben met hem. Daar heeft ze wel voor gezorgd. Maar nu het is anders. Het is allemaal veranderd.

'Nee, maar er is me verteld dat hij leeft en dat het goed met hem gaat. Hij woont ergens in New York.' Ze wrijft haar handen tegen elkaar. 'Het waren niet allemaal leugens, Jo. Hij heeft een nieuw gezin. Twee dochters en een zoon.'

'Waarom heb je het gedaan? Waarom heb je dat jongetje gedood?' Het klinkt rauw en onbarmhartig en verscheurt de stilte in deze doodgewone woonkamer. 'Een klein jochie dat niet veel jonger was dan je eigen kleinzoon.'

Ze grijpt naar haar maag alsof ze er een stomp in heeft gekregen. Heel even heb ik bijna medelijden met haar. Bijna, maar niet helemaal. Hoe moet ik weten wat nog waar is, wat echt is?

Ze staat op en loopt naar de andere kant van de kamer. Ze zet haar handen tegen de muur en laat haar hoofd hangen. 'Je moet weten dat ik, als ik over haar praat, over Sally, dat ik dan over een andere persoon praat.'

Ze heft haar hoofd op en loopt terug naar haar stoel. Ze gaat zitten, ineengedoken, haar handen om haar knieën geklemd.

'Ik neem aan dat het voor iedereen ongeveer zo is. We veranderen. Van jaar op jaar. Maand op maand, week op week. Soms is er maar een dag voor nodig. Een uur. Een minuut.' Ze ademt diep in. 'Een seconde.'

Onder het praten staart ze de hele tijd in het niets. Nu knijpt ze haar ogen dicht, alsof ze probeert iets niet te zien. Als ze ze weer opendoet, flitsen ze even naar mij. Een vluchtige blik.

'Ze had geen jeugd. Niet op de manier zoals jij die had, of Alfie. Maar je weet natuurlijk al het een en ander over haar achtergrond. Je hebt erover gelezen, toch?'

Ik reageer niet.

'Ik zag je zoekgeschiedenis toen je naar de leesclub was.'

Ik staar haar aan.

'O, ik zat niet te neuzen in je privéspullen, hoor. Ik was bezig met een kruiswoordpuzzel en wilde iets opzoeken. Je iPad lag op de bank. Ik zag alle tabbladen bovenaan het scherm. Alle vensters die je had geopend. Over haar leven. Sally's leven.'

'Jóúw leven!' zeg ik.

'Nee!' Haar ogen vlammen op en één seconde ben ik bang. Bang voor mijn eigen moeder. Bang voor de persoon die ze was, misschien nog steeds is, ergens diep vanbinnen. Weet ze van de tweets die Liz heeft gepost? Zaten ze samen achter die foto? Dat móét wel. Hoe kon ze me dat aandoen? Haar eigen dochter!

'Niet míjn leven,' zegt ze. 'Háár leven. Dat heb ik je gezegd. Ze is míj niet. Ik ben haar niet. Ik ben haar al zo lang niet meer, ik kan niet...' Haar stem breekt.

Ik focus me weer op mijn handen. Ze zijn zo hard in elkaar geklemd dat mijn onderarmspieren er pijn van doen. Ik weet niet meer wie dit is. Ik weet helemaal niets van deze vrouw.

'Jij hebt zoveel geluk, Jo. Je weet niet hoe het is om zo bang voor een man te zijn dat je bloed bevriest in je aderen als je zijn sleutel in de voordeur hoort. Dat je in je broek plast van angst als je hem de trap op hoort komen, bij elke stap die hij dichterbij komt. Je kunt je nergens verstoppen en gillen helpt niks, dus wacht je. Tot het weer gebeurt, elke keer weer. En weer en weer en weer. Het houdt nooit op. Als hij je niet afranselt met zijn riem, ritst hij zijn gulp wel open. Je zit ineengedoken op de vloer, terwijl hij zijn voeten aan beide kanten naast je zet en je dingen moet doen waar een kind niet eens vanaf hoort te weten, laat staan gedwongen worden ze te doen.

En als hij mij niet terroriseerde, kreeg mijn moeder ervan langs. Soms greep hij haar bij de keel en tilde hij haar op, aan haar keel, en drukte haar tegen de muur tot ze helemaal blauw werd en haar benen alle kanten op zwaaiden. Ik keek toe hoe ze langs de muur omlaaggleed als hij haar losliet en als een lappenpop op de vloer bleef liggen. Soms gaf hij haar dan nog een trap na.'

Ze kruipt in elkaar tegen de rugleuning van de stoel, alsof hij weer voor haar staat.

'O, hij was de duivel zelf, Jo,' huilt ze. 'De duivel.'

Ik zou haar nu moeten troosten. Haar in mijn armen moeten

nemen en stevig vasthouden. Dit is mijn moeder. De vrouw van wie ik mijn hele leven heb gehouden, tegen wie ik opkeek en hier zit ze, gevangen in de herinneringen aan haar vreselijke verleden, te jammeren als het bange kind dat ze ooit was. Maar ik zit aan de bank geplakt. Verstijfd en verdoofd. Het is afschuwelijk wat ze vertelt. Erger dan ik me kan voorstellen, dan ik ooit had gedacht. En ik weet dat er nog meer komt. Ik zie het aan haar ogen. Ik kan nauwelijks ademen.

Dit kan niet echt gebeuren. Dat kán niet. Dat ik hier zit, in de woonkamer van mijn moeder, om acht uur 's avonds, aan de sherry, te luisteren naar dit walgelijke verhaal en naar haar kijk terwijl ze haar verleden oprakelt en het allemaal nog een keer doormaakt. Dit kan niet waar zijn...

'Vertel je me dit allemaal als excuus voor wat je hebt gedaan? Want daar bestaat geen excuus voor. Je hebt een klein kind vermoord!'

'Nee,' zegt ze. 'Dat heb ik niet gedaan. We waren aan het spelen. Het was een spelletje dat helemaal fout is gelopen. Je moet me geloven, Jo.' Haar handen klauwen zich wit in de armleuningen van de stoel.

Mijn telefoon gaat in mijn tas. Ik vis hem eruit en zie dat het Michael is. Godver. Waarom belt hij nu? Hij weet toch hoe moeilijk dit moet zijn.

'Hallo?'

'Jo, er is hier niemand.'

'Hoe bedoel je?'

'Er is niemand thuis. 2A zei je toch, hè?'

'Ja. Het is op de begane grond. Je moet beneden in de hal op de bel drukken en dan...'

'Ja, dat heb ik gedaan, maar er wordt niet opengedaan. Ik bel wel bij de buren aan, hopelijk kom ik dan het gebouw binnen. Misschien is hun bel kapot.'

Dan zegt hij zacht en vertrouwelijk: 'Hoe... Hoe gaat het daar?'

Ik zucht. 'Wat denk je...'

'Shit. Stomme vraag. Sorry dat ik jullie heb gestoord. Ik was bang dat ik het adres verkeerd had verstaan. Maak je niet ongerust. Ik neem Alfie mee naar huis en dan wacht ik tot je me belt.'

# 47

Ik vouw mijn handen in mijn schoot en doe geen enkele poging de bitterheid in mijn stem te verhullen. 'Dus, waar waren we? Ik geloof dat je nog meer smoesjes ging aanvoeren over waarom je die jongen hebt gedood.'

Ma knijpt haar ogen even dicht. 'Het zijn geen smoesjes, Jo. Ik probeer je gewoon het hele verhaal te vertellen. Het in een context te plaatsen. Ik heb zo lang gewacht het je te vertellen, dan kun je het net zo goed helemaal horen.'

'Zo lang gewacht het me te vertellen?' Ik schud mijn hoofd van ongeloof. 'Zoals jij het zegt lijkt het alsof het jóúw beslissing is het eerlijk op te biechten. Je zou dit verhaal helemaal niet zitten te vertellen als ik er niet achter was gekomen.'

'Je hebt het mis. Je hebt het helemaal mis. Ik zit er al jaren over te piekeren. Lang voordat ik op je iPad zag waarnaar je had gezocht. Lang voordat die arme vrouw van dat winkeltje werd belaagd. Dat heb ik ook tegen Liz gezegd. Dat ik mijn verhaal wilde doen, wilde vertellen hoe het echt zat. Duidelijk wilde maken hoe een monster wordt gemaakt.' Ze tikt met twee wijsvingers op haar borst. 'Is dat wat je denkt dat ik ben, Jo? Een monster?'

Ik adem diep in. 'Ik weet niet meer wat ik denk. Ik weet alleen dat ik je niet kan vergeven. Wat je verhaal ook is. Ik kan je niet vergeven dat je al die jaren tegen me hebt gelogen. Dat je mij hebt laten geloven dat mijn vader een klootzak was, dat je al mijn mooie herinneringen aan opa en oma hebt verpest.'

Er stromen tranen over mijn wangen. 'Wie waren dat, die

mensen? Wie waren Lilian en Henry Brown?'

Ma huilt nu ook. 'Ze wáren je opa en oma. Misschien niet je biologische, maar voor de rest in elk denkbaar opzicht. En voor mij waren ze een vader en een moeder of iets wat daar heel dichtbij kwam.

Toen ze ons naar Romford verplaatsten, begon ik voor geleidehonden te zorgen. Met ze wandelen, trainen, voor ze zorgen als ze met pensioen waren. Het maakte deel uit van mijn nieuwe identiteit en ik vond het heerlijk. Zo heb ik ze leren kennen, Henry en Lilian. Ik heb Henry's hond, Lula, overgenomen toen ze te oud was om nog te werken en Henry een jongere hond nodig had. Het waren hele lieve, aardige mensen. Ze hadden zelf geen kinderen en ze waren echt dol op ons, Jo. Mijn nieuwe achtergrondverhaal was dat mijn eigen ouders waren overleden bij een auto-ongeluk toen ik vijftien was en ze waren meer dan bereid om die rol een beetje over te nemen. Ze waren helemaal weg van je, Jo. Lilian vond het geweldig toen je haar "oma" begon te noemen.'

Ze haalt een zakdoek uit haar zak en snuit haar neus. 'Ik had je eigenlijk moeten vertellen dat het niet je echte opa en oma waren, maar dat kon ik niet. Ik was het eerst wel van plan, maar hoe langer ik het uitstelde, hoe minder ik er het nut van inzag. Als ik je had verteld dat je grootouders waren omgekomen bij een auto-ongeluk zou je daar alleen maar verdriet van hebben. En dat was óók een leugen, tenslotte. Want je echte grootouders zijn... Nou... dat weet je wel...'

Ik zie die akelige foto van Kenny en Jean McGowan weer voor me. Ik knijp mijn ogen dicht en probeer me in plaats daarvan Lilian en Henry Brown voor de geest te halen.

'Toen overleed Henry en Lilian kort daarna. En daarmee waren alle mensen die iets voor me betekenden uit mijn leven verdwenen,' zegt ze, terwijl ze de zakdoek in elkaar draait in haar handen. 'Je vader. Lilian. Henry. Jij was de enige die ik nog had. En Liz.'

Liz. Ik vroeg me al af wanneer zij weer ter sprake zou komen.

'Liz heeft me in slechte tijden op de been gehouden, ervoor gezorgd dat ik niet gek werd. En er zijn veel slechte tijden geweest, vooral na het gerechtelijk bevel. Dat moest ons beschermen tegen de pers, zodat ze niet doorlopend naar ons op jacht waren. Maar voordat het wat beter werd, moest het eerst nog een stuk slechter worden. Sylvia Harris' reactie op het verbod was negatief; ze vond het niet eerlijk dat ik in de anonimiteit kon verdwijnen en nooit meer lastiggevallen zou worden door de pers, terwijl zij en haar familie juist overlopen werden door diezelfde pers als het weer zoveel jaar geleden was. Je weet wel: "Het is vandaag tien jaar geleden dat het monster Sally McGowan... Vijftien jaar geleden, twintig... Vijfentwintig..." Of als een ander kind iemand vermoordt of iets aandoet. Het houdt nooit op. Naar mij komen ze nooit voor een interview, omdat dat niet kan. Ze weten niet waar ik zit en ook al weten ze me te vinden, er is een gerechtelijk bevel dat er niets gepubliceerd mag worden. Maar Sylvia mochten ze wel benaderen en de rest van haar familie ook. Ze begonnen een campagne om het gerechtelijk bevel teniet te doen.

Toen Sylvia overleed, dacht ik dat het wel minder zou worden. Maar toen nam haar dochter het stokje over, Robbies oudere zus, Marie. Die wil mijn gezicht weer in alle kranten zien. Niet het gezicht van mij als tienjarig meisje, maar mijn gezicht van nu. En als dat gebeurt, is mijn leven voor eeuwig kapot. Dan zal ik overal waar ik ga of sta worden verguisd. Bestookt. En jij en Alfie zullen er ook in meegezogen worden. Dan zijn jullie levens ook vergiftigd, net zoals het mijne vergiftigd is.

Ik ben doodsbang geweest sinds ik zag wat je online had opgezocht. Daarom ben ik zo ziek geweest. Ik vertelde het aan Liz en toen hoorde ik van haar dat je het er op leesclub ook over had gehad. En daarna Sonia Martins, dat zij het doelwit was...'

'En dus smeedden Liz en jij een plannetje om me zo bang te maken dat ik mijn mond voortaan hield.'

Ze kijkt me aan alsof ik gek ben geworden. 'Als je denkt dat ik iets zou doen om mijn eigen dochter bang te maken, dan ben je echt krankzinnig. Je bent het kostbaarste in mijn leven, Jo. En Alfie natuurlijk. Ik zou jullie nooit kwaad doen. Nooit. Dat wéét je toch!'

'Weet ik dat? Hoe dan? Na alles... Ik weet niks meer.'

Maar diep in mijn hart weet ik het wél. Ik weet dat het waar is wat ze zegt. Ze zou ons nooit kwaad doen, nooit verdriet doen. Dat kan ze niet.

Ze gaat met haar hand door haar haren en maakt een wanhopig gebaar. Dan versteent ze. Haar hoofd gaat met een ruk omhoog.

'Wat bedoelde je daarmee? Dat wij je bang probeerden te maken?'

Ik vertel haar over de tweets van Sally Mac en de Halloweenfoto.

'Zoiets zou Liz nooit doen.'

'Jawel, dat zou ze wel doen. Ze heeft al toegegeven dat zij die tweets heeft gestuurd.'

Haar mond valt open. 'Maar niet de foto. Dat zou ze echt niet doen. Dat weet ik zeker!' Ze kijkt me recht aan en ik zie de angst in haar ogen. 'O god! Misschien heeft Marie me gevonden! Begrijp je wat dat betekent, Jo? Als Marie vermoedens heeft waar ik zit, dan weet ik bij god niet wat ze zal doen.'

Ze schiet overeind uit haar stoel, loopt naar de kast, trekt een la open, haalt er een mapje uit en begint erdoorheen te bladeren. Dan vindt ze wat ze zoekt en geeft me met bevende handen een krantenknipsel aan.

'Marie wil geen gerechtigheid voor Robbie, ze wil wraak!'

# 48

## MOEDER SLACHTOFFER KINDERMOORDENAAR SALLY MCGOWAN OVERLEDEN

Door Sam Adler
Maandag 6 augustus 2012
*Daily Mail*

Sylvia Harris, de moeder van de vijfjarige Robbie Harris die werd gedood door kindermoordenaar Sally McGowan, is na een lang ziekbed overleden. Ze werd 72 jaar.
'Mijn moeder is de moord op Robbie nooit te boven gekomen,' zegt haar dochter Marie. 'Ze heeft geprobeerd een goede moeder voor me te zijn, maar haar geest was gebroken. Ik hoop en bid dat ze nu rust heeft. Bij Robbie.'
Marie voegde er verder aan toe: 'Misschien zullen we, als McGowan sterft, eindelijk in staat zijn om door te gaan met ons leven. Maar ik kan het niet verkroppen te weten dat zij nog ergens vrij rondloopt, terwijl mijn broertje en mijn moeder dood zijn. Ik ben ervan overtuigd dat de ziekte van mijn moeder niet alleen te wijten is aan de dood van Robbie, maar ook aan het feit dat McGowan een tweede kans heeft gekregen en in alle anonimiteit een nieuw leven kon beginnen, een leven zonder steeds die publiciteit. Een leven dat ons, de slachtoffers, niet is gegund. Ik word er gewoon onpasselijk van als ik eraan denk dat iemand in mijn familie met haar of haar kind in aanraking zou kunnen komen... Zonder dat te weten...

Mijn moeder zei altijd: "Waarom krijgt zij zoveel? Zoveel meer dan wij? Het recht om opnieuw te beginnen, het recht niet te worden lastiggevallen door journalisten, het recht een rustig en vreedzaam leven te leiden?"

Zij is niet het slachtoffer hier. McGowans misdaad heeft ons hele gezin kapotgemaakt. Het huwelijk van mijn ouders is geklapt. Mijn moeder heeft altijd ernstige problemen met haar gezondheid gehad en ik ben niet alleen mijn broertje, maar ook mijn jeugd kwijtgeraakt. En allemaal door wat dat monster op haar geweten heeft.'

Het is bekend dat Marie Harris in het verleden heeft gezegd dat ze nooit zal stoppen met zoeken naar Sally McGowan om haar anonimiteit te doorbreken en haar publiekelijk aan de schandpaal te nagelen. Toen ik haar daar gisteren naar vroeg, wilde ze dat noch bevestigen noch ontkennen, ze zei: 'Ik zal het gevecht om gerechtigheid voor mijn kleine broertje nooit opgeven. Tot aan mijn dood! Sally McGowan zal boeten voor wat ze heeft gedaan!'

Mijn telefoon gaat. Michael weer. Ik loop naar de keuken, geïrriteerd dat we nu weer worden gestoord, maar ook opgelucht. De sfeer in de woonkamer is intens. Ik moet even lucht hebben.

'Het is me gelukt om via een van de buren het gebouw binnen te komen en we hebben een paar keer aangebeld en op de deur van het appartement geklopt, maar er is niemand. Het appartement is verlaten en de lichten zijn uit.'

Het duurt even voordat zijn woorden doordringen in de verwarde kluwen in mijn hoofd.

'Wacht even. Ik bel haar mobiel en dan bel ik je terug.'

'Wat is er?' vraagt ma. Ze is achter me aan naar de keuken gelopen en staat in de deuropening. Ik had liever gehad dat ze in de woonkamer was gebleven. Ik kan het nu niet hebben dat ze hier staat te wachten op antwoorden, alsof ze daar alle recht op heeft.

'De oppas is niet thuis. Maar dat is geen probleem. Ze moest waarschijnlijk even een boodschap doen.'

'Welke oppas?'

Ik heb Karens naam in mijn contacten gevonden en druk op 'bellen'. Haar telefoon gaat over, maar schakelt dan over naar voicemail. Ik probeer het nog een keer, met hetzelfde resultaat. Er ontrolt zich een angstig gevoel in mijn onderbuik.

Ze komen natuurlijk zo terug. Natuurlijk. Ik spreek een bericht in. 'Karen, met Jo. Michael staat voor de deur om Alfie op te halen, maar er is niemand thuis. Kun je me alsjeblieft bellen?'

Ik draai ma's bezorgde gezicht de rug toe en bel Michael weer. 'Ik kom er niet doorheen. Ik heb een bericht achtergelaten op haar voicemail.'

'Dat weet ik. Ik hoorde het door de brievenbus.'

'Wat?' zeg ik.

'Haar telefoon ligt nog binnen,' zegt hij. 'Misschien is ze even melk gaan halen of zoiets.'

Ja. Dat moet het zijn. Niks om me ongerust over te maken. Melk. Bij mij is de melk altijd opeens op. Maar zou ze de kinderen niet gewoon bij haar moeder hebben achtergelaten, als ze heel even naar de winkel moest?

'Ik wacht in de auto tot ze er is.'

'Wat is er?' vraagt ma zodra ik de verbinding verbreek. 'Waar is Alfie?'

'Bij Karen. Er is niks aan de hand.'

'Wie is Karen?'

'De moeder van Hayley. Je kent haar van het schoolplein. Ze was met haar moeder.'

Ma kijkt ongerust. 'Hoe goed ken je haar?'

Ik lach schamper. 'Jezus! Moet jíj vragen, zeg!' Ik kijk of het volume van mijn telefoon op z'n hardst staat. 'Niks aan de hand. Ik ken haar van de oppaskring én van de leesclub. En ik ben al een keer bij haar op bezoek geweest. Ik heb gezegd dat ik later zou zijn, dus misschien heeft ze de kinderen meegenomen naar de winkel voor wat lekkers of iets dergelijks.'

'Daar is het een beetje laat voor.'

Ik kijk op de keukenklok. Het is halfnegen. Ze heeft gelijk. Het is een beetje laat om nu met twee kinderen van zes naar de winkel te gaan om snoep te kopen. Maar er is niks aan de hand. Alles is goed met Alfie, er is natuurlijk een logische verklaring voor waarom ze niet thuis zijn.

Misschien is er iets gebeurd met haar moeder en moest ze plotseling naar het ziekenhuis en is ze in de paniek haar telefoon vergeten. Shit! Ik zie Alfie voor me op de spoedeisende hulp, moe en verveeld. En natuurlijk pikt hij daar ook nog allerlei ziektekiemen op. Maar ik kan Karen op geen enkele manier bereiken als ze haar telefoon vergeten is... En ze kent mijn nummer natuurlijk niet uit haar hoofd... Ik kan alleen maar hopen dat ze het nummer van een andere moeder uit haar hoofd kent en me op die manier kan bereiken. Maar die kans is natuurlijk klein. Ik ken Tash' nummer niet eens uit mijn hoofd en zij is mijn beste vriendin! Zonder mijn telefoon ben ik echt verloren. Als ze niet gauw terugkomt, moeten we het ziekenhuis bellen om te kijken of ze daar is. Of er zelf naartoe rijden. Fuck. Fuck. Fuck!

Ik bel Michael nog een keer.

'Nog steeds geen enkel teken van hen,' zegt hij.

Hij probeert niet ongerust te klinken, maar dat is hij wel, dat hoor ik. Er begint iets akeligs te zeuren in mijn achterhoofd. Het is meer een gevoel dan een gedachte, maar meer dan een zeurend gevoel wordt het niet. Het wil niet aan de oppervlakte komen, zich niet aan me laten zien. Ik maak me ongerust om niets. Waar Alfie ook is, hij is in ieder geval bij Karen en Hayley en dat betekent dat er niks is om me zorgen over te maken. En Karens moeder moet ook met hen mee zijn, anders had ze de deur wel opengedaan voor Michael. Hoe meer ik erover nadenk, hoe meer ik ervan overtuigd ben dat Karen met haar moeder naar het ziekenhuis moest.

'Kun je die buurvrouw vragen of ze weet hoe haar moeder heet?'

'Welke moeder? Waar heb je het over?'

'Karens moeder. Die logeert op dit moment bij haar. Ze is ziek, volgens mij. Misschien is ze met haar naar het ziekenhuis gegaan. Kun je erachter komen hoe ze heet en het ziekenhuis bellen? Het Crabton is daar het dichtste bij.'

'Oké, ik zoek het uit en bel je terug.'

Een paar minuten later gaat mijn telefoon.

'Je had gelijk. Ik heb een van de buren gesproken en die vertelde dat ze Karen even geleden heeft gezien. Ze weet het niet zeker, maar ze denkt dat Karens moeder Mary heet. Maar in ieder geval: Karen was inderdaad op weg naar het ziekenhuis, dus ga ik daar nu meteen heen. Maak je geen zorgen, Jo, ik zoek ze daar op en neem Alfie mee naar huis. Jij hebt al genoeg aan je kop nu. Wat is Karens achternaam?'

'Shit. Dat weet ik niet.'

Michael slaakt een zucht. 'Goed. Het zal niet heel moeilijk zijn haar te vinden als ze nog in de wachtkamer zit. En trouwens, ik hoef natuurlijk alleen Alfie maar te zoeken. Ik bel je als ik daar ben.'

Hij verbreekt de verbinding en mijn hart zit in mijn keel. Dat zeurende gevoel in mijn achterhoofd begint vanuit de diepte naar boven te zwemmen. Een krachtige drug die door mijn bloedvaten kruipt.

Ma grijpt mijn arm vast. 'Joanna! Je gezicht! Ik word er bang van! Wat is er?'

De oppervlakte is bereikt en daar is het: het spartelt om zuurstof. Michaels woorden spelen door mijn hoofd. *Ze denkt dat ze Mary heet.*

Er sluit zich een koude hand om mijn hart. Omklemt het met ijsvingers.

Ma schreeuwt nu naar me. 'Wat is er? Zeg het! Wat vertel je me niet?'

'De buurvrouw denkt dat ze Mary heet.' Ik krijg de woorden

nauwelijks uit mijn keel. 'Maar misschien heeft ze het fout? Misschien is het Marie?'

Ma verbleekt. Ik had niet gedacht dat ze nog witter kon worden dan ze al was, maar dat kan dus. Ik hoor haar geschrokken inademen. Zie de afschuw in haar ogen. Haar hele houding: doodsbang.

'Dus...' Haar hand vliegt naar haar mond. 'Nee. Nee. Het kan niet. Ze kan Marie niet zijn. De vrouw die ik op het schoolplein heb gezien lijkt helemaal niet op haar. Ze was...' Ze kijkt me aan. Haar ogen zijn groot van afgrijzen. 'Ze was zo... Ze was zo mager. Haar gezicht... Haar haar. Ze... Ze kan het niet zijn geweest. Dat kan niet!'

We schrikken allebei als ma's vaste telefoon gaat.

We kijken elkaar aan, de spanning en vijandigheid van even daarvoor zijn verdwenen door deze nieuwe, angstwekkende gebeurtenis.

Ze draait zich meteen om en rent naar de woonkamer, waar ze de hoorn van het toestel grist.

'Hallo?'

Ik zie aan haar gezicht dat er iets ergs is. Ze drukt op de knop van de luidspreker en kijkt me aan met een hulpeloze blik in haar ogen.

De kamer wordt gevuld door een vrouwenstem. Een akelige, schorre stem. 'Je hebt een schattige kleinzoon, Sally.'

Ik grijp naar mijn buik en zak door mijn knieën. Ik heb hem eerder gehoord, die stem.

Karens moeder is Marie. Robbie Harris' zus. De vrouw die heeft gezworen nooit te stoppen met de zoektocht naar de vrouw die haar broertje heeft vermoord. De vrouw die vindt dat Sally McGowan moet boeten, dat ze gestraft moet worden voor haar daad.

En zij heeft Alfie.

# 49

Haar stem klieft de lucht.

'We moesten maar eens praten, Sally. Ergens waar het rustig is. Ergens waar niemand ons komt storen.'

Ma's handen trillen. 'Waar? Zeg waar je bent, dan kom ik daarheen. Maar doe hem geen kwaad, Marie. Alsjeblieft, doe hem geen kwaad.'

'Net zoals jij Robbie geen kwaad hebt gedaan?'

Onze ogen vinden elkaar vol afgrijzen.

'Het is een schat van een knul, hè? Zo goed van vertrouwen. Maar dat zijn ze allemaal, op die leeftijd.'

Ik kan niets zeggen, niet ademen.

'Alsjeblieft, Marie,' zegt ma. 'Laat Alfie erbuiten. Als jij iets tegen me te zeggen hebt, kom ik naar je toe, maar speel het niet via Alfie.'

'Hou je kop. Jij hoeft me niet te vertellen wat ik wel of niet moet doen. Ik ben hier de baas, ja? Dus hou je kop en luister.'

'Marie!' krijs ik. 'Alsjeblieft, Marie, zeg me waar hij is.'

'Ah! Dat klinkt als die lieve dochter van je. We hebben laatst kennisgemaakt. Weet ze het al, Sally? Weet ze al wat je op je geweten hebt? Dat heb je al die jaren voor haar verborgen gehouden, hè? Je bent altijd al een stiekeme trut geweest.'

'Wat wil je, Marie?'

'Wat ik wil? Ik wil gerechtigheid, dat is wat ik wil. Gerechtigheid voor Robbie. Gerechtigheid voor mijn arme overleden moeder. Voor mezelf. En voor mijn vader. Maar laten we niet over de telefoon blijven kletsen. Ik weet zeker dat je je kleinzoontje wilt zien.'

O god, als ze Alfie iets heeft aangedaan...

'Weet je nog waar het gebeurde, Sally? Herinner je je dat huis nog? Natuurlijk weet je dat!'

'Waar ben je, Marie? Waar heb je hem mee naartoe genomen?'

Ze lacht. Een afschuwelijke, vreugdeloze lach. 'Zou grappig zijn als ik met hem naar Broughton was gegaan, hè? Ik kan me precies voorstellen in wat voor staat je zou zijn als je dat hele eind moest rijden. Alleen geloof ik niet dat dat huis er nog staat. Ze staan er geen van alle meer. En ik betwijfel of we de boel daar nog zouden herkennen. Maar beter ook waarschijnlijk...

Nee, die kleine Alfie is dichterbij. In een huis dat veel groter is dan het huis waarin je Robbie hebt vermoord. Het moet hier heel chic geweest zijn vroeger.'

'Waar is hij, Marie? Wat heb je hem aangedaan?'

'Hem aangedaan? Nog niks. Het arme kind. Maar dat gaat wel gebeuren, als jij niet doet wat ik zeg.'

'Waar is hij?' gil ik. 'Waar is hij?'

'Vraag dat maar aan je moeder. Vraag haar maar waar ze mijn kleine broertje heeft doodgestoken. Jullie komen er samen wel achter waar ik zit met hem, maar je moet één ding heel goed onthouden: geen politie. Als je de politie meebrengt of iemand anders, dan wordt het niet leuk voor dat kleine joch. En dan bedoel ik helemáál niet leuk! Het maakt mij namelijk geen reet meer uit wat er met mij gebeurt. Ze mogen me in de gevangenis gooien en de sleutel kwijtraken voor mijn part. Dus haal je niks in je hoofd! Als ik politie zie rondsnuffelen, kon er weleens een ongelukje gebeuren met een keukenmes. Daar weet jij alles van, Sally.'

Ze hangt op.

'Nee!' roept ma.

De telefoon staat nog steeds op luidspreker en de woorden 'onbekende beller' galmen door de kamer.

Er welt paniek op in mijn borstkas, kruipt omhoog naar mijn keel, wat ik zeg is bijna onverstaanbaar.

'O mijn god! Ik denk dat ik weet over welk huis ze het heeft. Dat vervallen huis dat op zee uitkijkt. Dat ligt maar een paar honderd meter van The Regal. Daar moet ze hem mee naartoe hebben genomen!'

Met trillende vingers toets ik Michaels nummer in, maar de telefoon gaat alleen over. Waarom neemt hij niet op? Hij zit nu waarschijnlijk weer op de snelweg. Dan zal hij de radio wel aanhebben. Die zet hij altijd op z'n allerhardst als hij in zijn eentje in de auto zit.

'Ik krijg hem niet te pakken. We gaan. Waar zijn je autosleutels?'

Ma trekt haar sportschoenen aan. 'De garagedeur klemt weer enorm. We kunnen er beter naartoe rennen, dan zijn we sneller.'

Ik hol naar de voordeur en ruk die open. Sol begint te blaffen en ma sluit hem op in de keuken.

'Kom!' roep ik. We rennen de oprit af en de straat op. Ma sprint voor me uit en ik doe mijn best om haar zo dicht mogelijk op de hielen te blijven, maar als we aan het einde van de straat zijn, ben ik al buiten adem. Toch haal ik ergens de kracht vandaan om door te rennen, niet alleen voortgejaagd door angst, maar ook door de adrenaline die door mijn lijf giert. Dit gaat om het leven van mijn kind! Niets anders is belangrijk. Niets.

Het regent harder nu. We worden van opzij belaagd door vlagen ijzige druppels. Ik heb steken in mijn borstkas, maar we zijn er bijna. Ik hoor het lage gegrom van de zee al en zie de muur van duisternis waar het klif ophoudt. Ma slaat de hoek al om. Zij kent het huis ook, ze moet er wel duizend keer voorbij zijn gelopen als ze Sol uitlaat.

Mijn voeten bonken op de straatstenen, mijn hart beukt in mijn binnenste en dreunt in mijn oren. Ik móét het goed hebben. Ze móét daar zijn. Waar zou ze anders heen kunnen met hem?

Ma staat voor het huis en staart naar de dichtgetimmerde ramen als ik aankom. Ze is verlamd van angst. Ik ren langs haar heen. De tegels op het pad zijn gebroken en glazig van de regen. Mijn voeten glibberen eroverheen. Ma komt vlak achter me aan, ik hoor haar hijgen.

De voordeur is nog niet gerepareerd sinds de inbraak een tijdje terug. Mijn hand sluit zich om de knop. Ik duw en de deur zwaait naar binnen open, met mij erachteraan.

Karen moet hier ook bij betrokken zijn. Ik ben gewoon voor de gek gehouden door haar. Ze was alleen maar aardig tegen me om mijn vertrouwen te winnen. Waarom heb ik Kay niet gevraagd om Alfie op te halen? Wat maakt het uit dat ze fantasieverhalen vertelt over haar dochter? Daar heeft ze vast een goede reden voor. Ze is een lief en aardig mens.

We struikelen half naar binnen, ma zo dicht achter me dat we bijna één persoon zijn. Het is donker en koud in de hal. Het ruikt er vochtig, naar schimmel en verrotting. Ergens in huis horen we het getik van regendruppels op hout. Maar er is nog iets. Ma verstijft naast me. Sigarettenrook. Onmiskenbaar.

Vormen lossen op in de duisternis. Schaduwen rijzen voor ons op. We staan in het geraamte van een gezinswoning met de gang en de trap vóór ons en aan beide kanten een kamer. De deuren staan open, maar ik zie geen licht. Ik hoor ook geen geluid, behalve zacht geritsel en een soort gekrabbel. Het komt van de muren. Er gaat een huivering door me heen. Muizen. Of… Ik huiver nog een keer en trek mijn schouders op… Ratten. Alleen de gedachte al doet me in elkaar krimpen, maar ik moet me er niets van aantrekken. Als Marie en Karen zich ergens in dit huis verborgen houden, heb ik grotere problemen.

Ik zet me schrap, mijn buikspieren doen pijn van de spanning. Ma stapt achter me vandaan en gaat naar de deuropening van de kamer rechts. De plankenvloer kraakt onder haar voeten.

'Marie!' roept ze. Ik schrik van haar stem.

Er rent iets weg over de vloer en ik versteen.

'Marie!' roept ze nog een keer. Harder nu. De naam galmt door het huis.

Ze haalt haar telefoon tevoorschijn en knipt de zaklamp aan. Ik doe hetzelfde op de mijne en loop achter haar aan naar binnen. De kamer is leeg. Er staan twee ouderwetse fauteuils, de bekleding is smerig en gescheurd. Lege bierblikjes en wietpeuken bezaaien de vloer en de verkoolde resten van een vuur liggen in de haard. Het is hier kouder dan buiten. De lucht is zwaar en bedompt.

Het licht van mijn zaklamp blijft hangen op een klein plastic figuurtje en mijn hart staat stil. Het is R2-D2 van Star Wars. En hoewel ik weet dat heel veel kinderen zo'n poppetje hebben en dat het hier lang geleden kan zijn achtergelaten, weet ik zeker dat deze van hém is. Van Alfie. Het is echt iets voor hem om R2-D2 stiekem in zijn zak mee naar school te smokkelen.

Ik pak het op en klem het in mijn hand. Het plastic boort in mijn vlees. Ik steek mijn hand naar ma uit en laat het haar zien. Ze hapt naar adem.

'Alfie!' schreeuw ik. Mijn stem kaatst door de kamer. Wat heeft ze met hem gedaan? Waar is hij?

Ma trekt me met zich mee naar de kamer ertegenover. Als ze er binnengaat, voel ik de stoffige draden van een spinnenweb over mijn kin en mond strijken. Ik blaas en veeg ze weg en krijg kippenvel op mijn armen.

Deze kamer moet er vroeger heel luxe hebben uitgezien. Er staat een ovale tafel met zes stoelen met een rechte rug eromheen en op de vloer ligt een oud, stoffig kleed. Voor de dichtgetimmerde ramen hangen fluwelen gordijnen tot aan de vloer.

Behalve meer rotzooi op de vloer is er niets te zien, dus lopen we voorzichtig naar de achterkant van het huis en de keuken. Mijn hart bonst pijnlijk in mijn borstkas. Mijn zaklamp schijnt op het oude linoleum op de vloer en de ouderwetse kastjes, het aanrecht zit vol kringen en vlekken. We zien het tegelijkertijd en krimpen ineen van afgrijzen: een trui van Perrydale Primary School die op een kastdeurtje is vastgeprikt met een roestig mes met een gebogen blad. Mijn knieën knikken. Ma pakt mijn arm zo stevig vast dat ik haar vingers helemaal tot op het bot voel.

'Nee!' Haar stem is nauwelijks hoorbaar.

Ik pak het mes met bevende handen beet en wring het los. Het valt uit mijn hand als ik de trui pak en het achterpand bekijk. Ik weet al van tevoren wat ik zal zien. 'Alfie Critchley' in rode schuin geschreven letters, in mijn eigen onhandige steekjes. Ik stop mijn neus in de stof en adem zijn geur in.

'Hierboven,' horen we een nu bekende, schorre stem zeggen.

We verstijven en kijken omhoog naar het plafond. Ma rent naar de trap, maar ik ren achter haar aan en hou haar tegen. Ik ga eerst. Ik spits mijn oren of ik Alfie hoor, maar als hij er is, houdt hij zich stil. Mijn maag knijpt samen van angst. Een holle pijn. Stel dat hij geen geluid kán maken? Stel dat ze...

Er flitsen afschuwelijke beelden door mijn hoofd, die ik meteen weer wegduw. Ik concentreer me op mijn voetstappen op de trap. Er vallen regenspetters op ons. Ik kijk omhoog en er landt een druppel recht in mijn linkeroog. Er moet een gat in het dak zitten. De treden kraken en ik gebaar naar ma dat ze aan de zijkant moet lopen voor het geval de dwarsbalken zijn doorgerot. Enkele spijlen van de trapleuning zijn al verdwenen en de kletsnatte, stinkende bekleding van de trap ligt gevaarlijk los.

Met elke tree wordt de geur van sigarettenrook sterker. Het behang – een ouderwets bloemenpatroon – laat los van de wand en hangt in vochtige krullen omlaag. Op sommige plekken hangen ook losgelaten brokken pleisterwerk. Achter ons is het aardedonker, de duisternis drukt in onze rug. Ik hoor ma's gejaagde ademhaling.

Boven zien we een streep geel licht onder een van de deuren.

De deur is niet helemaal dicht. Het hout moeten zijn uitgezet door het vocht en de twee delen van het slot passen niet meer in elkaar. Ik zet me schrap voor wat ik aan de andere kant zal zien en duw de deur zachtjes open.

# 50

De kamer is leeg. Er staan alleen een eenpersoonsbed en een kledingkast. Het licht komt van een dikke kaars op een schoteltje op de vloer. Alfies jas hangt over de knop van de kastdeur. Ik duik eropaf, ruk hem naar me toe en klem hem samen met zijn trui tegen mijn borst, alsof het Alfie zelf is. Ma trekt aan de kastdeur, maar die klemt en gaat niet open.

'Alfie? Alfie? Ben je daar?'

Eindelijk gaat de deur haperend open en even ben ik verlamd van angst. Ik zink op mijn knieën en staar naar twee lege kleerhangers en een prop krantenpapier. Geen Alfie. Waar hij ook is, hij zit in ieder geval niet opgesloten in deze kast.

'Marie?' Ma's stem echoot door het stille huis. 'Waar ben je?'

Geen antwoord. We kijken in de andere kamers. Door de platen voor de ramen is het net zo aardedonker als in een kelder zonder ramen. Zonder de zaklamp op onze telefoons zouden we hier blind in het duister tasten. We doorzoeken alle kamers, kijken in alle kasten en in de kleinste nisjes.

Ik moet er niet aan denken dat Alfie hier ergens zit, opgesloten in het donker, doodsbang. Maar behalve een oud pak dat in een van de kasten hangt en een paar ouderwetse sandalen is er niets te vinden. De bedden zijn nog opgemaakt en er hangen schilderijtjes aan de wanden. Spookslaapkamers, de inwoners allang verdwenen. In de badkamer ruk ik het smerige douchegordijn weg. Het bad is bedekt met kalkaanslag. Het stinkt naar vocht en schimmel.

'Hierboven.' De stem lijkt van ergens boven het badkamerplafond te komen.

Aan het eind van de gang is een wenteltrap die naar de bovenste verdieping leidt. Er komt een heel flauw lichtschijnsel van boven. Er druipt regenwater over de treden dat verdwijnt door een gat in de vloer aan de voet van de trap.

Ma is al onderweg naar boven, met één hand tegen de muur en de andere op de trapleuning. Ze zet haar voeten steeds helemaal aan de buitenkant van de doorzakkende traptreden neer. Het hout is verrot. Het is één grote valkuil hier.

Met trillende knieën volg ik haar; ik zet mijn voeten net zo voorzichtig neer als zij, op dezelfde plek. De spieren van mijn borstkas zijn zo gespannen dat ik het er benauwd van heb. Als Marie Alfie ook maar één haar heeft gekrenkt... dan vermoord ik haar. Echt. Ik scheur haar aan flarden. De paniek slaat door me heen. Paniek en woede.

Er is maar één deur boven, op een heel klein overloopje, helemaal in de nok van het huis. Erachter moet Marie zijn. Ma strekt haar hand uit naar de klink. Ik ben nog nooit in mijn leven zo verschrikkelijk bang geweest. Dit ogenblik. Deze plek. Het is het enige wat bestaat. Het enige belangrijke in mijn leven.

De deur zwaait open. Erachter ligt een klein zolderkamertje. Her en der staan flakkerende kaarsen; het licht kruipt in een trage, spookachtige dans langs de wanden omhoog. De geur van schimmel, stof, sigarettenrook en vochtig karton belaagt mijn neus.

Marie zit recht tegenover de deur op een stoel naast een ouderwetse dakkapel. De ruit is grijs van het vuil. Ze heeft een ingelijste foto van Robbie Harris op haar schoot, zodat zijn glimlachende engelengezichtje ons recht aankijkt. Aan haar voeten ligt een hoopje peuken.

Mijn blik vliegt door de ruimte en scant elk donker hoekje, maar de beelden die ik even eerder uit mijn hoofd heb gebannen, worden nergens werkelijkheid. Geen Alfie. Ik weet niet of ik opgelucht of ontzet ben. Want als hij hier niet is, waar dan verdomme wél? Wat heeft ze met mijn zoon gedaan?

'Kom binnen, Sally,' zegt Marie. Haar glimlach is een doodse grijns. Ze gebaart naar een stoel die onder de steile dakbalken staat.

Ze heeft een lichtroze trainingspak aan dat ooit moet hebben gepast, maar nu in grote plooien om haar heen slobbert. Haar huid is grauw en wasachtig. Onder andere omstandigheden zou ik haar zielig vinden, maar nu roept ze alleen haat en angst in me op. En pure, onbeteugelde woede.

'Waar is-ie?' krijs ik. 'Wat heb je met hem gedaan?'

'Alles op z'n tijd, meid. Alles op z'n tijd. Je moeder en ik moeten eerst even praten. Toch, Sally?'

Ik spring op haar af en grijp haar bij haar magere schouders. Als ik wil, worstel ik haar met gemak tegen de grond. Ik kan haar nu vermoorden met mijn blote handen.

'Waar is mijn kind? Wat heb je met hem gedaan? Is hij hier ergens? In dit huis?'

Marie kijkt me strak aan en daagt me met haar blik uit haar los te laten. 'Ik weet wat je denkt,' zegt ze. 'Je kunt me makkelijk aan natuurlijk, in mijn slechte gezondheid. Maar wat heeft dat voor zin? Ik vertel je toch niet waar Alfie is, voordat ik heb wat ik wil.' Ze priemt met haar wijsvinger naar ma. 'Van haar. Als mij nu iets overkomt, vind je hem waarschijnlijk nooit.' Haar mond vertrekt in een vreemd lachje. 'Dus je kunt maar beter hopen dat ik de komende paar minuten niet het loodje leg.'

En ontsnapt een kreet van ontzetting uit mijn keel. We hadden de politie moeten bellen! Niet moeten doen wat Marie zei, maar meteen de politie moeten inschakelen. Ma is niet de enige die ik nooit zal vergeven, ik zal mezelf ook nooit vergeven dat ik zo stom ben geweest, dat ik precies heb gedaan wat Marie zei, in plaats van de politie te bellen zoals elk weldenkend mens zou hebben gedaan. Ik ben een idioot geweest. Een stomme idioot. Op Maries bevel hierheen gerend om rechtstreeks in haar val lopen!

'Hier kom je nooit mee weg,' zegt ma. 'Je gaat de gevangenis in. In vredesnaam, Marie, waar is-ie? Wat heb je met hem gedaan?'

Ik wacht met ingehouden adem op haar antwoord. Het enige wat ik wil is Alfie in mijn armen houden. De schok van de laatste uren... Het valt allemaal in het niet bij het besef dat ik Alfie misschien verlies.

Marie knikt naar mijn telefoon. 'Uitzetten dat ding en op de vloer leggen, zodat ik hem kan zien.'

Ik staar haar aan.

'Doe het,' sist ma.

'Jij ook, Sally. Jij ook.'

'Ik heb geen telefoon,' zegt ma en om dat te bewijzen keert ze haar zakken om. Ze kijkt me kort aan. Ze moet hem ergens anders hebben weggestopt.

'Ach jee. Had je haast toen je wegging?' Marie wijst weer op de stoel. 'Schiet op Sally, ga zitten.'

Ma doet wat ze zegt.

Ik sta in de deuropening met mijn voeten vastgenageld aan de drempel. 'Wat je ook tegen mijn moeder wilt zeggen, het heeft niks met Alfie te maken. Het is een klein onschuldig kind. Míjn knulletje. Zíj heeft er niks mee te maken. Marie. Ik moet hem zien. Ik moet weten dat alles goed is met hem. Dit kun je echt niet doen.'

'Mijn broertje was ook een onschuldig klein kind. Maar hij is wel vermoord.'

Ma springt op. 'Maar ik heb hem niet–'

'Hou je kop en ga zitten!' snauwt Marie haar toe. 'Als jij je kleinkind nog wilt zien, dan hou je je bek dicht en luister je! Begrepen? Ik meen het, Sally, jij hebt het hier niet voor het zeggen. Dat heb ík. Hoe sneller je dat doorhebt, hoe beter het is voor iedereen. En vooral voor Alfie.'

Mijn maag speelt op van angst en met een misselijk gevoel zet ik mijn telefoon uit en leg hem op de vloer.

Ma laat zich stijfjes terug op de stoel zakken. 'Wat wil je van me?'

'Een volledige bekentenis, dát wil ik van je. Op film, zodat de hele wereld het kan zien.' Marie werpt een hatelijke blik op ma. 'Dit heeft onze familie lang genoeg kapotgemaakt. Het leven van mijn moeder is erdoor geruïneerd. En dat van mijn vader ook. Het heeft ons gezin verteerd!

Maar laten we bij het begin beginnen, Sally. Vertel maar aan je dochter wat er die dag is gebeurd. Vertel haar maar dat de jury het helemaal fout had. Vertel haar maar waarom je voor moord veroordeeld had moeten worden en niet voor doodslag.' Ze drukt wat toetsen in op haar telefoon en houdt die voor zich omhoog.

'Luid en duidelijk spreken. En geen enkel detail weglaten.'

Er vonkt een heel klein sprankje hoop op in mijn binnenste. 'Weet Karen hiervan? Heeft zíj Alfie?' vraag ik.

Marie lacht. 'Karen heeft hier geen idee van. O, ze weet het van haar oom Robbie natuurlijk. Dat heeft ze altijd geweten. Maar voor zover zij weet, heb ik alles wat hem betreft achter me gelaten. Alle woede, alle haat.' Ze strijkt door haar haar, of wat daar nog van over is. 'Kanker zet de dingen in perspectief.'

Haar ogen flikkeren op in het kaarslicht. 'Maar dat heb ik dus níét. Ik herkende je meteen, die keer op het schoolplein, Sally. Ik zal jouw gezicht nooit vergeten. Nog in geen miljoen jaar.' Ze schudt haar hoofd. 'Míj had je niet herkend, hè? Maar ja, dat krijg je nu eenmaal als je een leven lang rookt en kilo's gewicht verliest.'

'Waar is Karen dan nu?' Mijn stem klinkt hoog en geknepen. 'Ik snap het niet. Waar is Alfie?'

'Ze is op weg naar het ziekenhuis met Hayley. Dat domme kind heeft haar hoofd aan de gootsteen gestoten. Karen heeft Alfie bij mij achtergelaten omdat jullie onderweg waren om hem op te halen, zei ze. En in de paniek is zij óók haar telefoon vergeten.'

Ze slaakt een zucht en schudt haar hoofd. 'Zo jammer dat mijn moeder haar niet eerder heeft gevonden, toen jij nog een klein kind was. Zo jammer dat mijn moeder het graf is ingegaan met de gedachte dat ze nog steeds ergens vrij rondliep en een leven had dat ze nooit heeft verdiend. Ik doe het voor háár. Voor mijn arme dode moeder. Jouw moeder heeft Robbie van ons afgenomen en onze levens verwoest. En tenzij je moeder voor één keer in haar duivelse leven de waarheid vertelt, ga ik het hare en dat van jou ook verwoesten.' Ze knijpt haar ogen tot spleetjes. 'En dat van Alfie. Wat vond je trouwens van die foto? Karen had hem voor de grap bewerkt en mijn kleine toevoeging is haar niet opgevallen. Maar jóú wel, wed ik.'

Mijn bloed bevriest.

'Nou, Joanna, doe wat ik je zeg. Ga zitten en luister naar je moeders bekentenis. Dan zie je misschien, heel misschien, dat kind van je nog terug.'

Ma lijkt op het punt te staan haar aan te vallen. Ze omklemt de leuningen van de stoel en leunt naar voren. 'Hier kom je nooit mee weg, Marie,' sist ze. 'Je bent gestoord als je dat denkt. Het gerechtelijk bevel niet opvolgen is één, maar een kind ontvoeren...'

Marie lacht. 'Kan me niks schelen. Tegen de tijd dat dit voor de rechter komt, ben ik toch al dood. Ik heb uitgezaaide borstkanker, stadium vier, voor het geval je dat nog niet had opgemerkt. Nou, schiet op, Sally. De camera loopt en we zijn een en al oor, toch, Jo?'

# 51

Ma kijkt me recht aan terwijl ze praat. Haar gezicht staat troosteloos. Haar stem klinkt nog troostelozer.

'We waren aan het spelen,' begint ze. 'Met een hele groep.' Haar ogen gaan naar Marie. 'Marie was er ook bij. En Robbie. Ik was de leider. Dat was ik altijd. Voornamelijk omdat ik het spel altijd bedacht.'

Ik heb het gevoel dat mijn borstkas uit elkaar gaat barsten van angst en spanning. Ik dwing mezelf rustig te ademen, dwing mijn longen uit te zetten en in te krimpen. Het is niet langer iets wat ik automatisch doe; ademhalen. Ik kan alleen maar aan Alfie denken. Bang en alleen. Waar heeft ze hem verdomme mee naartoe genomen? Is hij hier in dit huis, opgesloten in een van de kamers? Hebben we toch een plek gemist? Is er eigenlijk een kelder? Stel dat hij daar helemaal alleen in het donker zit? Waarom hebben we daar niet aan gedacht?

Maar het enige wat ik kan doen is luisteren, terwijl ma praat.

'Het waren enge spelletjes. Er was altijd iets wat ons bedreigde, iets waar we aan moesten ontsnappen. Een monster dat door het puin op de straten zwierf. Of een ontsnapte moordenaar met de kettingen nog om zijn benen. Een cowboy met een geweer die wraak wilde nemen. En ik was altijd de enige die wist hoe ik ze te slim af kon zijn.'

Ze wiegt op en neer terwijl ze praat.

'Alle kinderen deden altijd wat ik zei. Ik denk dat ze allemaal een beetje bang voor me waren. Ik speelde het goed, want ik had een goed voorbeeld thuis. Ik wist hoe enge mensen deden. Wat ze zeiden en hoe ze naar je keken. Dat je zo bang werd dat het leek of je binnenste pap werd. Ik speelde gewoon na wat ik thuis gewend was. Wat ik zag. Wat ik hoorde.

We wilden niet dat Robbie meedeed. Hij was te klein en kon niet hard genoeg rennen, maar Marie moest op hem passen, dus hadden we geen keus. Hij bleef maar zeuren en het spel verpesten. Toen vond ik een oud keukenmes in een la van een van de vervallen huizen waarin we vaak speelden. Ik pakte het op en zwaaide ermee rond. Alle andere kinderen renden gillend weg. Ze wisten dat het gewoon een spelletje was en vonden het leuk. En ze wisten natuurlijk ook dat ik niet echt iets zou doen.

Maar Robbie rende niet weg. Hij wilde de schurk zijn. Hij wilde het mes hebben en probeerde dat van me af te pakken. Ik trok het weg en het sneed in zijn vingers.'

Ze doet haar ogen dicht. 'Het was gewoon een ongelukje. Ik deed het niet met opzet. Maar hij begon te gillen en te krijsen en schreeuwde dat hij het tegen zijn moeder ging zeggen en dat ik dan naar de gevangenis moest. Ik wilde gewoon dat hij zijn kop hield voordat alle anderen kwamen kijken wat er aan de hand was. Ik wilde hem alleen bang maken en zeggen dat het per ongeluk was en zorgen dat hij ophield met zijn gegil. Ik legde mijn hand op zijn keel en drukte hem hard tegen de muur.'

Mijn hand vliegt instinctief naar mijn hals.

'Dat had ik mijn vader wel honderd keer zien doen bij mijn moeder en dan hield ze altijd meteen haar mond.' Ze ademt diep in. 'Ik had het mes nog in mijn andere hand, maar het was nooit mijn bedoeling hem iets aan te doen.' Ze kijkt me recht aan. Smeekt me met haar ogen. 'Nooit. Maar het is lastig een klein kind in bedwang te houden en Robbie sprong opeens naar voren. Ik wist niet dat zo'n klein kind zo sterk kon zijn, maar dat kwam waarschijnlijk omdat hij woedend was. Hij sprong recht in het mes. Toen stond Marie opeens naast me te gillen en even later kwam de hele groep binnen.'

Marie schudt walgend haar hoofd en stopt met filmen.

Ma buigt haar hoofd en barst in tranen uit. 'Als ik dat mes niet in mijn hand had gehad, als ik er niet zo op gebrand was geweest om de slechterik te spelen, zou het nooit gebeurd zijn. Als ik hem gewoon even het monster had laten zijn, hem dat plezier had gegund... Hij was nog maar zo klein.'

'Leuk verhaal, maar gelogen!' zegt Marie minachtend. Haar gezicht is vertrokken van woede, allemaal scherpe hoeken. Ze priemt met haar vinger naar ma's gezicht. 'Vertel de waarheid, vuile moordenaar!'

Ma negeert haar en kijkt me strak aan. Ze besteedt totaal geen aandacht aan Marie, ze had er net zo goed niet bij kunnen zijn. Ze heeft het hele verhaal aan míj verteld.

'Waarom geloofden ze je dan niet,' vraag ik, 'toen je vertelde wat er was gebeurd?'

'Omdat Marie tegen de politie zei dat ik de hele dag al rot tegen Robbie had gedaan. Alsof ik de enige was. We baalden er allemaal van dat hij erbij was. En ze zei dat ik het expres had gedaan, dat ze was binnengekomen en had gezien dat ik met het mes op Robbie af sprong. Ik weet niet, misschien zei ze dat uit schuldgevoel. Zíj moest tenslotte op hem passen en dat had ze niet gedaan. Ze was lachend en gillend weggerend met de anderen en had hem alleen achtergelaten. Misschien zocht ze een zondebok zodat ze niet op haar donder zou krijgen.'

'Je moeder liegt haar hele leven al de boel bij elkaar,' zegt Marie. Haar stem klinkt laag en dreigend, ze gromt bijna. 'Een leugenaar en een pestkop. En o, ze kan toch zo liefjes overkomen als ze wil. Of anders voert ze haar "zielig mishandeld kind"-toneelstukje op. Maar dat is allemaal klinkklare onzin. Dus Sally, wat je nu gaat doen, is de waarheid vertellen! Vertel haar maar hoe het écht is gegaan. Ik zou het vreselijk vinden als Alfie iets akeligs gebeurt, echt. Het is zo'n schatje.'

Ik kan bijna niet praten van het huilen. Mijn borstkas schokt van het snikken. 'Waar is hij? Wat heb je met hem gedaan?'

'Dat kom je te weten als die moeder van je de waarheid vertelt.'

Ma staart naar de vloer. Ik zie haar borstkas uitzetten. Ze houdt haar adem in. Ik ook. Dan laat ze de lucht ontsnappen. Ze tilt haar hoofd op en kijkt naar de telefoon in Maries hand. De tranen stromen over haar gezicht en hoewel ik haar haat omdat ze haar geheim zo lang voor me verborgen heeft gehouden, jaar in, jaar uit, elke dag, hoewel zíj degene is door wie we in deze situatie zitten, gewoon, omdat ze is wie ze is, voel ik haar verdriet alsof het mijn eigen verdriet is en stromen de tranen ook over míjn wangen.

'Er gaat geen dag voorbij dat ik niet aan hem denk. Aan Robbie. Hij laat me nooit los. Elk jaar dat voorbijgaat probeer ik me voor te stellen hoe hij er nu uit zou hebben gezien, wat hij zou doen als hij nog leefde. Het leven dat hij zou hebben gehad. En soms zie ik een klein kind dat op hem lijkt. Dan krijg ik geen lucht.' Haar stem hapert. 'Geen lucht.'

'Ik kan niet zeggen hoeveel berouw en spijt ik heb. Die woorden komen niet eens in de buurt van wat ik voel.' Haar stem trilt. 'Soms denk ik aan hoe anders het had kunnen gaan. Als ik die dag niet buiten was gaan spelen. Als ik het monsterspel niet had verzonnen. Als dat huis ook was gesloopt, net zoals de huizen ernaast. Als het op de een of andere manier niet de sloopkogel had gemist. Als ik niet zo nieuwsgierig was geweest en die la niet had opengetrokken. Als ik niet het lef had gehad om het mes eruit te pakken. Een hele lijst van als-en. Ons leven wordt bepaald door besluiten die we in een oogwenk nemen. Keuzes die ons voor altijd definiëren.'

Ze laat haar hoofd hangen en staart naar haar knieën. Als ze daarna weer rechtop gaat zitten, kijkt ze Marie, waarschijnlijk voor het eerst, recht aan. 'Ik weet dat je het op de een of andere manier wilt afsluiten, Marie, en het spijt me heel erg hoe je leven is gelopen door de dood van Robbie. Echt. Ik meen het. En ik denk elke dag aan je moeder. Het verdriet dat haar verwoestte, dat jou je jeugd heeft ontnomen. Dat moet je echt geloven van me.'

Haar handen liggen roerloos op haar schoot. Ze zit kaarsrecht. 'Ik weet dat je vindt dat ik een leven heb gekregen dat ik niet verdien. Een fantastische dochter. Een kleinzoon. Ik weet dat je vindt dat ik gestraft moet worden voor wat er is gebeurd, maar ik zweer, Marie, ik zweer dat het een ongeluk was. Ik had hem nooit tegen de muur moeten drukken. Hij was een klein jongetje en ik was sterker en wilde hem dwingen zijn mond dicht te houden omdat ík dat wilde. En dat was verkeerd. Wat ik thuis ook meemaakte, het was verkeerd om dat te doen. Dat wist ik toen en dat weet ik nu.

Maar als je denkt dat ik niet gestraft ben, heb je het mis.' Ze tikt op de zijkant van haar hoofd. 'Wat hierin gebeurt, is mijn straf. Ik heb levenslang, het houdt nooit op. Nooit, Marie. Ik ben verantwoordelijk voor de dood van een kind. Jouw broertje. De oom die Karen nooit heeft gekend. Maar dat was niet de bedoeling, het was geen opzet. Als jij wilt dat ik zeg dat het mijn schuld is dat hij dood is, dan zeg ik dat. Want dat is waar. Ik hield hem bij zijn keel, drukte hem tegen de muur en had een mes in mijn hand. Maar ik heb hem niet expres neergestoken, Marie. Dat heb ik niet gedaan en dat zou ik ook nooit doen. Dat moet je echt geloven.'

De brok in mijn keel wordt steeds groter. Mijn gezicht is nat van de tranen. Dit is mijn moeder. De sluier die ze haar hele leven heeft gedragen is weg. De sluier waarvan ik niet eens wist dat die er wás. En hier zit ze, een open wond. Rauw. Kwetsbaar. Ze kijkt naar mij, haar ogen smeken me het te begrijpen, haar te vergeven. Dat wil ik misschien wel, maar ik kan het niet. Ik ben machteloos. Gewond. Verlamd. Ik heb geen stem.

'Ik heb altijd geweten dat je me op een dag zou vinden.' Ze draait haar hoofd naar de muur. 'Ik haatte je erom. Dat je het gevecht nooit opgaf. Maar ik bewonderde je ook. Je doorzettingsvermogen, je vastberadenheid. Ik denk vaak dat ik hetzelfde had gedaan als de rollen omgedraaid waren geweest. Ik heb geen broers en zussen, dus ik weet ook niet hoe het is er een te verliezen. Maar ik weet wel hoe het is om een dochter te hebben, een kleinzoon.'

Ze draait haar gezicht naar me toe, haar ogen staan vol tranen. 'En ik zou mijn vrijheid graag opgeven, mijn léven opgeven, als ik dat van hen daarmee red.'

Ze ademt langzaam door haar neus in en blaast de lucht uit door haar mond.

'Dus als je wilt dat ik iets beken wat ik niet heb gedaan, zodat je de video op YouTube kunt zetten of wat je ook van plan bent, dan doe ik dat. Met alle liefde. Als dat ervoor nodig is om hier een einde aan te maken, als dat is wat jij wilt, dan doe ik dat.'

'Dit heeft geen zin, Marie,' zeg ik. 'Wat er ook met mijn moeder gebeurt, het verandert niets. Robbie is dood. Er is niets wat hem nog terug kan brengen.'

Marie zit op haar stoel, haar gezicht is asgrauw in het schemerige licht. 'Ik heb mijn moeder beloofd dat ik voor gerechtigheid voor Robbie zou zorgen, dat Sally zou boeten voor wat ze heeft gedaan.'

Ma keert zich naar de camera. Ik wil haar eigenlijk tegenhouden, haar bij de schouders pakken en heen en weer schudden, zeggen dat ze niet zo stom moet zijn. De leugen die ze nu gaat vertellen, betekent haar ondergang. Binnen een paar minuten zal haar gezicht het internet overgaan en dan kan ze zich nergens meer schuilhouden. Ze gooit haar leven weg. Maar ze doet het voor mij. Voor Alfie. Liegen om ons te beschermen. Dat heeft ze altijd gedaan en ik weet dat ik haar niet kan tegenhouden. Want het enige wat nu belangrijk is, is Alfie. En hem terugkrijgen. Ik weet het en zij weet het: dit is de enige manier.

Als ze begint te praten, is het volkomen zonder emotie. Haar stem klinkt vlak, leeg. Het doet me denken aan iets wat ik als kind op het nieuws zag: gegijzelden die hun familie vertelden dat het goed met ze ging, terwijl iedereen kon zien dat ze doodsbang waren en vreesden voor hun leven.

'Ik, Sally Catherine McGowan, beken hierbij dat ik Robbie Harris opzettelijk heb vermoord. Het was geen ongeluk. Ik heb gelogen voor de rechtbank. Ik ben een monster, precies zoals jullie altijd hebben gedacht.'

Ze doet haar ogen dicht. 'En in godsnaam, vertel ons nu waar Alfie is!'

# 52

Een harde klap beneden. We krimpen allemaal in elkaar. Het is de voordeur die wordt opengegooid en tegen de muur bonkt.

'Mam? Ben je hier?'

Karens stem echoot door het huis en mijn knieën voelen plotseling zo week dat ik steun bij de muur moet zoeken. Godzijdank! Karen zal haar moeder wel ompraten. Ze zal zorgen dat ze ons vertelt wat ze met Alfie heeft gedaan. Dat kan niet anders.

Marie schuift haar stoel dichter naar het raam toe en probeert op de vensterbank te klimmen. Maar terwijl ze dat doet, laat ze haar telefoon vallen. Hij stuitert over de vloer. Ma en ik duiken er allebei op af, maar ma is eerder.

'Waag het niet!' schreeuwt Marie. In haar haast om haar telefoon terug te pakken, gooit ze de stoel om. 'Waag het verdomme niet!'

'Niet wissen, ma. Niet wissen, tot ze vertelt waar hij is.'

Ma houdt de telefoon omhoog zodat Marie hem niet kan pakken. We staan met z'n drieën tegenover elkaar. Versteend. Geschokt. We wachten af.

Dan zet Marie haar stoel rechtop, klimt er weer op en het lukt haar op de een of andere manier om op de vensterbank te komen. Eén afschuwelijk moment ben ik bang dat ze achterovervalt tegen het raam en haar dood tegemoet gaat, voordat ze me heeft verteld waar Alfie is.

'Nee!' gil ik. 'Niet doen!'

Er bonken voetstappen op de trap beneden. 'Mam? Wat doe je?' roept Karen.

‘We zijn boven!’ schreeuw ik. ‘Ze gaat springen, denk ik!’

De wenteltrap naar de zolderkamer kreunt onder het gewicht van voeten. Is er nog iemand bij haar?

Als niet alleen Karen, maar ook Michael met een van angst vertrokken gezicht in de deuropening verschijnt, zak ik bijna in elkaar. Het liefst ging ik nu keihard janken. ‘Ze heeft Alfie. En ze wil niet zeggen waar hij is!’ De woorden barsten uit mijn mond. Een akelige nasale klank die in de koude lucht blijft hangen.

Michael schuifelt de kamer in, zijn ogen strak op Marie gericht.

‘Het is goed,’ zegt hij. ‘Alfie is veilig.’

Ma’s ogen ontmoeten de mijne. Hebben we dat goed gehoord? Zei hij dat Alfie veilig is?

Er stromen tranen over Karens wangen. Haar ogen vliegen van Marie naar ma en mij. ‘Hij is bij Kay,’ zegt ze. ‘Ik heb hem naar Kay gebracht voordat ik naar het ziekenhuis reed.’

Instinctief val ik in ma’s armen. We klemmen ons aan elkaar vast, snikkend van opluchting. Hij is helemaal niet in gevaar geweest! Marie heeft gelogen! Dan hoor ik ma verschrikt inademen. Ik voel haar spieren spannen en als ik me omdraai, zie ik Marie het raam openen. Het geruis van de zee vult de kamer en er komt een vlaag, koude, natte lucht binnen.

Michael haast zich naar haar toe.

‘Daar blijven of ik spring!’ zegt ze, terwijl ze de verrotte raamlijsten links en rechts van haar vastpakt.

‘Nee!’ gilt Karen. ‘Mam, nee!’

‘Marie, doe het niet.’ Michaels stem is zacht en kalm. ‘Kom naar beneden, dan kunnen we erover praten.’

‘Praten? Wat valt er te praten? Ik heb mijn laatste kans om wraak te nemen voor Robbie verknoeid. Voor mij valt er niets meer te praten. En ik ga toch dood binnenkort.’

‘Maar je dochter!’ gilt ma. ‘En je kleindochter! Die kun je niet zo achterlaten, Marie! Doe ze dit niet aan.’ Ma’s gezicht is nat van de tranen en haar stem klinkt verstikt van emotie.

Karen huilt. 'O, mam! Ik dacht dat je eindelijke vrede had met wat er is gebeurd, dat je de tijd die je nog rest bij mij en Hayley wilde zijn. We gingen gezellige dingen doen met elkaar, toch? Herinneringen maken voor haar. Mooie herinneringen! Waarom zou je dat allemaal kapotmaken? Alleen maar voor... voor die obsessie met McGowan. Wraak lost niets op. Robbie krijg je er niet mee terug.'

Maries gezicht vertrekt van afkeer. 'Je hebt er nooit iets van begrepen. Altijd dat gezeur over "het verleden een plekje geven". Je begrijpt er helemaal niks van.'

'Marie, alsjeblieft!' roept ma. Ze klemt haar handen in elkaar en wiegt heen en weer van pijn. 'Het was een ongeluk! Een afschuwelijk, tragisch ongeluk! Hoe kan ik zorgen dat je dat gelooft?'

Marie schuift nog verder naar achteren op de vensterbank. Haar ogen staan wild. De wind blaast door het weinige haar dat ze nog heeft en tilt het op. Haar schedel is goed te zien.

Michael doet een stap naar haar toe.

'Nee!' schreeuwt Karen. 'Kijk dan wat ze doet! Ze laat zich achterovervallen als je dichterbij komt!'

'Kom, Marie,' zegt Michael. 'Je hoeft dit niet te doen. Is dit het laatste wat je dochter van je moet zien? Wil je dat?'

Marie richt zich tot Karen. 'Ze heeft bekend. Ik heb het opgenomen.' Ze kijkt ma vol haat aan. 'Je was er misschien weer mee weggekomen, maar ik heb je horen bekennen. En je dochter ook. Jij hebt mijn kleine broertje vermoord.'

'Een gedwongen bekentenis,' zegt ma. 'Die blijft nooit overeind in de rechtszaal. Dat wéét je!'

Er biggelen tranen over Maries wangen. 'Dat had niet uitgemaakt. Jouw leven zou voorbij zijn geweest zodra het op internet stond en iedereen je gezicht kon zien.'

Plotseling veranderen de uitdrukking op haar gezicht en haar houding. Ze spant haar spieren. O mijn god! Ze gaat het echt doen! Ze gaat zich achterover laten vallen.

'Alsjeblieft, Marie,' smeek ik. 'Doe het niet. Ik weet dat je er erg onder hebt geleden. Maar dit is niet goed. Doe het niet!'

Maar Marie luistert niet. Ze staart naar ma, haar knokkels zijn wit, zo hard omklemt ze de raamkozijnen. Haar ogen vernauwen zich en haar tanden bijten in haar onderlip. Ik voel de spanning in haar bovenlijf, ze wiegt langzaam op en neer, bijna onzichtbaar. Haar rechtervoet hangt in de lucht, tussen de vloer en de vensterbank in. Opeens zie ik wat ze van plan is. Ze gaat zich niet achterover laten vallen, ze gaat haar laatste krachten gebruiken om naar voren te springen, op ma af, zodat ze haar in het trapgat kan storten.

Ik denk aan de kapotte vloer onderaan de trap, zie de planken versplinteren onder het gewicht van mijn moeder, hoe ze als een blok naar beneden valt en door het afbrokkelende pleisterwerk heen op de betonnen keukenvloer valt. Een val die niemand overleeft.

Ik probeer haar te waarschuwen, te schreeuwen dat ze weg moet bij de deuropening, maar het is alsof ik verlamd ben, mijn tong zit vastgeklonken aan mijn gehemelte. Zien ze dan niet wat ze gaat doen?

Als Marie zich van de vensterbank af duwt, weet ik wat ik moet doen. Welke leugens ze ook heeft verteld, welke geheimen ze ook voor me achterhield, mijn léven met haar was echt. De dingen die we samen deden. De dingen die ze me leerde. De liefde die me mijn hele leven als een beschermende deken heeft omhuld, die me warm en veilig hield. Waar ze ook vandaan kwam, wat er ook is gebeurd in haar verleden, ze is en blijft mijn moeder en verdient het niet om zo te sterven vanwege een afschuwelijke fout die ze als kind heeft gemaakt.

Marie is een brok ingehouden woede, net zoals haar broertje al die jaren geleden moet zijn geweest toen hij op mijn moeder afsprong, laaiend omdat hij tegen de muur werd klemgezet, overspoeld door een adrenalinestoot en drift om de onrechtvaardigheid ervan.

Maries voeten raken de vloer en de tijd, die zich als elastiek had uitgerekt, schiet terug op z'n plaats. Ik duik naar voren, vlak voor haar langs en stoot ma net op tijd weg van het trapgat. Ma wankelt onder mijn gewicht en we vallen in een verwarde kluwen van armen en benen met een klap op de vloer. Er knapt iets bij mijn schouder en er schiet een pijnscheut door mijn arm en borstkas. Dan hoor ik weer iets kraken, maar deze keer is het hout.

De pijn in mijn schouder wordt erger. Als ik eraan voel, belanden mijn vingers op iets scherps en nats. Het zweet breekt me uit. Ik heb mijn sleutelbeen niet alleen gebroken, het steekt ook door mijn huid naar buiten. Ik hap naar adem en de pijn neemt het over. Langzaam wordt alles donker.

Het laatste wat ik hoor is een snerpende kreet en dan een akelig doffe klap.

# 53

'Joey, kun je me horen?'

Michaels stem is zacht in mijn oor. Hij houdt mijn hand vast. 'De dokter zegt dat je binnen een paar maanden weer de oude bent, hoewel het iets langer kan duren voordat je de kracht in je schouder weer terug hebt. Er is een pin in gezet.'

Ik doe mijn ogen open en knipper tegen het licht.

'Waar is-ie? Waar is Alfie?'

'Met Alfie is alles prima! Kay is net met hem naar beneden om een stripboek voor hem te gaan kopen. Ze zijn zo terug.' Hij streelt mijn wang. 'Hij heeft bij haar in de logeerkamer geslapen vannacht. Ik ben er even langsgegaan toen jij op de operatietafel lag en hij was diep in slaap, met een giraf in zijn armen geklemd die hij, hou je vast, "Langnekkie" heeft genoemd.'

Ik ben zo opgelucht dat het beter werkt tegen de pijn dan welk medicijn dan ook.

'En Marie? Hoe is het met haar?'

Hij schudt zijn hoofd. 'Toen jij je moeder uit de weg duwde was er niets wat haar val nog kon tegenhouden.' Hij knijpt zijn ogen even dicht bij de herinnering. 'Ze vloog met haar hoofd naar voren de trap af en recht door de vloer heen. De planken waren totaal verrot, ze konden haar gewicht niet opvangen.' Hij zwijgt even. 'Je hebt je moeders leven gered, Joey.'

Ik doe mijn ogen dicht, maar het enige wat ik voor me zie, is het beeld van Maries lichaam, neergekwakt op de grond, als een lappenpop met haar armen en benen in onnatuurlijke hoeken en donkerrood bloed dat uit haar oren en haar haar gutst. Door ma's leven te redden, heb ik een einde aan het leven van Karens moeder gemaakt.

'Je moeder en ik moesten toen onmiddellijk in actie komen: kijken hoe jij eraan toe was en tegelijkertijd Karen tegenhouden, zodat ze niet naar beneden stormde, naar haar moeder. Het is daar levensgevaarlijk, ze had net zo goed ook dood kunnen vallen. Ze hield pas op met zich verzetten toen je moeders beveiliger binnenkwam en zei dat niemand nog iets voor haar kon doen. Ze moet op slag dood zijn geweest.' Hij zucht. 'Ik hoop dat dat een lichte troost is voor Karen.'

'Maar... maar hoe wist ma's beveiliger dan dat ze daar was?'

'Ze had hem blijkbaar onder een sneltoets op haar telefoon zitten en heeft hem gewaarschuwd toen jullie nog beneden waren. Het is een toestel met gps, dus wist ze dat hij haar kon vinden. Aardige vent, trouwens. Brian heet-ie.'

Het is zo'n raar idee dat mijn moeder iemand heeft die verantwoordelijk is voor haar veiligheid, dat ze die nodig heeft. Onvoorstelbaar.

'Toen ik in het ziekenhuis aankwam en het tot me doordrong dat Alfie daar niet was, sloeg de paniek toe, maar hoorde ik gelukkig van Karen dat ze hem naar Kay had gebracht. Dat vond ze beter dan hem bij haar zieke moeder achterlaten, dus toen ik vertelde dat ik naar haar appartement was geweest en er niemand opendeed, was ze natuurlijk ongerust dat er iets met haar moeder aan de hand was. Ze had haar telefoon in de haast op tafel laten liggen, dus probeerde ze haar moeder op de mijne te bellen, maar ze nam niet op. Toen probeerde ik jou te bellen, maar ik kreeg je niet te pakken en toen ik de vaste lijn van je moeder belde, kreeg ik daar ook al geen gehoor.

Ik weet niet precies hoe, maar ik wist gewoon dat er iets mis was. Ik vroeg Karen wat haar moeders voornaam was en toen ze zei dat ze Marie heette, bevroor het bloed in mijn aderen. Na nog een paar vragen werd mijn ergste vermoeden bevestigd: Marie was de zus van Robbie.'

Hij gaat met zijn hand door zijn haar en blaast zijn wangen bol. 'Ik wilde jullie niet in gevaar brengen door Karen te vertellen wie jullie waren, maar toen ik zei dat ik bang was dat jij en je moeder in gevaar waren, raadde ze het meteen. Meteen, Joey. Karen had haar moeder zélf over het gerucht verteld.'

Ik doe mijn ogen dicht en laat dat tot me doordringen: het is dus allemaal begonnen doordat ík het op de leesclub heb verteld...

Michael pakt mijn hand weer en streelt die met zijn duim. 'Ze dacht dat haar moeder klaar was met al die wraakplannen omdat ze kanker had, dat ze het eindelijk een plekje had gegeven. Ze logeerde bij Karen zodat ze voor haar kon zorgen als dat nodig was. En natuurlijk ging Marie af en toe met haar mee naar school om Hayley op te halen. Daar moet ze jouw moeder hebben herkend.'

'Maar hoe wisten jullie dan waar we waren?'

'We pijnigden onze hersens waar jullie konden zijn, toen Karen vertelde dat haar moeder altijd als ze langs dat vervallen huis liepen, zei dat dat slechte herinneringen in haar opriep. Toen viel het kwartje dat Robbie ook in een leegstaand huis was vermoord en zijn we in de auto gestapt en erheen geracet.'

'En Hayley, waar was Hayley?'

'Karens man was naar het ziekenhuis gekomen om het over te nemen. Ze had hem al gebeld voordat ze thuis wegging en gevraagd of hij na zijn werk naar het ziekenhuis kon komen. Toen hij er was, zei ze alleen dat het slecht ging met haar moeder en dat ze terug moest.'

'Maar ze zal het hem nu toch wel verteld hebben, hè? Het staat natuurlijk in alle kranten straks.' Er springen tranen in mijn ogen. 'Dus heeft Marie uiteindelijk toch haar zin. We zullen allemaal moeten verhuizen, ma is hier niet veilig. We zijn geen van allen nog veilig.'

Michael bijt op zijn onderlip en slaat zijn ogen neer. Dan kijkt hij me aan en zegt: 'Je moeder is al weg hier.'

'Wat?'

'Naar een veilige plek, tijdelijk, totdat ze besluiten hoe het nu verder moet.'

'Waar is ze dan? Waar hebben ze haar naartoe gebracht?'

Hij glimlacht triest. 'Joey, het zou natuurlijk niet erg slim zijn als ze ons dat vertelden.'

'Maar ik kan haar toch nog wel zien?'

Hij slaat zijn ogen opnieuw neer. 'Dat weet ik niet. Brian zei dat ze zullen proberen daar iets voor te bedenken, maar hij weet niet hoelang dat duurt.'

Voordat ik kan bevatten wat dit allemaal betekent, hoor ik een bekend kinderstemmetje op de gang.

'Als ze nou nog niet wakker is, gaat Langnekkie haar oor kietelen met zijn neusje.'

'Misschien wil mama liever nog even slapen, dan gekieteld worden.' Het is Kay. Die lieve, aardige Kay, die al die tijd voor Alfie heeft gezorgd.

En daar is-ie. Mijn prachtige kleine mannetje. Mijn lieve Alfie. Kon ik maar rechtop gaan zitten en hem een dikke knuffel geven. Hij rent op het bed af en Michael kan hem nog net op tijd opvangen, voordat hij boven op me klimt. Hij tilt hem op zodat hij me een kus kan geven zonder me pijn te doen. Niet dat dat heel erg zou zijn. Een kus van Alfie is me de pijn wel waard.

'Waarom huil je, mammie? Heb je pijn?'

'Ik huil omdat ik zo ontzettend blij ben je te zien, schat, maar ja, het doet wel een beetje pijn.'

'Langnekkie wil je ook een beter-maakkusje geven,' zegt hij en hij raakt mijn gips zachtjes aan met de kop van zijn giraf.

'Hoe kom je daaraan?' vraag ik.

Kay schraapt haar keel. 'Het was eigenlijk een cadeautje voor mijn kleinzoon, maar... Gillian heeft het teruggestuurd. Het is een lang verhaal, Jo. We hebben ooit eens een vreselijke ruzie gehad. Ik heb toen dingen over haar leven gezegd die ik niet had moeten zeggen. Ik heb haar heel vaak gevraagd me te vergeven, maar...' Ze schudt verdrietig haar hoofd en dempt haar stem. 'Ik had dat niet moeten verzinnen over dat skypen, maar ik schaamde me om je de waarheid te vertellen. Ik wilde niet dat je dacht dat ik een rotmens was dat geen contact meer had met haar eigen dochter.'

'O, Kay, dat zou ik toch nooit hebben gedacht!'

'Ja, ik weet het. Het was gewoon mijn trots die me in de weg stond.'

Ze geeft me een kneepje in mijn hand en buigt zich naar me toe om me een zoen op mijn wang te geven. 'Maar wat erg voor jou! Je moet me beloven nooit meer te gaan joggen! Ik kon het haast niet geloven toen Michael me vertelde wat er was gebeurd. De trottoirs hier zijn verraderlijk, zelfs als het níét regent! Als je fit wilt blijven, ga dan mee naar zumba. Veel veiliger en ook nog veel leuker dan joggen.'

Michael geeft me een knipoog over haar schouder.

Ik glimlach. 'Daar hou ik je aan. Maar laat me eerst even beter worden.'

# 54

## *Twee weken later*

Het is een koude zaterdag in november en een typisch huiselijk tafereeltje: Alfie speelt met zijn lego op de vloer, verloren in zijn eigen fantasiewereldje, Michael zit aan een kant van de bank en ik aan de andere met mijn arm in een mitella en kussens eronder als steun. We kijken de ene aflevering van NCIS na de andere.

De warmte van de centrale verwarming maakt me slaperig. Michael haakt afwezig zijn voet om mijn enkel en ik doezel een beetje weg. Ik slaap niet goed de laatste twee weken – wat natuurlijk niet verrassend is gezien de omstandigheden – dus op deze luie middagen haal ik een beetje slaap in.

We hebben gisteren afscheid van haar genomen. Michael, Alfie en ik. Het was allemaal heel geheim. We reden naar een garage aan de rand van Cambridge, waar we Brian ontmoetten (niet zijn echte naam waarschijnlijk – het leek me meer een James of een Anthony) en toen werden we naar een park ergens op het platteland gebracht waar ma op ons zat te wachten op een picknickbank. Mijn hart zat in mijn keel toen ik haar zo zag zitten, zo alleen. Ze leek opeens oud. Oud en triest en moedeloos. Maar toen ze zich naar ons omdraaide, was het enige wat ik kon zien een bang klein meisje. Het meisje dat ineengedoken op haar kamertje wachtte tot haar vader de trap op kwam om haar aan te randen.

Alfie huilde toen ze hem vertelde dat ze ergens anders ging wonen, maar uiteindelijk denk ik dat hij het goed heeft opgenomen. Ze wist precies hoe ze het moest brengen: dat iemand heel erg gemeen tegen haar was geweest en dat ze daarom ergens anders ging wonen om daar nieuwe, aardige vrienden te maken. Dat begreep hij wel, precies zoals ze had geweten. Hij kon het begrijpen omdat hem hetzelfde was gebeurd. Ze zei ook dat hij, als ze in haar nieuwe huisje zat, zeker bij haar op bezoek moest komen.

Wij allemaal, zei ze, terwijl haar blik van Alfie naar mij ging en ze er zachtjes 'als jullie willen' aan toevoegde. De tranen springen weer in mijn ogen als ik aan haar gezicht denk. Hoe triest ze keek.

Ik weet dat Alfie er in de loop van de tijd aan zal wennen dat ze niet meer om de hoek woont. Dat Michael hier nu is ingetrokken helpt natuurlijk. Michael én Sol, die op dit moment uitgestrekt onder de radiator ligt.

Of ík eraan zal wennen is de vraag.

'Ik snap nog steeds niet waarom ze haar nou moesten verplaatsen,' zeg ik, als Alfie naar boven is om een paar actiefiguurtjes te halen. 'Marie is dood en er is geen video. Ze had best in Flinstead kunnen blijven. Ze vond het heerlijk hier.'

Michael zucht. We hebben dit nou al zo vaak besproken dat hij er onderhand wel genoeg van zal hebben, maar toch heeft hij nog het geduld om het allemaal nog een keer te zeggen.

'Het is een te groot risico. We weten niet aan wie Marie het kan hebben verteld. Dat ze het niet tegen Karen had gezegd, betekent niet dat anderen het niet weten. En Karen weet het inmiddels natuurlijk ook. Hoewel ze heeft gezworen dat ze het nooit bekend zal maken, is het natuurlijk nooit zeker dat ze daar in de toekomst niet anders over gaat denken. En geloof je echt dat ze het niet aan haar man vertelt? Ik weet dat ze het heeft beloofd, maar hij is haar mán. Dan zit het er toch dik in dat ze het niet voor hem verborgen kan houden.' Hij werpt me een zijdelingse blik toe. 'Misschien hééft ze het zelfs al verteld.'

Ik weet wat hij denkt: als het bekend wordt, zullen wij misschien ook moeten verhuizen. Of blijven en de storm uitzitten: gefluister achter onze rug, journalisten op de stoep. Dat zou pas een verhaal zijn: radeloze dochter ontdekt dat haar moeder Sally McGowan is, de beruchte kindermoordenaar.

Ik pak de brief die Karen me heeft gestuurd op; hij zat een paar dagen nadat ik uit het ziekenhuis was ontslagen bij de post. Ik heb hem wel tien keer gelezen. Deze keer staar ik alleen naar de envelop.

'Karens leven is overschaduwd door de dood van haar oom Robbie. Ze weet als geen ander wat dat met haar oma en haar moeder heeft gedaan en wil dat er een einde aan komt. Ze wil niet dat Hayley ooit te weten komt wat haar oma heeft gedaan: een onschuldig kind gebruiken om wraak te nemen. Ze zegt dat als ze had geweten dat Marie mijn moeder had herkend, ze misschien wel op haar had kunnen inpraten, maar Marie wist natuurlijk hoe Karen erover dacht dus hield ze het voor zichzelf. Je hebt deze brief gelezen, dus je wéét het allemaal. Ze is niet zoals haar moeder, ze begrijpt dat ma net zo goed een slachtoffer was als Robbie.'

'Het probleem is dat sommige mensen dat nooit zo zullen zien,' zegt Michael. 'Het doet er voor hen niet toe dat Robbie in het mes sprong. In hun ogen blijft zij de pestkop die een mes in haar handen had en dat maakt haar schuldig.'

'Vind jij dat dan ook?'

Hij schudt zijn hoofd. 'Nee, ze was zo omdat ze niet beter wist. En ze heeft het natuurlijk vreselijk gevonden wat haar vader haar moeder en haarzelf aandeed, maar ergens heel diep in haar hart, moet ze ook om hem gegeven hebben. Omdat hij haar vader was en hij niet elke seconde van de dag wreed en gemeen zal zijn geweest, maar ook af en toe aardig. Tegen haar en tegen haar moeder. Zo gaat dat met huiselijk geweld.'

Hij schuift naar me toe en geeft me een kus. Ik weet niet wat ik zonder Michael had gemoeten de laatste paar weken. Hij zorgt zo goed voor Alfie en mij. Ik zit meestal op de bank naar de tv te staren; er malen zoveel gedachten en emoties door mijn hoofd. Het ergste is dat ik het steeds maar weer opnieuw beleef. Niet alleen de schok toen ik erachter kwam wie ma was, wie ma ís, maar ook wat erna gebeurde, hoe verschrikkelijk bang ik was om Alfie.

Karen en ik hebben elkaar gisteren telefonisch gesproken.

'Je geheim is echt veilig bij me, Jo,' zei ze. 'Dit gaat al te lang door. Er moet nu een einde aan komen. Bij ons. Mama en oma hebben hun levens verwoest door uit te zijn op wraak. Ik wil niet dezelfde fout maken en dat van mij en Hayley er ook door laten verpesten.'

Ik zei dat ik het zo erg vond hoe haar moeder aan haar einde was gekomen, dat ik me er verantwoordelijk voor voelde, maar ze zei dat ik dat mezelf niet moet verwijten. Ze zei dat het waarschijnlijk een betere dood was dan ze anders zou hebben gehad, maandenlang pijn lijden naarmate de kanker groeide.

Het afschuwelijke is dat ik het gevoel heb dat ik mijn moeder ook heb verloren, want hoewel we elkaar straks kunnen schrijven en bellen, misschien zelfs wel skypen en facetimen, is het natuurlijk nooit hetzelfde. En er is een grote kans dat ze nu naar het buitenland wordt overgeplaatst. Ver, ver weg. Dus haar opzoeken zal niet zo gemakkelijk zijn.

De telefoon gaat. Michael springt op en neemt op in de andere kamer. Hij is zo beschermend voor me dat ik het gevoel heb dat ik in een zeepbel zit, afgescheiden van de echte wereld en de dingen die die zeepbel kapot kunnen maken. Maar dat kan niet eeuwig zo doorgaan. Op een gegeven moment zal ik me moeten vermannen en terug moeten naar een normaal leven. Of iets wat daar in ieder geval op lijkt.

Vijf minuten later komt hij de kamer weer in. 'Dat was Dave. Carol en hij doen de groeten en hopen dat de pijn minder wordt. Hij zei dat je zo lang vrij kon nemen als je wilt.' Hij zakt weer op de bank neer. 'Hij zei ook dat ik je moest vertellen dat Susan Marchant van gedachten is veranderd over de verkoop van haar huis. Haar buurman is blijkbaar accountant en toen hij erachter kwam dat ze de opbrengst van het huis aan een goed doel wil schenken, heeft hij haar verteld dat ze daarvoor de hele mallemolen van de verkoop niet door hoeft, maar ze het gewoon kan doneren, waardoor ze niet zit met de makelaarskosten en ook geen enorme belastingaanslag krijgt. Dave baalde er behoorlijk van.'

Oeps! Dus Maddie had mijn verspreking toch begrepen over dat het Susan niet om het geld ging en moet actie hebben ondernomen. Ach, die arme Susan kan alle geluk gebruiken na wat ze als kind heeft moeten doormaken. Het is haar gegund. En als Maddie gelijk heeft en het inderdaad Anne Wilson was die de foto's op de etalageruit van Sonia Martins' winkeltje heeft geplakt, is het haar verdiende loon.

Ik kruip tegen Michael aan. Of tenminste, in zoverre dat kán met die vervelende mitella. 'Michael, ik heb je één ding nog niet gevraagd.'

'Inderdaad en het is onderhand hoog tijd!'

'Huh? Wat bedoel je?'

'O, sorry,' zegt hij met een grijns. 'Ik dacht dat je me ten huwelijk ging vragen.'

'Nee, idioot! Ik wilde vragen of je dat boek nog gaat schrijven.'

Hij schiet in de lach. 'Nee, beter van niet, denk ik.' Hij kust me op mijn lippen. 'Sommige verhalen kunnen maar beter niet verteld worden, vind je ook niet?'

*Een andere zee deze keer. Een warmere. Een oceaan, om precies te zijn. De golven zijn hier hoog, hoog genoeg om te surfen. Ik kijk er soms naar, naar al die surfers. Hoe ze wachten op het juiste moment om over de brekende golf te racen, met gebogen knieën en uitgestrekte armen voor het evenwicht.*

*Zo soepel, zo mooi.*

*Zoveel moed en kracht.*

*Soms loop ik naar een van de kleine baaitjes om daar te gaan zitten lezen en te zwemmen als ik even moet afkoelen. Het zand is wit en zacht en heet onder mijn voetzolen. Mijn maat veertig, de lange slanke tenen en keurig gevijlde nagels die ik, nog maar sinds kort, in pastelkleuren lak: roze, lila en blauw.*

*Het is hier veilig omdat het druk is. De eindeloze stroom toeristen. De surfende jongens en meiden. De steeds wisselende barmedewerkers. Niemand besteedt veel aandacht aan een oudere vrouw met een bleke huid, keurig gelakte teennagels, een grote flaphoed, een zonnebril en haar neus in een boek.*

*Ik zoek mijn plekje altijd zorgvuldig uit. Niet te dicht bij het water, maar ver genoeg van de cafés langs het strand om geen last te hebben van het lawaai of van de barbecuegeuren. Ik ga graag in de buurt van jonge gezinnetjes zitten, met jongetjes die een beetje op Alfie lijken. Dichtbij genoeg om te kijken hoe ze kuilen graven of om hun strandbal, als de zeebries die mijn kant op blaast, op te vangen en terug te gooien en zo'n verlegen kleinejongensglimlachje terug te krijgen.*

*Ze zegt dat ze gauw op bezoek komt met Alfie en hoewel ik er heel erg naar verlang hen te zien, te horen en aan te raken, ben ik er ook een beetje bang voor. Dat het misschien te veel is. Te veel voor ons allemaal. Ik vraag me af of het misschien beter is om de dingen te laten zoals ze zijn en alleen via de e-mail te communiceren. Anoniem. Veilig. Want als ik ze zie, als ik ze in mijn armen sluit, zal ik ze nooit meer kunnen loslaten. En dat moet. Dat moet. Er is geen enkele kans dat ze hier komen wonen en ik kan nooit terug. Nooit.*

*Er wordt op me gejaagd. Mijn hele leven wordt er al op me gejaagd en ben ik de prooi. Dat zal altijd zo blijven. Dat is de prijs die ik betaal voor mijn verleden. Die ene fatale seconde die mijn lot bepaalde. Als ik die ongedaan kon maken, zou ik het meteen doen.*

*Ik sluit mijn ogen tegen de zon en ben er weer terug. In die koude, donkere keuken. De schimmel op de wanden. Het vieze kleed op de vloer. Alleen Robbie Harris en ik. Alle anderen waren weggevlucht. Precies zoals het moest, gillend weggerend. Ze wachtten tot ik achter ze aankwam. Dat verwachtten ze.*

*Maar Robbie bleef maar zeuren. 'Ik wil het monster zijn. Ik wil het mes.' En toen greep hij ernaar en sneed ermee in zijn vingers en begon hij te krijsen. Ik wilde alleen dat hij ophield. Dat hij z'n kop hield en even stilstond, zodat ik kon zien hoe diep de wond was. Ik wist wat ik moest doen als er iemand bloedde. Ik wist dat je de wond stevig moest inzwachtelen. Ik wilde mijn vest uitdoen en dat als verband gebruiken, maar hij ging maar door met krijsen. Hij stond niet stil.*

*Toen werd ik overspoeld door woede. Een vuurbal in mijn lijf, een explosie in mijn hoofd.*

*Oké dan. Hij kon het krijgen, dat mes. Hij kon het krijgen…*

# Dankwoord

Er zijn veel mensen die me hebben geholpen op mijn reis naar de publicatie van dit boek en ik wil ze allemaal bedanken. Mijn man, Rashid Kara, voor zijn begrip voor mijn schrijversdrang en zijn niet-aflatende steun en vertrouwen in me; mijn schrijversgroep (Deborah Klée, Paula Guyver, Anita Belli, Gerald Hornsby, Catherine Rendall en Janine Swann), voor hun haarscherpe feedback en steunende vriendschap; mijn docenten van de Faber Academy, Maggie Gee en Richard Skinner, en mijn medestudenten (vooral Peter Howard, Susan de Villiers, Hannah Cox, Richard O'Halloran, Brandon Cheevers en Hanife Melbourne), voor hun aanmoediging en feedback op mijn eerdere boeken; mijn agent, Amanda Preston, voor haar wijsheid, energie en creatieve inzicht; mijn redacteuren, Sarah Adams en Natasha Barsby, en de rest van het enorm getalenteerde team bij Transworld, voor het enthousiasme en de inspanningen voor *Het gerucht*.